我从倒叙的故事里看穿了时间的伏笔，
闭上眼睛就能想起老屋子的阳光和令我惊艳的芭蕾舞。

蓝山是擅长讲故事的人，连苦痛都描述得从容不迫，
但我总觉得蓝山没有彻底释怀。

因为纵观那些陈旧故事的字里行间，
她疲于失去，好像从来没得到过爱。

1月20日 阴

天气又渐冷了
冉冉买了件毛衣
真是的 买一个
就好了

9月30日 晴
去了三年的日时店倒闭了，好可惜
不过冉冉特地给我买到了她们家的猪排寿司来，闪我是不是忘记他们的味道了
不是的话是没关系
现在我有印象更深刻的新味道了

10月26日 晴
冉冉今天特地起早送，闪我到公园北面
问我有什么重要事，结果只是在公园走了一下午
踩着枫香落叶慢慢看着太阳下山
金黄的季节，黄金一样的幸福

Contents
目录

Chapter One
缪斯诞生 / 001

Chapter Two
心生芥蒂 / 043

Chapter Three
就此别过 / 111

Chapter Four
死生两岸 / 193

Extra One
好梦不醒 / 251

Extra Two
你别再飞走了 / 257

Afterword
后记 / 266

Chapter One
缪斯诞生

9月1日 晴
-
我昨天遇到了一个有趣的人,
希望还能再见面。

01

　　我一直认为女人半敞着衬衫很美，遇到蓝山时这样的想法就更为强烈。

　　她靠在卡座上穿着扣子解开大半的黑衬衫，内衬是非常经典的黑色蕾丝款，我下班前刚在公司最新的月刊上看过，售价二百五，美元。我记得我看到标价时骂了一句，谁买这个就是傻瓜透顶。但是蓝山穿着它出现的时候，我清楚地意识到，原来有些东西要价不菲，并非全无道理。

　　酒吧里穿得更暴露的女人不少，我闭着眼睛毫不夸张地吹，蓝山这样的穿着打扮就是个良家妇女。她的朋友们醉得东歪西倒，卡座上只剩下她慵慵懒懒地晃酒杯，脸色泛红，素甲端着玻璃杯，反射灿烂的光，鄙夷这里的纸醉金迷。

　　本能驱使我举起了手机，她的本能也驱使她发现了镜头。迟了。我心虚地把手机藏起来，心想：怎么解释？我在自拍吗？我猜这里的老板一定是不想让顾客看清标价，所以吧台的灯光贼暗，他也肯定没想过日后营业的某一天，会出现这样的情景。

　　那个时候我脑子里一团糟，第一个想法就是，我以后有钱了，就在吧台顶上吊个水晶灯，这样蓝山来找我笑盈盈地问"你拍了什么"的时候，我可以光明正大地说："我就喜欢坐在这里顾影自怜，回味

我夕阳下如野狗般脱缰的青春。"但我那时候好穷，没见过什么世面，而蓝山出现了，她就是世面。

蓝山端着酒杯走过来，小腿被喝醉的朋友拉住，她趔趄了一下，笑骂了一句后踢开那只手。她头发松松地在脑后绾成丸子头，碎发和刘海晃荡得妩媚。我看着她渐渐靠近，心说：姐姐你这件衣服买得值，别说一个"二百五"了，就是俩"二百五"也得买啊。

我发誓那一刻的我纯粹抱着研究美学的心态去看她，但在别人眼里就不一样了，我像个肆无忌惮的变态，直勾勾地盯着她看。所以后来我好委屈啊，我说："姐姐，我当时真不是故意那样的，你信我。"蓝山笑得肩膀都在抖，反而看起来更好看了，我只看了一眼就匆匆看向别处，生怕自己下一秒就会再次拿起手机对准她——蓝山对于镜头，尤其是摄影师的镜头，有种说不出道不明的吸引力。

蓝山仍然在笑，我感觉自己当时快要疯了，但也生气，我觉得我被看扁了。我缩在旁边玩手机不理她，想装作若无其事的样子，但我从高脚杯中看见蓝山的倒影。她凑过来，在我背后甜甜地问我："在干吗呀？"我猝不及防，"返回"都来不及摁，身后的蓝山就看到了我手机里的蓝山，然后把手机拿过去了。

我着急了，说："你干吗啊？"

她把自己的手机拿过来，专心捣鼓着，完全没看我，哼哼了两声说："你偷拍我还有理了？"

"好看还不让人拍啊？"我脸皮厚，这样的话说得理直气壮。蓝山显然蒙了一秒，又笑了。我还是有些委屈，我说："这张拍得真挺好的。"她说："嗯，我知道。"我说："那你甭删了吧，我穷人一个用不起苹果手机，没法恢复照片，删了就没了，你放心，我不会拿这个威胁你的。"

蓝山看了我一眼，眼神很温柔，颇有一种对傻瓜的怜悯。

她说:"我挺喜欢的,加个微信,给我传过来吧。"

我并不认为蓝山真心想和我交换联系方式,更何况我那时早就觉得,世间聚散离合必有其中道理,所以忽略了蓝山的提议。

蓝山叹一口气,将碎发拢到侧颈去,举起手机冲我晃了晃,于是我的镜头又蠢蠢欲动了。

在八月三十一号的晚上,起风,夜好凉。

但我神志不清,糊涂异常,像在被焚烧。

02

宿醉起来还要上班,惨上加惨。

其实我们公司的公休还没有正式结束,但我只是一个入职五个月的摄影助理,所以提前一个星期收了假,来整理各经纪公司发来的艺人通告安排。说起来我们公司还挺牛的,靠着做时尚杂志和优质摄影发家,无数演艺圈的明星和时尚圈的名模都眼巴巴地盼着我们给拍一套图。公司得道,我鸡犬升天,所以我热爱公司,热爱生活,积极向上,努力工作。哪怕在八月酷暑辛勤工作,我也绝不抱怨一个"惨"字。

因为加班费真的好高啊!

我一直认为我作为全公司唯一提前收假的人已经很惨了,然而在酒店床上宿醉醒来挣扎着到公司的那一刻觉得加班不值一提,决定收回前言。宿醉工作算个啥?因为没有什么比在公司看到蓝山更惨的事了。

蓝山今天穿着白色长裙,和昨晚那个穿黑衬衫的美人判若两人。要不是她那双亮晶晶的眼睛里还有一丝错愕,我想我可以直接盖章——某公司潜力选手未来超模蓝山系双胞胎姐姐妹妹轮流营业。昨天我叫她姐姐,但今天我就想叫她妹妹,她坐在那里好乖巧,像个芭比娃娃,漂亮得"杀人不眨眼"。

那是我九月份见到她的第一面,在早上九点半,她同我擦肩而过,和经纪人走进会议室找对接拍摄业务的经理谈话。十分钟后我送咖啡进去,最后才端给她。我离开会议室时在想她有没有看到我偷偷放在碟子边的两包糖和奶精。她笑起来好甜,声音也甜,美式咖啡太苦,不适合她。

我把盘子送回茶水间之后有人过来叫我去会议室,我有一瞬间怀疑是蓝山的双倍奶和糖被发现了,要责怪我偏心。我初入职场,领导开会咳嗽一声我都想把他往 ICU 里送,做事永远战战兢兢,对上谁都得赔着笑脸伺候。

我推开会议室的门,蓝山还没说话呢,经纪人先看了我一眼,转向蓝山:"你要她?"

"是。"我被经纪人挡了个全部,蓝山就偏过头看我,一缕头发卷得弯弯的,垂在她小巧的耳边。

"你可想好了,穆烟儿在圈子里名气多大你自己知道,我们费了多大劲儿给你联系到的。现在你当场耍赖,要这个什么……这个谁?这个谁来给你拍?"

我那时候怕是太老实了,接话说:"我叫肖舟。"经纪人回头"剜"了我一眼。蓝山看着我笑,接了经纪人的话:"是我任性,不过我也认。陈姐不是一直想让穆烟儿给她拍吗?我可以先让给她,我找肖舟拍就好。"

蓝山说着又问我有档期吗,如果要先拍别人,她可以等。我心说:您真是开玩笑,我整天坐在办公室里都要长蘑菇了,只愁没机会让我咸鱼翻身。不过我心里这么叛逆嘴上倒是非常乖巧,说:"没有,我随叫随到。"我生怕把我的金主惹急了。

这边我俩达成了共识,但经纪人和经理都因蓝山的临时变卦脸色不太好,蓝山甜甜地哄着经纪人,最后拿出手机发了什么过去。经纪人看看手机又看看我,脸色终于好了点,说:"我出去给老板打个电话。"经理也跟着出去商量了,剩下我和蓝山对视了一眼。

蓝山又变回了昨晚的蓝山,痞,洒脱,有魄力,是穿着白色长裙也能大杀四方的女英雄。但她看向我的眼神有些得意,这让她看起来没那么酷了,反而有点天真幼稚,和她身上的痞劲对比起来简直绝了。

我问:"你给她看什么了?"她耸耸肩说:"你昨晚给我拍的照片咯。"我追问:"你给她看哪几张了?"蓝山想了想,说:"都给了。"我脑子嗡的一声,有点蒙。蓝山这个女人我着实摸不透,难道合影也给了吗?

蓝山还没等我回答就扑哧一笑,说:"你这么紧张,是怕我发那张吗?"

得,她这么一问,我心里算是有底了,但也没急着翻盘,继续装小白兔,无辜地眨眼:"你要用照片说服人家,我出镜干什么?"

"只有这个原因?"

"只有这个原因啊!"

我俩打着太极,你来我往不亦乐乎。纯粹是知道自己在被对方逗着玩儿的情况下逗对方玩儿,最后蓝山一笑,眼睛很亮,和昨晚一样亮。

昨晚蓝山看着我拍的照片说"好好看",然后说"我们现在来拍一张吧"。她端起高脚杯的样子实在很好看,在比酒吧更璀璨的房间灯光下越发闪耀夺目,我只愣怔了一秒她便按下快门。回看那张照片时,蓝山的美貌分去了照片中所有的光彩,我的脸只在照片的小小一角,留下了模糊不清的光影。

03

我看似稳,实则慌极了。

棚里大大小小工作人员十几个,蓝山还在化妆间没出来,我一个

人坐在角落，像个被摆错地方的人形玩偶。之前我是那些来回奔波的助理之一，搬箱子、打光、扛道具，累得气喘吁吁的时候，总在想我哪天"翻身农奴把歌唱"，到时候就能像那些大摄影师那样对别人呼来喝去。

可事实上真正到了这天，我巨怂。

我拍照的时候手是抖的，以至于最初的几张连焦都对不准，她经纪人的脸已经黑了，说我没有专业素养。我的脾气像投币式打地鼠机，瞬间冒头又秒缩回去，因为人家说的是事实。但蓝山出来替我打圆场，乖巧地笑着说我是第一次接大活儿难免紧张。我看她对经纪人好言好语，但说白了都在帮衬我，我坐在那儿思考了三十秒的人生，豁然开朗：我这是命中注定要开挂啊，工作好似天上掉馅饼，把我砸了个蒙还有美人在旁边安慰，我是有病吗，还在嫌馅饼硌牙？这一想通之后我精神抖擞，手也不抖了，眼也不花了，咔嚓咔嚓连拍好几十张。经纪人在旁边一脸欣慰，一副"果然人不骂不成才"的表情。

我心里啐了一口。其实我从头到尾都在想，蓝山好美。她被锁在取景框里，但锁不住她的好看，我整个人拍到最后几乎失魂落魄，停机之后喝了两大杯水才缓过来。

我回来时看到经纪人和助理围着电脑，蓝山没有凑过去而是远远地坐着玩手机，我本想装作我们只是业务伙伴，根本不熟（虽然事实如此），然后大大方方走过去。但是蓝山叫住了我，我一个立定转身在零点几秒内回头，蓝山显然也没想到我反应这么快，愣了好一会儿。

好丢脸。我狼狈死了，如果我是狗，那蓝山叫我的那一瞬间我一定会兴奋得把尾巴摇出幻影。

"你觉得今天拍得好吗？"

蓝山突然问我。我听不出她语气的好坏，不像质问但也不像是欲扬前的"先抑"，所以我诚实地回答："还行。"

- 007 -

两杯冰水下肚,我的热情和鸡血已经被浇灭,再加上蓝山这么一问,我思考了一下今天的手感,只能给出这两个字。蓝山点点头没再和我说什么。经纪人看完照片之后走过来夸我,我怀疑是公司内部给了模板或者她是个彩虹屁机器人,否则怎么吹捧得我这么麻木又尴尬?

同样是夸,蓝山就不一样,她拿着手机眼睛亮闪闪又软软地说一句"好看欸",我就能上天入地赴汤蹈火在所不辞。

但人家这么夸我,我总不能晾着,只好说:"客气了,今天发挥得不好。"这是实话,但听起来挺像客套的。经纪人还想再和我商业互吹,蓝山忽然在旁边说:"给我放两天假吧。"

"你有事吗?你这套图出来之后要为走东京TAKKI的年末大秀做宣传造势,休两天,你哪儿来的时间继续赶通告和其他秀场?"

经纪人显然有些恼火,语气有点冲。蓝山完全不在意,口气平和:"不重要的秀场可以推掉一两场,但这两天假我一定得要。而且我要带她去,重新拍一套成片出来。"

蓝山没看我没指我,但字字句句都与我有关。我很感动,但感动不到三秒,蓝山继续说:"姐姐你觉得我资历浅没见过世面,我认。但是我坦白和你说,就凭我今天的拍摄状态,这套成图拿去做宣传,TAKKI的大开[①]面试我第一轮就得被毙。"

我愣愣地看着蓝山,觉得小时候看过的武侠小说中的女侠都有了脸。别人行走江湖,一点浩然气,千里快哉风,劫富济贫无所不能;蓝山身背两把温柔刀,斩钉截铁要救下她的未来——不、不对,我脑子这时候倒转得飞快,蓝山的美是业界公认的,但我给她拍的图让她

---

① 在整个秀场中首位登台走秀,也是第一个主题的开场。

在大开面试中被毙,被踢回公司小黑屋锁死的是我,绝不是她。

女侠姐姐,敢情你要救的不只是你的未来啊。

04

蓝山说话好温柔,但非常有说服力,这次谈判以她的胜利告终。她一手拎包一手拎我,出了门才把我放下。她问:"你有车吗?"我说:"有啊,大黄蜂你坐不坐?"她好配合,摆出惊讶的表情,说:"在哪儿呢?"我指一指街对面成群结队的小黄车,蓝山笑出了声,扬起包打我。

我委屈巴巴地问:"那你有吗?"蓝山睨了我一眼说:"当然,兰博基尼。"

我这么神经病的哏她居然接得上,我好开心。当然我们最后没有骑共享单车,蓝山带我打车去她家,一套三居室,看起来很新也很整洁,我想想自己的狗窝,简直无地自容。

我以为蓝山进入了休息状态,但是没有。她进门首先抬腕看表,说话像刀一样把今晚的时间线切开又码得整整齐齐:"现在是六点四十,二十分钟之后我们点外卖,吃完洗澡化妆,十点出门去前几天你看到我的地方。"

我一时语塞,还好她看我的时候收刀入鞘,问我怎么了。我心里有数,今天的成品撑死了八十五分,如果换穆烟儿来拍,能拍一百分甚至更高。我连蓝山为什么挑我都不知道,如果纯粹因为那场偶遇,那显然我可以羞愧而死。

"穆姐拍得很好,如果你拉不下脸去请她,我可以去求她接你的活儿。"

"你今天太紧张了,"蓝山说,"和实力无关,我喜欢你眼里的我。

所以放轻松,今晚没有别人,只有我和你。"

她最后三个字放得好轻好慢。

我怀疑她在空气里下了毒,再多呼吸一口就要死了。

蓝山迷人,有气质,又聪明,天生是做模特的坯子,我一边拍她一边感慨。蓝山说得很对,在没有压力的情况下我很放松,进入状态大概只花了五十张图,之后酒精和手感都上了头,快门几乎没停过。我换电池的时候手心都是汗,第一次体会到全身心沉浸在摄影中的快感。

蓝山没有追着我看图,全程坐着喝酒、玩手机,完全当我不存在。她惹眼得像扔进石头堆里的猫眼石,身边如果聚起三五个赖着不动的搭讪者,就起身来我身边点酒,一是甩人,二是告诉保安我们认识,否则按我举个"小炮"在这儿对着她轰一晚上的速度,早被人拖出去当街"问斩"了。

我的镜头跟着她到吧台,舞台的灯光飞快地扫了这里一圈,艳粉色灯光下她一直挺直的脊背松垮下来,一手摇晃酒杯一手托腮发呆。我本能地按下快门,然后放下相机去看她的脸:"你看起来好累。"

蓝山笑着挽起我的手,问我拍得怎么样了。我本来想吹一拨自己,但是想想觉得还是谦虚一点比较好:"我不知道,你来看吧。"

"我们换个场子再看,这里太吵了。"蓝山想了想说,"我想去唱歌,陪我去好不好?"

我大脑瞬间宕机。

比蓝山本身更致命的是会撒娇的蓝山。鬼知道她用的什么香水,和酒气混在一起说不出地好闻,再加上用软糯糯的声音问这样好不好。这还要问好不好?她哪怕说现在要扛着炸弹去毁灭世界,我也会开着我的大黄蜂八百里加急地为她冲锋陷阵。

酒吧隔壁就有KTV，蓝山开了个大包厢，立刻生龙活虎起来。我看着她脱掉鞋子光着脚丫在沙发上跳来跳去，而我任劳任怨地替她点歌。蓝山踩着沙发过来大咧咧地靠着我，我用余光瞄了她一眼，她在翻相机，翻完了好几百张照片抬头崇拜地看着我。我终于松了一口气，又有些得意。

我问蓝山还要别的歌吗，蓝山却问我累不累，说在这里取景也不错。我听懂了暗示，但不敢和蓝山坦白说我只有停下来的时候才会累。我想了想，换了个说法："镜头对准你就不会累了啊。"

蓝山的反应出乎意料地可爱，她捂住脸却从指缝中露出眼睛，像在看鬼片，一双大眼睛里露出害羞又嗔怪的灵气。

我又受到暴击，不敢再这样，说："你唱吧，我自己找角度拍。"于是蓝山一个人霸占了两个话筒。我觉得她真的好神奇啊，人长得好看，唱歌还贼好听，什么语种的歌都会唱。当然也可能是我听不懂，所以也不知道她是不是真的会。

我陆陆续续拍了两小时，到最后蓝山不跑了，但也坐不安稳。我在最后一块电池耗尽前停下来查看照片，一抬头见蓝山在沙发上躺倒，长腿交叠靠在墙上，不长不短的黑发从沙发边缘垂下，眯着眼睛看着我笑。我举起相机再次对准她，蓝山摆出害羞的笑，伸出一只手试图推远镜头。这个画面绝了。快门响起，我还没来得及复查，关机了。

蓝山的手非常修长灵活，牵扯相机的时候像是一条纤细柔美的蛇。我甚至感到一种被捕猎的危机正在爬上脊背，头脑却渐渐发热起来，于是什么都不愿意多想。蓝山将相机放到一边，轻轻一笑，时间好像在此刻停止。我在一片混沌中看着她翕张柔软的嘴唇，无声地说着什么。

我想我明白那是什么意思。

05

  我今天提了"大黄蜂"无数次,现在终于骑着它开始驰骋。

  但说实在的,我不是很舒服,从上到下都是。脑子糊涂是因为帮蓝山拍了一整天的照,我已经困得无法运转。

  蓝山在我前面骑着她的"兰博基尼",走走停停一直在等我,我一旦以夕阳红的车速开始挪动,蓝山就冲我嚷嚷,说:"舟舟你快点嘛。"

  我第一次听到她叫我舟舟的时候瞬间蒙了。我从小就不大喜欢和人有亲密接触,很少有人挽我的手臂以及这样叫我的名字,但蓝山可以。她怎么不可以?她简直太可以了,以至于我那一个瞬间觉得做女孩子简直巨爽,想怎么嗲、怎么黏糊、怎么撒娇都行。

  我追赶上她,然后和她侃各种话题。不这样不行,我自己骑车的时候已经有一段时间脑内放空了,属于"疲劳驾驶",扛不住。

  骑车是蓝山提出来的,我那时候还不太困,看她神秘兮兮的样子就同意了。现在我好后悔,因为我内心其实很乐意和蓝山聊天,但我太困了,现在聊天纯属浪费生命,话题聊一个忘一个,全靠铁打的意志支撑我跟着蓝山骑。

  我们骑了好远,蓝山在旁边说:"你不怕我拐卖你啊?"我困到骑车都能蛇皮走位,好在凌晨四五点,自行车车道"唯我独尊"。我半眯着眼睛骑,说:"我被你拐卖,心甘情愿。"她笑出声说:"你怎么那么会讲话呀?"我说:"我只对好看的人说人话,对其他人都是放屁。"

  蓝山大笑。

  最后到达目的地的时候我几乎失去意识,扯着蓝山的衣角跟她上楼,进了个不知道什么地方的门直接瘫倒在地。在半睡半醒之间,我

听见蓝山正在低声吟唱一首好听的摇篮曲，睡意令我随波逐流在这遥远而空灵的歌声中，渐渐失去了所有知觉。

好累。

我梦里都在下雨，水滴在我脸上。

这一晚我的睡眠质量着实太好，四五个小时就睡了个饱。我醒来时是九点半，蓝山不在，好可惜，她在的话我就能赖一会儿床了，天知道我多喜欢赖床。但蓝山不在，我就只能慢腾腾地下床找她。

在此之前我至少蒙了半分钟思考我到底在什么地方，回放昨天的情景再到梦里的雨，最后环视这个简易的二十平方米左右的老屋子——床头右边有扇窗，窗下有个木桌，再往旁边是一个巨大的五斗柜，角落里摆着花架。

我是不是走火入魔了，连这样的装潢都觉得很"蓝山"。我没有乱翻东西，那不礼貌，顶多就是看了桌上的旧照片一眼，是蓝山的脸。房子好小，是两居室，屋门一打开就是客厅，再往前三五步就是正在阳台洗头的蓝山。我不知道这房子的设备有多旧，以至于她得自己打热水来洗头。

窗外柳树依依，晨光荡漾。她穿着碎花吊带和荷叶边的白色小热裤，侧着头半弯着身子，葱白的手指在黑发里穿梭。水声滴答滴答，红底彩花的旧热水瓶和搪瓷盆乖乖待在老木桌上等候差遣。

我站在原地无名无籍，不配入镜这部"老电影"。

"拍一天了，你累不累啊？"

她听到快门声，一张嘴就咿咿呀呀地抱怨，我拍了个过瘾才一屁股坐在老木桌上。我替她加热水又替她洗走所有的泡沫，她像一只怕洗澡的猫，有我在就不动弹了，乖乖任由我摆弄。

我发誓我活了二十几年从来没这么细心过,但她是蓝山啊,所以我完全没有道理地、无师自通地做好每一个细节。她最后用毛巾遮着肩膀站起来,刘海全往后梳了。嗯……有点不好看。我用手把它们梳回来,这样蓝山又变成好看的蓝山了,湿漉漉,素颜,年轻单纯的少女蓝山。我说:"你这不是逆生长,是乱生长啊,怎么想多少岁就多少岁啊?"她朝着太阳揉着头发,大概是被我吹捧得没脸回答,所以我换了个话题和她聊,问她这是哪儿。

"我外婆家呀。"

"老人家怎么连去年出的新款相机的电池充电器都有呀?"

"是我收藏的啦。"蓝山说,"我妈妈也是模特啊,她以前最喜欢照相了,各种牌子的经典款相机她都买了,连胶片机都有。"

这个带劲儿。蓝山带我去客厅,相机们在五层高的玻璃柜里乖乖躺好,隔板上贴着标签,写着收藏的日期和渠道。蓝山落款的标签占据了一层多,备注无一例外:送给妈妈 36+1/2/3······× 岁的生日礼物,永远年轻哟。

"为什么是 36+× 岁?"话一出我真想抽自己一个大耳刮子,脱口而出,"对不起。"

"妈妈做天使做得早啊。"

蓝山一点儿也不介意,蹲在柜子前面看妈妈的收藏品,把白净的侧脸贴上去,呼出的热气在玻璃上形成白雾。她像小孩子一样贴在那里,好像贴近妈妈的怀抱。妩媚、霸气、侠气的蓝山在那一瞬间被退潮的海水席卷走,留下无瑕如白沙的蓝山。

我好像看见了天使下凡。

我用胶片机给蓝山在老宅里拍了一组照片,然后带回公司洗了出来。毕竟卑微摄助依旧是卑微摄助,还是得先上班再回家补觉。蓝山安慰我说:"你当底层人民也就这么几天了。"我其实不太信,但蓝山说的话我都会点头。

　　送她回家后我马不停蹄地把照片交到双方公司，剩下的事就不归我管了。我回家睡了个天昏地暗，醒来时手机里好多未接来电和未读短信，我蒙了又蒙，完全不知道发生了什么。

　　当我翻阅过所有消息又把各大社交软件翻过一遍之后，我终于意识到蓝山说对了。

　　我一炮而红。各种意义上的。

06

　　我不得不说蓝山的经纪公司着实是会营业，我昏睡了一天一夜，醒来时蓝山的第一组精修图已经上了微博"爆搜"，我点进去一看，组图名：《野火》。

　　我啧啧，转脸在微信中问蓝山："这名字你起的吧？"蓝山说"是呀"，还发了个可爱的黄豆表情。然后她问我怎么知道的，我说猜的，这个风格很蓝山。她不打字了，换成语音，声音甜甜地和我说："'蓝山'原来是个形容词啊。"我心说：不止，你要是喜欢，那在我这里名词、副词、动词、形容词都是你。我的语文水平可以倒退回牙牙学语时期，以至于如果老师要我上台造句，那我就用红色的粉笔写下两组句子：肖舟的蓝山；蓝山的肖舟。

　　《野火》的图全部背景出自夜店和KTV，灯红酒绿之下蓝山"出淤泥而有染"，"放浪形骸"本应被口诛笔伐，但能招架住蓝山的绝非凡人，所以大多数人和我一样，被蓝山的妩媚性感杀得片甲不留。

　　当然我还是看到了有人酸她，我笑喷，蓝山这种级别的美貌已经无坚不摧了，在微博上敲几个字对她来说根本无关痛痒。热心网民已经替我群嘲，我象征性地跟风骂一句"傻瓜"，翻回原博又欣赏了一次蓝山的颜，再次惊为天人。

关于蓝山是性感还是低俗的言论在第一天晚上形成了热度不低的讨论。似乎是为了回应质疑，第二天公司放出了另一组图，再次把蓝山的名字推上"爆搜"。

《春生》。

这名字又很蓝山了。

《野火》和《春生》，好简洁又好美，和蓝山的名字一样。

我点开照片的时候又回忆起那天早上，我从她头发湿漉漉的时候开始边拍边聊，她问我想拍什么样的，我想一想，说："你平时在这里做什么，就做给我看吧。"

蓝山说："好。"

所以你看，照片里的蓝山举起两只胳膊擦头发，对着镜子比鬼脸，用梳子把头发梳顺，双手撑在阳台上，踮脚面朝阳光爽朗地笑，给绿植浇水，和撕不开的雪糕袋子怄气，盘着腿坐在沙发上用旧电视看《蜡笔小新》，DVD的旧影碟散乱一地，抱着严歌苓和李碧华的小说看，又昏昏欲睡。

我说不上那是什么感觉，但是很魔幻。我在那一天早上和老宅彻底融为一体，我和胶片机都活在空气里，在蓝山眼里是透明的，即便存在却是完全无关紧要的。"灵气"这个词活生生地实体化，改名叫"蓝山"。她一个人玩得好开心，我相信这就是她曾经在这里度过的最平凡真实的生活。

蓝山最后把头发吹干，扎了一个舞蹈演员最常见的丸子头，换上紧身衣和白纱短裙，在客厅里跳芭蕾。没有音乐，但她每跳一步我都能听到柴可夫斯基的《天鹅湖》在我耳边演奏。她踩在阳光上，踩在尘埃里，跳完了黑天鹅三十二挥鞭转，朝我灿烂微笑。

我忽然开始敬畏蓝山。

我没有用错词。在棚里拍她那天我被美到失魂落魄,但她在这个早上是空灵的、神圣的,我此刻看向蓝山就像凡人仰视神明,她的灵魂或者美貌在此时超越了一切,光落在我的眼睛里,令我汹涌起一股无名的泪意。

《春生》的发布给那些辱骂蓝山低俗的人狠狠地赏了一记耳光。与此同时,除了对蓝山的讨论外,我的名字也被推上风口浪尖。我赶在热心网民把彩虹屁的炮口对准我之前把大号里丧天丧地的内容删了个干净,只转发了《野火》和《春生》两组图。我的粉丝数和转评数开始暴涨,我甚至看到来挖墙脚的私信,点开一看注册区域心里大概有数,不再理会。

我好早之前就说了吧,我没怎么见过世面,所以看着转发和评论里的吹捧,我的虚荣心就爆炸了。

我美滋滋还没超过十五分钟,公司打来电话要我去一趟。我过去一看,蓝山公司的人也在,一见到我就慈爱点头,颇有几分老来得子或者暮年揭榜的欣慰。我当然不敢说出来,只能咧着嘴角接受各位大佬的夸奖,听着听着我才意识到我这次功劳有多大。

蓝山刚签这家公司不到两年,说新不新,说旧不旧,此前一直在国内外的各种小秀场积累名气提升实力,现在处于量变到质变的关键期,如果能拿下东京 TAKKI 年末大秀的大开,从此就是花路一条。

《野火》和《春生》的爆炸式热度是意外之喜,各大品牌都看到了蓝山惊人的可塑性,已经陆续上门来洽谈合作业务了。两家公司都对我和蓝山这次的作品非常满意,我司豪爽至极,让我去人事部把"摄影助理"的后两个字摘掉,又给我放了两天假。我离开办公室的时候听到两家大佬在讨论建立长期合作关系,我心说这种决策又轮不到我拍板,只要我还能拍蓝山,一切都好说。

我从人事部出来的时候神清气爽，但爽了不到一分钟，半路就杀出个"程咬金"。和我一起做摄影助理的小姐妹来八卦我到底是怎么攀上蓝山的，这我哪能解释，干脆说我也不知道，就阴错阳差吧。

她笑得无奈，我看出端倪："怎么了？"

"名摄影师把无名小模特拍得好看是理所应当，但无名摄影师和无名小模特碰撞就特有意思，要不就一块沉舟，要不就一块得道升天。"

世界上只有两种人能压住我的暴脾气，第一种是给我打钱的人，第二种是蓝山。我听不了别人拐弯抹角，说："你甭给我扯这些阴阳怪气的，有话就说有屁就放！"

她看到我生气就怂了，低声说："阿肖你不在的时候有人嘲讽了。不是酸你一夜成名，是觉得蓝山有心机。她不一定拿得下 TAKKI 大开，如果和穆姐拍，落选只能怪她自己实力不够，而不能反踩穆姐拍得不好。但如果挑你去拍，成了是意外之喜，不成也能拉人背锅。你懂我意思吗？"

我呆了一秒，然后冷笑。我懂，我怎么不懂？我想说她们一个个吃撑了吧，狗装公鸡打鸣打到我耳边来了。但我忍住了，她们说的话能传到我耳朵里，我说的话也未必不透风，这事牵涉蓝山，我不想给她招黑。所以我笑笑说，没事，蓝山不是那种人，然后撇下她愉快地开始了我的假期生活。

但到公司门口吹一吹风，我还是觉得恶心。蓝山世界第一好，我听不得别人骂她。我下意识想打开微博好好骂一通，才想起来自己已经不是从前那个能随便开麦喷人的肖舟了。我一边开小号一边给自己加戏，好想打电话给蓝山说姐姐你看妹妹我好惨，骂人都得绕个九曲十八弯，嘴上骂不了得在心里骂，心里憋不住了还得在小号中激情开麦，惨绝人寰。

我开号、起名、换头像、会员充值一气呵成，首先去了蓝山的首页,把第一个关注送给了她,再一刷新,蓝山发了一条新微博。这张图因为光线着实不好,所以被公司毙了,没有出现在《野火》里。但蓝山记得,我也记得,拍完这一张后我凝视她的脸,不自觉地说:"你看起来好累。"

——艳粉色灯光下酒瓶琳琅满目,她托腮喝酒,倦态昭然若揭,茫茫然令人心疼。

配字简洁:"有人爱我吗?"

07

我反应过来的时候回复已经发出去了,蓝山回复了前三条评论,我的是第二条。我点开评论,脑子眩晕。

"姐姐这么好看!我拿着爱的号码牌第一个冲过来,超级爱你!"

"我也爱你~"

这哪里是一个小波浪号,分明是海啸。我又开始要死要活了。

蓝山给我发微信,问我要不要去她家吃晚饭,我马不停蹄地就打车过去了。她给我开门却不让我进屋,扒着门缝眼巴巴地问我会不会做饭。我看她这架势只要我敢说一个"不"字,马上就会听到关门声。所以我说会,她就把手指张开,只用掌心喝彩,像幼儿园小孩似的鼓掌。

我问蓝山想吃什么,她说乌冬面。她真好养活,但我不想让她吃得这么朴素,我说:"你很饿吗?不饿的话我先吊个高汤做汤底,会更好吃。"蓝山眼睛就亮起来了,说"好呀好呀"。蓝山好烦,不会做饭也不走,在厨房陪我。

"请问您的镜头是被上帝亲吻过吗,否则怎么能拍出这样的天使来?"

她拿着手机念粉丝的彩虹屁。我说这条吹得好吹得妙,一下子夸了两个人，可真会说话。但蓝山不会做饭，待在这里未免还是有些碍手碍脚。我小心翼翼地把人请了出去，回到厨房的时候看了她一眼，她乖巧地坐在沙发上看电视，猫和老鼠在电视屏幕中你追我赶，蓝山看得津津有味，和镜头之外一闪而过的疲倦全然不同。

我低头继续做饭，心不在焉地想：也许那真的是我的错觉。

过了好久我叫蓝山来吃面，她把汤面吃得干干净净，看在一个厨师眼里没有什么比这更欣慰的了。

我虽然卑微摄助翻身把歌唱，但在蓝山面前还是卑微肖舟，乖乖洗碗再去找蓝山。她趴在沙发上看《新闻联播》，我在单人沙发上坐下，她不依，说"你过来坐"。蓝山指了指沙发前的地毯和坐垫，我马上就挪过去了。

"你做饭真好吃。"

"你要是喜欢我以后都做给你吃。"不过我想起了什么，"你不需要保持身材吗？我听说别的模特连主食都不敢吃的。"

"我是不易胖体质啦，不需要那么忌口。"

真好，那我又多了好多机会给蓝山做饭。蓝山这么完美的人，不会做饭。我忽然很感慨，觉得她至少还有一些平凡之处。不过我又马上忧愁，因为仙女都是喝露水的，她不会做饭，理所应当，看来真的是神仙下凡。

蓝山给我编了个好看的麻花辫，让我照镜子。我觉得还行，但因为蓝山也出现在镜子里了，我顿时沦为凡人。蓝山欣赏了一下她的成果，在我耳边说："谢谢你把我拍得这么好看。"

我笑了："你本来就好看。"

蓝山摇摇头："是我挑剔，在你之前没有一组作品能让我满意。很多次会像我们棚拍的那天，公司拍板定了就是了。别人我不清楚，

但我知道你能做得更好，所以那是我第一次和公司耍脾气。"

我有点小感动，原来我这么特别。这么真情实感的瞬间我又想起白天小姐妹和我说的话。蓝山？有心机？我可去他的吧。我其实想把电视关了和蓝山好好聊天，但是蓝山说不要，电视的声音会让她有安全感。我说行吧，然后继续和她闲聊。我问她为什么叫蓝山，她说妈妈起的，她也不知道。我问："那你英文名叫 Coffee 吗？"

这哏也太冷了，我瞬间觉得我像个老大爷。但蓝山说："为什么不是 Mountain？"我接不上这个哏，本能地反问："为什么是呢？"

蓝山就笑，支起身子来。她穿的居家服很柔软地贴在身上，我只看了一眼，就意识到刚才的答案已经昭然若揭，已经没有问第二次的必要了。

距离晚餐时间已经过去很久，我们并肩躺着，直到月光落在我们之间，连沉默也恰到好处。我只是躺着，蓝山却披着衬衣坐在旁边，不知道在干什么。片刻后她在我身边塞了一个圆圆的东西，我侧过头去看，没有去碰："送我苹果干吗？"

蓝山还是不说话，变戏法似的掏出一个个又大又圆的苹果，摆在我身边，我怀疑她的柜子里藏了个苹果小精灵，不然怎么蓝山一递手过去就拿出来了？我还没来得及感慨完苹果取之不尽、用之不竭的神奇，蓝山便将一个苹果递到我手中，说："这个最大最红的苹果，送给你。"我迟疑片刻，终究还是伸手接过。

蓝山又递给我一个东西，我说："我真不能拿了。"蓝山看我不接，就晃了晃那盒子，用好幽怨的口吻说："我穷人一个，用不起苹果手机，没法恢复照片，删了就没了。"

我愣了，这时候怎么提这个哏？然后我看清了蓝山手里的盒子。

她竟然给我买了个新手机。

按理说蓝山送我礼物我应该开心得蹦起来，但在这时候总有些微妙。我总不能在这样的情况下接过来，况且人家还是日前爆红的名模，而我是刚刚摆脱助理身份的新晋摄影师。说白了，我现在处于弱势，我不太喜欢这种感觉。

蓝山看我没反应，不气也不恼，歪着脑袋露出疑惑的神情："你不要吗？"

我叹了口气，说："不用，我手机没坏，用得挺好的，你去退了吧。"

蓝山就抱着盒子，盘腿坐在床上眼巴巴地看着我，说："你收了吧。"我问她要一个我收礼物的理由，她想都没想，说，"我希望你帮我拍好多好多照片，删了也可以恢复，永远找得到，永远都不丢。"

蓝山说这话的时候用湿漉漉的眼睛看我，像鹿又像兔子，令人说不出一句拒绝的话，反而思绪越发乱七八糟。我只好妥协。我接过盒子放在床头，说明天去店里剪卡。蓝山笑得好开心，说她陪我去。

"我得告诉你个事情，"我把手里的苹果丢掉说，"我对苹果过敏。"

她"啊"了一声，跳起来把我身边的苹果全部赶下床去，又来看我的手，看到起了一片红疹之后匆匆跳起来。我愣神还不到五秒钟，蓝山就已经风风火火跑到客厅去了，徒留我一个人待在原地。蓝山不知用的什么香水，令人感到一种无名的愉悦，我闻不出来，但只觉得安心。我走出房间，看到药箱中的瓶瓶罐罐散落一地，蓝山一边翻药箱一边教训我是不是傻，过敏不早说。

我委屈，我倒也想早说，可那是你送我的苹果啊。

蓝山翻不到药，又去翻衣柜，看样子是要出门。我拉住她说："甭费劲了，我只摸了一小会儿，问题不大，等你把药买回来，红疹也退得差不多了。"蓝山情绪有点低落，可能是内疚了，这比任何情况都让人难以招架。我不擅长哄人，所以在这个时候只能笑，说：

"你别着急,施个魔法就好了。"蓝山她转过头来问我什么魔法,我就将手心合起来,示意她吹一口气。蓝山果真好骗,一口气吹过我的掌心,我再度摊开的时候,一脸正色道:"已经痊愈了。"

蓝山忍俊不禁,也立刻明白问题不大,于是陪我在沙发上坐了一会儿,又"啊"了一声。我说:"你怎么一惊一乍的?"她看向我,委屈又懊丧:"我买了一整箱苹果呢。"

我说:"那你自己留着吃吧。"蓝山摇头,说:"你知道我当年刚入行,从普通人的体重减到模特标准体重的那几个星期吃的都是什么吗?我看着苹果都想吐。"那完了,小小苹果在我俩之间竟没有容身之地,太惨了。我想了好多处理办法,还没来得及说出口,到底还是蓝山厉害,提了一个让我直接目瞪口呆的法子:"狗狗是不是爱吃苹果啊?我们养一只狗狗吧!"

我真的疯了,蓝山是神仙般的容颜、妖精般的思维。她说话算话,第二天带我去店里剪卡换上新手机之后就直奔宠物店。我一路琢磨着这事儿,怎么想怎么觉得不对,在宠物店门口拉住她,把她拽到角落里。

蓝山现在小有名气,出门都戴着口罩和帽子,一张小脸只剩下大眼睛眨呀眨,说:"你干吗?"我难得对蓝山严肃地说:"我觉得这样不行,养阿猫阿狗是一件非常正式的事情,你整天在外面工作,哪有时间照顾它们?"

蓝山看我的脸色,拉下口罩,往墙上一靠。我走神感叹了一下模特就是模特,她只是换了个姿势就能状态秒切。蓝山没笑,认真地和我说:"我很早之前就想养狗狗了。"

"那为什么突然落实行动?"

"我俩工作时间总不会一直重合吧。"她低头,用帆布鞋跟蹭一蹭

— 023 —

墙面，继续说，"而且我后天就飞东京去TAKKI的面试了，顺带东京和中国香港都有个小秀场要走，估计一个星期才回来。你一个人在这里，孤零零的好可怜哟。"

我哪里可怜了？我本能地在心里反驳，蓝山又笑眯眯道："我在邀请某人搬到我家，来帮我照顾狗狗呀，笨蛋。"

其实这个理由已经说服我了，但还不够，蓝山永远是看似冲动实则早有想法的人，于是我想再多问出一个答案，蓝山却已经看穿了我，说："我希望下一次长途飞行回到家里之后，至少能看到一盏亮着的灯。"

我明白的，这个城市太大了，千万家灯火却没有一盏为自己而亮，为了照顾狗狗也好，为了排遣孤独也好，我几乎没有任何犹豫就同意了蓝山的提议。

非常好，我准备向全朋友圈求助，哪个医院的外科医生技术比较好，能缝上嘴的那种。我笑得过于快乐了。

08

我趴在蓝山家的长沙发上，给阿水喂苹果。由于对苹果过敏，我只能小心翼翼地拎着那根果把儿吊到那只白色萨摩耶头上，好在阿水反应很快，一张嘴就咬住了。我觉得自己好像1937年动画电影《白雪公主》里的老妖婆，她从药锅里把毒苹果拎出来的时候，也是翘着兰花指拎着果把儿。

那天我们最后还是没有走进宠物店，因为蓝山突然觉得与其买一只不如领养，还能顺带解决别人的麻烦，挺好。我一听，觉得在理，又觉得蓝山好善良，对蓝山的欣赏又疯狂加了一万点。在讨论名字的时候蓝山提了好多个，阿江、阿河、阿海、阿川，我问："为什么都要和水有关？这条狗命中缺水吗？"蓝山被我逗笑，说："因为没有水的话，你怎么乘舟向山行？"

我昏厥，蓝山是吃浪漫长大的吗？

她自己一个人在那儿琢磨，说海太大啦，她只是个小山，不需要靠海。她把一个个名字摘出来又严肃地分析哪儿哪儿不好，虽然我觉得一点儿也不小，但碍于蓝山十分严肃，所以一句话都没讲，我发誓我高考做数学题的时候都没这么认真。

我们最后决定管这只狗叫阿水，因为那时候蓝山的确累了。我提出这个名字的时候她质疑："这个水是小溪还是河流还是大海呢？"

我说："都行，你给我一条阴沟，我都能迎着你逆流而上。"

我把蓝山送给我的浪漫又送回给了她。

截至目前，蓝山出差第三天，她好忙，我早上睁眼给她发的消息她中午才回，我再追问她："你怎么这么忙啊？都没时间回我消息吗？"蓝山晚上十点才给我发消息，说有时差。

我大怒，说："你当我傻吗？咱俩就差一小时，我从大洋这边吼一声你的名字你都能听到。"

我真的是要被蓝山气死了。蓝山不回消息也不打电话，在我心肌梗死的前一秒直接给我发了个视频请求。我接了之后看她在那边大笑了整整一分钟气就消了，剩下的全是委屈。她笑完之后把头发往脑后梳了梳，又全拢到一边肩头去。她穿着清爽的白色小吊带，把这样简单的动作做得温柔又清爽，随后纠正我说："你地理没学好，咱俩之间只差了一个日本海。"

我说："是，咱俩四舍五入也相当于没异地，从卫星图上看咱俩还是紧密相依的俩小白点，再四舍五入我们和全球人类都同居了。"

她又笑，然后贴近镜头看我，猫一样地眨眼，说："你好可爱。"

为着她这句话我失眠到两点，闭上眼睛之前我想起蓝山好像还不知道她那一条微博下翻牌的第二个人是我。我再仔细想想，忽然有点忧愁，蓝山对陌生人都能那样表露内心，可她好像没那样对我坦诚过。

我虽然一心向着蓝山，但该挣的钱还是要挣的。我回公司的第一天坐进了摄影部，桌上放着我这个月所有的拍摄和学习计划。我翻了翻合作的艺人名单，没有蓝山的名字。

我发微信消息问她："这个月除了走秀之外还有拍摄计划吗？"她说有，然后提到两本不属于我司的杂志。这我就没法去拍了。我刚想回她，经理把我叫过去，说让我照着表上的安排，跟着其他摄影师跑拍摄计划。经理是老油条，又拍一拍我的肩膀，语重心长地说："主要还是看你自己。"

我脑子转了个弯，点点头。从前我干的是苦力活儿，这次跟着去旁观是要从前辈的工作过程中吸取经验，摘掉了"助理"俩字还是不同的。但俗话说"教会徒弟饿死师父"，在时尚圈就更别说了，我不能指望那些前辈把经验全传授给我，只能自己多看多学，顿时压力很大。

除了要跟别人跑摄影之外，我还被安排去和后期组的人学习剪辑与后期工作，以免日后出现我拍猫、后期给我修成狗的情况。这么说好像有点儿夸张，但拿蓝山来举例就很贴切，也就是说我拍出蓝山百分之百的美，后期就得给我全部还原甚至升华到百分之一百五。这么想想后期工作也很不容易啊，我甚至有自学成才的冲动，后来想想觉得还是算了。后期组的人和我不俵行，我和他们交流能最大限度地学到东西，但人家要知道我心存自学后期工作上位的心，恐怕要把我从东直门打到西凉河。人间不值得。

我想过我接下来的日子里会很忙，但没想到从今天就开始了。我跟着另一个摄影师去棚里待了一整个下午，又和后期组忙到晚上九点半才从公司出来。也不是我过分积极想要加班，主要是蓝山又不在，我回家干吗?

我这一忙就晾了蓝山大半天,坐上地铁的时候才看到蓝山给我发了几百条消息,我往上滑,全是废话,从问我在干吗到追问我怎么不回她,再说到午餐、天气、晚餐,看到一只长得好像我的狗。我好气。但她接下来又撒娇,我都能想到她在酒店床上抱着枕头打字,说:"你怎么还不理我啊?我要生气了,你是不是去拍别人啦?哼哼!"

她和我说的倒数第二件事情是她今天面试过了,拿下了TAKKI的大开。明明是蓝山的喜事,我却高兴得宛如老来得子,在地铁上无声替她欢呼。

我打字给她,说:"理所应当,我们蓝山宇宙第一牛。"我刚发出去信息就响了。我看到银行的前缀就想骂人,怎么挑我和蓝山聊天的时候提醒我是个贫困人口,银行给我补偿精神损失费吗?但人生的意义就在于勇敢面对现实,我用视死如归的心情把短信戳开,瞬间蒙了——一条入账提醒。我数了数,六位数。只有最后四位数我认识,那是我可怜巴巴的存款。我切回微信,蓝山说:"舟舟,我们买辆车吧。"

09

蓝山说这话就跟说让我去买瓶酒似的简单。我说:"好啊,等你回来咱俩一起去看。"蓝山骂我小笨蛋,她要打算回来再买还给我转钱干吗。

我愣了,打字飞快:"可你证件都不在这儿,买了挂谁的名?"

她回得也飞快:"你说呢?"

我毛骨悚然。我说:"别吧,这样不好。"蓝山不依不饶,说:"我不管,反正我落地那天你要开着新买的车来接我。"

我有时候总觉得蓝山是种在我心里的树，春天一到就生根发芽，枝叶尖尖又细细小小。我毫无招架之力地答应了，心想等她回来再转给她也成，然后我问："你想要什么样的车啊？"

那边静了静，过了一会儿回答了三个字："会飞的！"

我吐血，和她解释火箭是不卖的，私人飞机我也不会开，我们脚踏实地先从地面耕耘。又说："你是仙女有翅膀，能不稀罕坐车飞吗？"

蓝山说："好呀。"

她好乖巧，隔着上千里把我砸得晕头转向。

看着早晚高峰路上的车动也不动，是我人生中极少数因贫穷而沾沾自喜的时刻之一。再加上我考驾照的时候就知道自己只有考驾照的钱，以后肯定是要和地铁相爱一生的，所以蓝山这么一提买车，我愁到头秃。

我翻遍列表才找出一个满足能聊天且懂车这俩条件的男人。

高中我们经常一起翻墙去网吧，建立了深厚的革命友谊，我琢磨着哪怕他是个标准的富二代，也不至于因为阶级差距和我形同陌路。但他还是对我爆了粗口，我想可能不是他脾气太暴，是我的问题。

事情的起因是这样的，我说："哥，你给我推荐辆车。"他说："好啊，你要什么样的？"蓝山好像也没说要什么样的欸，意思就是随我挑吗？但我这人没追求啊，那蓝山会有什么追求呢？然后有答案了，说要会飞的。

他："？？？"

看他这反应，我感觉我好像说错话了，我想了想，说要蓝色的。

他不发问号了，直接激情开麦，说："肖舟，你知道计算机系男生和粉色电脑的哏吗？"

他这么一类比我就理解了，但还是不知道从哪儿开始挑，于是我大概和他说了一下起因。蓝山大概是真的火了，一提名字他就说行吧，那给她挑个符合她气质的。

过了一会儿他连发了十几张图给我，连车带车模都很高级的样子，都挺好看，于是我随手圈了一张问价钱，他回了一个数字，我吓到腿软："你凭什么觉得我买得起？"

"你凭什么买不起？蓝山是名模，难道没钱吗？"他反问，"名模和超跑是完美标配，你不知道吗？"

我一听，觉得在理啊。但他报的数比蓝山转我的钱还多一个零，我转脸和蓝山说了一声，蓝山的反应比我还平民，纳闷道："你吃土吃出矿来了吗？"

我语塞，只能搬出富二代的言论。

"不要不要不要，我给你的钱其实比买车的预算多了一倍啦。"蓝山说，"剩下的给你做零花钱。"

我本来又想拒绝的，但是打完字之后迅速删除，给她回了个"好"。

由于我们的预算和富二代的报价差了十倍，我只能真诚地回绝了人家。这哥们儿倒很有教养，至少隔着屏幕我没看出来他有任何看低穷苦百姓的意思，但可能因为这报价不在他平时的考虑范围内，所以我们花了不少时间才把款型敲定。

他人超好，还说等天亮了帮我问问销售总监，如果我觉得价格合适就直接提货吧，反正蓝山也没几天就回来了，各种手续还有保险问题也需要跑一下。我夸他想得周全，再加上我这种人仗着关系好或者一时兴起时就很容易说骚话，问他："怎么现在这么温柔体贴了啊？难道暗恋我吗？"

他说："那倒不是。另外你说话注意点，我对象会吃醋的。"

话聊到这儿其实差不多了，但我看他聊车上了头，顺带又把自己拿了蓝山零花钱之后的想法和他提了提，他啧啧了两声，说这事包他身上了。我感激涕零，对他好一通吹捧，他那边久久才回："可以放我朋友去睡觉了吗？"

"你好，再见。"

这年头还带这么秀恩爱的？我恨。于是又开始第一万零一次想，蓝山什么时候回来。

我提车之前还是和蓝山报备了一下，不过她大概也不了解，说我决定就好。看样子买车这事她看得很淡，纯粹就是想有个代步工具罢了。

人一忙活起来时间就过得飞快，车子这边的事尘埃落定后，蓝山终于要回来了。她和我抱怨下午还有场会议，晚上才能飞。我说："没事，我会去接你。"蓝山说："好啊，那我要给你奖励。"

但其实我不需要任何奖励，因为蓝山需要的话我就会排除千难万险地出现。想到这一点的我同时意识到，蓝山似乎和我接触过的其他女孩子都不一样，别人也许会体贴时间太晚或是路程太远，而蓝山则笃定我会在她提出的任何时间出现。

蓝山上飞机前还在和我聊天，我那时候已经开始准备去接她要带的东西，但我好糙，我平时甚至连包都不需要背。所以我在想我能带给蓝山什么，想着想着，我就有了一个很冒险的主意，直觉告诉我蓝山一定喜欢。

我问蓝山说："你的行李可以让助理送回来吗？"蓝山连为什么都不问，说"可以啊"。然后她登机，我抄上钥匙出门，兜里就一部手机，简单至极。

我们在四小时之后重新建立了联系，蓝山戴着黑色渔夫帽，揪着帽檐像垂耳兔揪耳朵那样左右张望在人堆里找我,我朝她挥手,她蹦蹦跳跳地过来了,两手空空,问:"你要怎么带我回去啊?"

我还没来得及回答,蓝山眼尖地看到我手里的棒棒糖,说她也要吃。我从兜里掏出另一根,蓝山像变戏法似的立刻拿走——我还没反应过来,手中便空落落的了,再抬头一看,蓝山狡黠地冲我眨眼睛。

我俩到停车场,蓝山又开始左顾右盼,说:"我的兰博基尼呢?"

我带她拐过转角,停下脚步。但她惯性使然朝前多走了几步,忽然惊叫着回头,大眼睛眨啊眨,笑出了十六颗牙齿,白得晃眼。我特意把车停在了路灯下,不是她的兰博基尼,比那更酷。

她绕着那辆黑色重机车跑了好几圈,然后跑过来说:"好棒哦,我们要开它回家吗?"我笑笑,在风里问她:"对啊,你要不要飞?"

10

我和蓝山都疯了。

我们没有直接回家,我带她拐进山路,蓝山夸我轻车熟路,是个老司机,我有些得意,我要开成这样她都不夸我,岂不白瞎了我提前四个小时出门踩点?道路很颠簸,为了安全她只能死死抱住我的腰。

我知道迎面的风会吹得眼睛好疼,我好歹还有护目镜和头盔,但蓝山说什么也不要,也不怕眼睛被吹坏。骑上平地后她试图撑着我的肩膀起身。我这人最恨别人对自己的安全不负责,以前高中玩二手重机车,朋友突发奇想要站在我后座,手刚按上我肩膀就被我骂个狗血淋头。

可能因为她是蓝山吧,所以我完全不想骂她。我开得更快,她怕得只能尖叫坐回来。我像上瘾一样把速度飙得好高好高。不安全也无所谓,像是就在此时此刻死去也一样心甘情愿,如果人生就此画下句点，也没有比这更完美的结局了。

我今夜刷新了我的最高时速，但我浑然不知。要不是蓝山扯着嗓子问我问题，声音被头盔和大风自动消音，我才不会慢下来。我降速又单手脱掉头盔，把头盔挂在车把上说："你刚才问我什么？"

"我让你别戴头盔了啊！"

"为什么？"

我从后视镜里看她，她在我耳边笑，声音钻进我耳朵里："因为这样我就看不到你了！"

前路的狂风吹乱我们的头发，时间仿佛就此凝滞了一刻，又迅速在脑中炸成纷乱的烟花，就在我眼睛合上又睁开的万分之一秒中，我意识到我还是不甘死去的，我只是叶公好龙地爱着这种无拘无束的自由。所有恐惧与刺激交织在一起，在升华的瞬间又迅速腐败，我在刹那间变成薛定谔的猫，在生与死之间悬而未决。

我痛恨这种矛盾的病态，于是无可救药地生气。车身向一侧歪倒，我加大油门冲过近在咫尺的右拐弯，刹车后跳下车。我们躲在弯道后，躲在岩壁的阴影里。我车子停得不偏，有一辆车开过转角差点把它撞飞。车子呼啸而过，但很快放慢速度，到了下一个转弯口从远远的地方开窗大骂我们。蓝山把轻蔑的目光放出去又收回来，骂了一句脏话。这好像是我第一次听到她爆粗口，我笑出声，说："你学坏了呀。"

"我哪有？"蓝山无辜反驳。

我终于缓过气来："我不需要零花钱，这车是借你的钱买的，我以后会还你。"

"出息了。现在和我讨价还价？"蓝山把刚刚送给司机的轻蔑眼神又还给我，好虚伪，带着温柔，一点儿都不凶。

"还剩一万三千七百块零八毛三，上车前我就转给你了。其他钱我会还的,都会还的。"

"等会儿,那个八毛三是怎么来的?"

蓝山的重点好奇怪,揪着这个不放,一直在笑。我委屈巴巴地说:"我为了把车搞下来到处跑,指不定哪个环节扣了手续费,是我的错吗?"她说"不是",但还是笑了好久才停下。我像看神经病似的看着她,但显然我的鄙夷和她刚才的轻蔑一样虚伪,因为蓝山神色认真起来,说:"别哭啦。"

奇怪,我在哭吗?我擦一擦脸才发现都是水,看来我才是神经病。我永远对蓝山言听计从,点一点头说:"好。"然后眼泪汹涌而出,自顾自地替我口是心非。

明天眼底可能会长出一片潮湿青苔。

我们凌晨三点才到家睡觉,可蓝山早上九点又把我拉起来。我不能赖床,好痛苦,反应能力约等于迟钝的海龟。也不知道蓝山哪儿来的活力,我问她起这么早干吗,她说我当司机,我们先去逛街,然后再说。

我是真不知道她哪儿来的活力,但我还是顺从了。我拿钥匙时蓝山说:"你拿错了。"我说:"你要逛街那不得和仓库出货似的,我不开小车哪儿装得下?"换作平时蓝山会嗔怪我油嘴滑舌,但她今天似乎心情很好,说:"就骑机车吧。"

我看着那把从提车回来之后就再也没碰过的小车钥匙,心说:我们买车干吗来着?

蓝山逛街的重点竟然在买而不在逛,而且买了一堆我们完全用不上的东西。我心说:姐姐你未免也太清新脱俗了吧。但蓝山不说我也不问,乖乖跟在蓝山身后替她提东西。我们从一楼走到七楼又从七楼下到一楼,蓝山在总台办了一个三小时内到货的托送服务,填的是我完全没见过的地址。下单后蓝山把存根晃了晃，贴在我脑门上："舟舟导航，我们出发吧。"

我把存根扯下来，仔细看了看地址，一家疗养院。

半小时后我和蓝山驰骋在路上，今天天气暖和，阳光灿烂，后视镜里蓝山的头发随着风飘啊飘，在阳光底下黑得纯净又柔顺，几乎能拍洗发水广告。我瞬间有种非常自私又骄傲的愉悦：蓝山的头发又长长了一点，全世界只有我知道这个秘密。

我总觉得白天的蓝山和晚上的蓝山是两个人，我甚至开始怀疑她是人格分裂，或者我才是。夜晚的蓝山曼丽懒倦，疯魔又出格，我们俩做的事能写一本荒唐奇妙物语；但白天的蓝山乖巧得像是变了个人——我忽然又想起第二次看到她时脑子里冒出的姐姐妹妹论，甚至有种想二十四小时不睡觉的冲动，以此来观察蓝山到底是什么时候变身。

但我现在不想去思考那么多，我一门心思把车开得不快不慢，总归比昨晚温柔，这样才可以听到蓝山在我背后唱歌。

在昨夜我们的飙车之旅中，蓝山逆着狂风问我她最喜欢哪首歌。我怎么知道？但想起蓝山曾经和我度过了一个有关KTV的深夜，明显已经提前给了我答案。我回想着那天晚上她唱过的所有歌，心说：要是她最喜欢那首瑞典语的，歌名我也不会念啊。我想了好久好久，打算说不知道，但在开口的那一瞬间我灵光一现。

后视镜里的蓝山听到答案后一愣，忽然露出一个好难过的微笑。

现在她小声地在我背后唱歌，唱陈慧娴的《千千阙歌》。

我却在想她为什么难过，是不是因为我昨晚说："你根本没有把你最喜欢的歌唱给我！"

11

蓝山不光唱歌还给我说故事，说老屋子的阳光和满衣柜的漂亮衣裳。

在蓝山的叙述里我逐渐刻画出了外婆的形象，和大多数老人家一样和蔼又善良，在得了阿尔茨海默病之前给蓝山买了从小到大所有的芭蕾舞裙。我说那你应该成为一个芭蕾舞家，她说可是当模特是妈妈的梦想啊。

我好像懂了。所以外婆的期望为妈妈的遗愿让了步。蓝山肩负了两个人的梦想，可她自己想要什么呢？我想问，但蓝山又说外婆和她拉了钩，这辈子要站上世界最高最亮的地方，再和已经成为天使的妈妈许愿，下辈子再成为芭蕾舞演员，一直跳给外婆看。

我开始相信蓝山是吃浪漫长大的了。

她一路上给我做了这么多美好的铺垫，我总认为我们在进门的时候会看到戴着老花镜坐在阳光下看书的老人家，但实际上不是。

蓝山有探视证，轻易地过了大门门禁就上了楼，我说："你不需要办探视手续吗？"蓝山就撇撇嘴说："我是来看外婆的，又不是来看那群老女人的。"

在理，我闭嘴。

所以我们突然到来似乎非常不合时宜。

屋子里都是灰尘和刺鼻的消毒水的味道。蓝山奔向床，我赶紧去开窗透气，蹭上了插销上的一层薄灰，又在裤子上拍掉。我回头看到蓝山跪在病床旁边，床上的被子隆成小小一团。原谅我只能这么形容外婆，因为她真的好瘦又好小，伸出的手像一截枯萎的鬼木枝，蓝山纤细的手臂被她轻轻握住，一下子显得丰盈饱满。

外婆一直在喃喃我听不懂的话，蓝山跪了多久我就听了多久，直到蓝山开口前我才听明白。

外婆说:"我们阿蓝,来啦。"

蓝山把外婆的手轻轻放回被子里,低头亲一亲外婆头发稀疏的额角,说:"是呀,阿蓝最近好忙,对不起,现在才来看你。今天天气好好,我们等一会儿去晒太阳好不好?"

蓝山起身去洗手间,我侧身给她让道。然后我听到蓝山把水开得哗哗响,又一脚踹在门上,整个屋子都在晃。蓝山出来的时候手上脸上都沾满水珠,她用湿漉漉的手拿出手机,一边翻通讯录一边和我说话,语气好冷。

"麻烦你,帮我拍照取证。我打电话给律师。"

蓝山是真的动了气,但又冷静沉着得可怕。我拍照的时候一直在偷听她说话,她语气平平地叙述完事情的经过,咨询了一通后客客气气地请人家写律师函。我好担心蓝山,但这时候我的直觉非常诡异,它在阻止我靠近蓝山。

我脑子里晕晕乎乎就两句话:蓝山怎么不需要我的关心呢?蓝山怎么会需要我的关心呢?

我靠近病床时看了一眼外婆,她好茫然,我说:"外婆好,我是蓝山的朋友。"外婆把混浊的眼睛闭上了,轻轻地点一点头。我忽然难受,这可是蓝山的外婆啊,光听蓝山的描述就觉得她一定要过上幸福的晚年生活。而不知道是哪个环节出了错,这样好的老人家就在空荡荡毫无人气的房间里苟延残喘,凄凉又寂寞。

我拍完照后蓝山丢给我一张卡,让我去取钱。我问取多少,蓝山就露出古怪鄙夷的笑容,反问一句:"取多少?有多少取多少。"

二十分钟后我拖着两大袋的钱回来,一路上被各种人行注目礼,我心说:看什么看?不过换位思考,我看着一个姑娘拖着钱气喘吁吁从我面前过,大约也会觉得她有病。我回到病房时蓝山面前站了个穿白大褂的主任，一直好声好气地说："怎么您来了也不提前说一声，我们好提前——"

我就笑嘻嘻地插嘴，说："提前让你们伪装老太太在这儿过得挺好是吗？"

主任看不速之客变成了俩，也不敢发作，说不是不是，他们这儿医护人员还是挺好的。蓝山冷笑了一声，伸手去摁铃。外头的蜂鸣声催命似的尖叫，那头接得很快，说就来。蓝山置若罔闻，人家挂了她就继续摁，不说话不喘气，跟个神经病似的摁了三五次那边终于发飙，语气特难听地说就来，临挂断了我听到那边低声骂了一句："老不死的！"

我看了一眼蓝山，她手还摁在铃上，笑盈盈地看主任。

那小护士冲进来的时候大概没想到屋子里有这么多人，我猜她张口一定想骂粗话，但被蓝山姐姐的沉默杀回去了，变脸似的露出尴尬又讨好的笑，结结巴巴地和蓝山打招呼。

蓝山问我有烟吗，我一愣，没答上。一旁主任特殷勤地递上来了，还顺带想给蓝山借火，蓝山看了一眼床上的外婆，厌恶地摆手。她就那样叼着一根没点上的烟说话，眼神很飘，大多数时候在看老人家和天花板。她说："我是你们院里交钱最多的客户之一吧？仗着我忙来得少，你们这样对我家人，是和钱过不去还是和我过不去？"

两人面面相觑，不说话。我看见那小护士冷汗从额角下来了。

蓝山看两人在她面前屁都不敢放一个，笑着捋一捋头发，和和气气地说："罢了，我不为难你们，半个小时之内我要关于这间病房所有的监控资料和账目明细，以及老人家目前的健康状况，我要知道你一天进这病房几次，给老人家用的什么药，吃的什么玩意儿。"

护士脸色顿时很难看，说话阴阳怪气："大名鼎鼎的蓝小姐，您是在针对我吗？"

"是啊。"蓝山失笑,"你既然知道我大名鼎鼎,就该知道这事捅出去你会有多大的麻烦。你是想说我会引火烧身吗?但是你看看你自己,你配点得着我吗?"

主任似乎想求情,蓝山摆手:"不要废话,你想谈别的,等明天我的律师过来谈。我近期会给外婆安排转院手续,你不要这笔钱,有的是人要。"

蓝山停一停,看着主任要走了,又补充了一句:"麻烦再帮我找俩手头活儿不多的好护士来。"

护士知道自己惹了大麻烦,又慌又恨地死盯着蓝山。我在担心她会和蓝山闹个鱼死网破,但蓝山好像一点儿也不担心,坐在床边牵着外婆的手,目光深沉,望着天花板,不知道在看什么。

12

过了一会儿,两个小护士敲门进来,对屋里的情况不明所以,蓝山看一眼她们,问了她们底薪和奖金,客气地解释说老人转院前还需要人照料:"但我条件很苛刻,老人家要吃好穿好睡好,听人给她念书,晴天推她到后花园散步晒太阳。你俩怎么处理手上别的活儿我不管,总之对这间病房要有求必应。要两个人是为了互相监督,语气行为但凡要有一点出格,另一个人可以直接举报,我给酬金。"

蓝山看我一眼,我开始从袋里掏钱。但说真的,我一个穷鬼只在电影里看过把现金往桌上拍的桥段,我的手在抖,只有蓝山发现了。但她什么都不说,目光不再死盯着她们而只盯着指间的烟:"多少钱能办好我交代的事,你们看着办。"

我第三次往袋里伸手的时候她俩已经开始对视,第五次掏出钱来的时候其中一人颤抖着声音说:"够了,实在太多了。"蓝山就笑了,语气轻快地说:"那桌上的钱都归你们,以后做得好我还有钱付,现在先帮我找个轮椅和毛毯来吧。"

哪有人对此时此刻的蓝山不言听计从的?两人慌忙就出去了。原来那护士也想走,但她和桌子太近,一起身把桌子踹歪了,红色纸钞哗啦啦地撒了一地,窗外吹风,钞票飞得到处都是。

蓝山睥睨她一眼,语气淡淡:"捡。"

我冷眼看着小护士憋屈地把纸币一张张捡起来,别提心里多爽了。她捡完后招呼也不打地离开了,蓝山没阻止她也没再为难她,露出意味不明的笑,像在看一只卑微蝼蚁。

半小时后蓝山推着外婆在后花园里散步,和她聊天,大多数时候安静不说话。蓝山走累了就把轮椅停下,老人坐在外边晒太阳,我和蓝山坐在不远处的长亭里休息。

我觉得这个时候的蓝山还没有收刀入鞘,但她呈现出了一种非常茫然的气质,像个斩尽诸神却无家可归的迟暮英雄。我上一次看到这样的蓝山还是在打着艳粉色灯光的吧台前,那时候她的疲惫写在脸上,我的关心正大光明。现在蓝山藏得滴水不漏,拒我于千里之外。所以我不敢动也不说话,我怕我一张口蓝山会赶我走,但更害怕蓝山哭。我想了想,我还没见到过蓝山哭,那在我眼里和世界末日有什么区别?

我还在胡思乱想,蓝山却先开了口,望了我一眼,说:"我今天会不会太凶了?"

我想逗她开心,所以语气轻快:"不会,你像个暴发户欤。"

"暴发户不好吗?"

"像你这么有情有义的暴发户,人间哪得几回闻?"

蓝山果然笑了,说:"你看看你背后。"

大白天演什么鬼片呢,但我还是好配合地回头张望,说:"什么都没有啊。"

"没有尾巴吗？"然后她凑过来说，"舟舟，你像一只对我疯狂摇尾巴的哈巴狗。"

我生气，但气的不是这个。我说："你才发现吗？"蓝山一愣，我非常识趣地贴上去，对她汪汪叫了两声。蓝山开始疯狂地捧腹大笑。她笑了就好，我说："你笑话我，我不和你玩啦。"

但其实我没有生气，只是休息够了，该去推外婆逛一逛了。我话比蓝山多一些，路上见着什么花花草草就随意聊一聊，外婆大概是精力不足，能投来目光，偶尔应一两声已经很好。最后我们绕回长亭的方向，太阳刚好落山，外婆好像很喜欢晚霞，仰着头看。我依老人家的意思停下，一起看天边云卷云舒。天快黑了，我想推老人家走，外婆却指一指天边，吐出两个字——飞光。

这名字有些耳熟，但我一时半会儿想不起来。我想问蓝山，所以回头找她。蓝山站在长廊口倚着高高的红木柱子，身形修长。我看她纤细优美的脖子好像在看一只等死的天鹅，她让我想起了努里耶夫悲剧版《天鹅湖》里的一个剪影，白天鹅或者黑天鹅停在王宫门口伫望，然后厚重的幕布缓缓合上，压抑到窒息。

回去的路上蓝山在后座，说："你带我在外边吹一吹风吧。"

我对蓝山才是真的有求必应，答应了一声又带她往城中心的逆方向开。她一直不说话，我琢磨着不能让她这么死气沉沉下去，所以我找了个话题："飞光是什么？"

"这一行里最有分量的奖项，对模特来说能拿到那个奖，死也瞑目了。"蓝山说着又反问我，"在时尚圈混，这个也不知道？"

"哪有？只是突然忘了！"我反驳得理直气壮，"说是拿到就死也瞑目未免也太过分了吧，真的那么重要吗？"

"这么说好像的确太过分了,因为对于飞光来说只有一步之遥的妈妈就不能瞑目了。"

我沉默下来,从蓝山平静的口吻里意识到拿下飞光或许是她早已规划好的未来,千难万险刀山火海也要朝此前进。毕竟妈妈的遗憾的确过于沉重了,能背负起这种遗憾的蓝山比我想象中勇敢一千倍一万倍。我想说对不起,但蓝山从后视镜里朝着我微笑,轻轻摇一摇头,我就什么都说不出口了。

过了好久,蓝山和我说:"今天的事让你看笑话了。"

我笑着说:"没事啦,幸好你带我来,不然你一个人可能会受欺负啊。"

蓝山扑哧一笑,说:"你比我还小呢,谁敢欺负我啊!"

我憋屈,不想聊这个话题,所以岔开了话:"你今天问我要烟,你抽烟啊?"

蓝山说不是,她不抽,只是在那种情况下,叼着烟会显得比较凶。

蓝山忽然又问我抽烟吗,我说:"不抽。你看你今天说要烟,我一个哆啦A梦都没给你掏出来不是?"蓝山笑着说好,不抽就好。我不知道她是怎么了,死死揪着这个话题不依不饶,反反复复一直在说:"舟舟你不许抽烟,千万不许抽烟。我讨厌烟,所以你抽烟我就讨厌你,你听到没?"

这样的威胁比世界末日还要可怕,我点一点头,说:"好。"

我听出了她的哭腔。

我沉默着朝前开,一直开,坏了的路灯让我有种要冲向世界边缘的错觉,我们在一个拐弯后冲进了一条隧道。进入"大蛇灯火通明的血盆大口"前我听到天边炸了一个响雷,我放慢车速说:"我亲爱的公主殿下,要下雨了,还不回家吗?"

她揪着我的衣服不肯抬头,完全没理会我的后半句话,说:"不是女王吗？"

又开了十来分钟我和一个路口擦肩而过，离下一个转弯回家的路口还有半小时车程。雨开始下，从绵绵细雨到滂沱大雨，我被淋得好冷，只有蓝山脸颊靠着的那一小块儿是温暖的，下着热雨。

我在这一刻忽然理解了蓝山对于梦想成真的执着，即使她想要抵达的目标非常遥远。而现在的我们太过年轻，连直视它都感到诚惶诚恐，格外无力。

但这场大雨将我们变成某种意义上的同盟，无尽的黑暗在我们两侧急速退去，开到哪里去都好，前途，未来，开到一切她想要的美好里去。

Chapter Two
心生芥蒂

5月20日 晴

特地错峰来了游乐园,
她却在休息处打了半个小时工作电话,
本来应该生气的,
但是她认真起来的样子很好看,
和半年前垂头丧气的小狗完全不一样,
拍了一张照片。

　　　　　　有空的时候洗出来吧

13

　　TAKKI的秀定在平安夜，距离现在还有一个半月。蓝山一早就和我预定了十二月的行程，非要我陪她去东京不可，我拗不过她，说"好好好"，其实我自己心里也可想去了，但答应她之后继续为我的事业愁到头秃。

　　我拍不出好照片了。

　　《野火》和《春生》从某种程度上来说是一柄"双刃剑"，我靠这个把我的前途挣了个光明璀璨，但起点太高，一旦被捧上神坛就很难再下来。其实在专业人士看来，这两套照片缺少了棚拍的种种专业条件，但瑕不掩瑜，完全是可遇而不可求的灵感之作。简单来说就好比我是菜狗一只，高考忽然有如神助超常发挥进了TOP1的大学，结果进去之后和那些天才学生完全没法比，整天在自卑中忧虑重重。

　　好在公司知道能超常发挥的学生并不多见，况且我的问题在于缺乏经验，所以对我两次棚拍只出了中等水平的作品表示理解并鼓励。我长出一口气，好在不是给当红流量艺人拍，否则就我这水平发出去，狗头能被摁在地上捶死。

　　公司把我接下来的拍摄计划做了部分削减，让我继续和其他前辈多学习。我喜忧参半，意识到我从某种程度上来说还是逃避压力的人，公司的人追得太紧我就烦躁倍增，但实践机会太少的话我也觉得不太舒坦。啊，我好难搞。

蓝山知道这事的时候笑着骂我事儿多。她是南方人，口音糯糯的，非要学北方人勾起一点不伦不类的儿化音，笨拙又可爱。我说不是这么念的，然后给她重复了一次。她跟着我学，念了十几次仍然是乱七八糟的，就摇头，说不学啦。

蓝山不去想这事没关系，我不能不想。毕竟我决定要把蓝山往飞光的方向送，哪怕我的身份和行业都名不正言不顺，但蓝山要是需要我，我二话不说扛刀扛枪都得上。我有时候会想我这种人其实挺没用的，自个儿的事要是没人在背后疯狗似的追着我咬，我根本就不愿意去做。要换作别人的事，尤其蓝山，我自己就会变成那只疯狗。

但我还是愁，毕竟我的野心配不上实力。

没等我自个儿感伤完，蓝山忽然叫起来。我说："怎么了？"她说："你耳背后有一颗小小的痣欸！"

蓝山真的很容易像个小孩似的大惊小怪。不过我还是挺好奇，毕竟那位置我活了二十几年自己是看不到的。蓝山还特地拍照给我看，我瞄了一眼，说送给你了。

她打我，骂我小气。这我当然要躲啊，不光躲，还要解释。我说："你这脑回路不对啊。"她问我哪里不对。我说："你得这么想，它藏在这里二十几年连我都没发现，如果不是你，可能直到我下葬都没有人知道肖舟的耳后藏了一颗痣，全世界的人都不知道，只有你知道，那它就是你唯一的宝藏了。"

蓝山好认真地观察她的宝藏，说："要给它起什么名字呢？你看人家发现未知行星和无人岛都有自主起名权的。"我毫不犹豫地说，叫它蓝山。蓝山说不要，但我格外地强硬，说就叫它蓝山吧。

蓝山纯粹图一好玩儿，说："好吧好吧，我听你的。"

我躺下来，从逆转的视角里看到白窗帘在风里翻飞如女神的裙摆,有橘红色的光,熊熊燃烧。无名之火重新开始蔓延,我感到灼热异常。

我闭上眼睛。我开始魔怔。

狭长的房间里蓝山站在墙那头,我站在墙这头,我想过去找蓝山,但我们之间的墙上趴着一条粉红色的细长细长的蛇。蓝山叫我过去可我不敢,我这人生平最怕蛇,动画片里的蛇都没法看,更别提这条了。

但蓝山在对面,我没法不过去。

可我一动,那条看起来僵直的粉色花斑蛇就开始在墙上游动。它好长,盘旋在一起,诡异地扭来扭去,我浑身冰凉,毛骨悚然,盯着它完全不敢动弹。我浑身都冒着冷汗,蓝山还呼唤我过去,浑然不觉我们之间横亘着一个"恶魔"。

我慌得要死,粉花蛇天生要和我杠,我走它走,我停它停。我看着蓝山就在我对面三五米的地方可我完全过不去,着急得想哭,又很生气,气自己懦弱,又气蓝山无视我的恐惧。

粉花蛇下半尾像钉在墙上似的,蛇身扭曲出古怪的形状到蓝山面前晃了一圈,又扭头伸到我面前,我尖叫,拔腿就想跑,但双腿打战怎么也动不了,只能看着狰狞的蛇头越来越近,越来越近,张开血盆大口露出锋利的毒牙和妩媚的、细细小小的舌尖,猩红色的蛇口深处,我看见了蓝山的脸。

"做噩梦啦?"蓝山端着一杯水在旁边坐下,"你好冷哦。"

我刚醒,神思恍惚,问她几点了。她报了个时间,距离下午我睡过去已经很久了。说实在的,刚才那个梦让我有点儿不敢去看蓝山,容易让我联想到那条粉花蛇。

蓝山也不催我，只是静静用柔和的目光看着我，我终于从这样的静谧中感到些许安慰，我没由来地说："我怕蛇。"

"这样啊。"蓝山点头说，"舟舟，你知道吗？人类怕蛇其实是有依据的。以前人们在野外生存，下雨的时候蛇容易爬进人类居住的山洞取暖，一不小心就咬死人啦。所以很多人天生就怕蛇，这种恐惧是写在基因里的，不用在意，没关系的。"

我要哭了，说："你别说了，这意思我要是个山顶洞人，一觉醒来要不我就死了，要不我就和一群蛇含情脉脉地对视是吗？"蓝山笑着说："不是啦，我意思是你不要想太多，不管梦到什么都只是个梦而已。"她又问我最近是压力太大了吗，是不是还在为拍不出好作品烦恼。我不想让蓝山担心，况且她说得有道理，我点一点头说"是"。瞬间又冒出奇怪的念头，我问蓝山："我以后会不会再也拍不出好照片了？"

蓝山用很怪异的眼神看了我一眼，好像我问的是万一我以后会死或者明天世界末日怎么办之类的傻问题。她不说话，跳起来出门去，片刻后，换了一身适合拍照的衣服回来，并且把我的相机扔在沙发上，笑眯眯道："我们出门吧，去看看你是不是真的变成了一条小废狗。"

14

我搬过来后作息就没正常过。第二天工作日，我俩在地铁上一起"小鸡啄米"。至于为什么不开车，我好像八百年前就说过早高峰路上一辆辆小车动也不动。

我比蓝山提前六站下了车，要走的时候我和她说了一声，蓝山迷迷糊糊的好像没醒，嗯嗯啊啊应了一声就是。可我下了地铁回头一瞧，蓝山手缩在袖子里趴在门上看我，戴着口罩和渔夫帽，大眼睛古灵精怪地看着我。我瞬间亢奋，去他的熬夜，去他的上班，用力挥手说"再见"，蓝山的脸随着开动的地铁很快远去，消失在我视线中的瞬间重新变成困倦神色。

但其实我想蓝山今天工作要打瞌睡也不要紧，毕竟今天凌晨两点她被经纪人打电话叫醒，被连累的还有我。我睡眼惺忪地问："是不是你私自发微博要被骂啦？"蓝山一言不发地听那边说话，完事后撂下电话，窝进被子里。

"骂了什么？你倒是和我说说让我心疼一下啊。"

我心里吊着个事，睡也睡不好，干脆去骚扰她。蓝山闭上眼睛就笑，说："能有什么事？她骂我找你拍照不早说，问我要后续的片子呢。"

我："……"

我倒头就睡。

这事还真是有毒。昨夜蓝山挑了张最好看的生图①发了微博，连来源都没标注。因为我俩都没把这当成正儿八经的工作任务，蓝山纯粹就是为了让我找手感才友情出镜，谁知道群众的眼睛果真雪亮，评论里一水@我的。我俩起床后发现蓝山的名字又挂在热搜十几名，我真心佩服，心想：热心网友都不睡觉的吗？

天知道这年头要靠群众刷上热搜有多难，没花钱的情况下这已经是不错的成绩了。后续工作有人会负责，和我无关。蓝山公司那边的意思是等今早买个热搜维持热度，再从我这儿拿了后续的图精修一番发布，前三能稳拿，兴许还能冲个爆点。没承想我前脚才到公司，后脚就杀出一个"程咬金"，我一瞄热搜榜，得，蓝山今日爆点无望。

---

① 网络流行词，指没有经过修图处理，直接发布在网络上的图片。

我接了一杯滚烫的开水又往里撒了一小撮干菊花和枸杞，开始工作兼养生。但心绪老是定不下来，一旁的手机还亮着屏幕，热搜第一极其耀眼——白芨、陆星嘉酒店开房亲热。

我没有伸手去关，坐在原地看着它静静地变成黑暗。

午休时间我从公司食堂回来，进茶水间接热水，三五个前辈坐在小沙发上，友善地和我打招呼。

我攀上蓝山一夜爆红其实非常惹眼，但这样的例子在时尚圈屡见不鲜，打江山易守江山难。我观察前辈工作的同时前辈其实也在观察我，发现我目前仍然是缺乏经验的灵感型新人摄影师之后，态度显然好了很多。说白了，我威胁不到他们，所以从这种虚伪友善到多一点真诚，变化只在一瞬间，但影响绝对不同，换作一个月前刚入部门的我，绝不可能在此时被招手叫来听八卦。

我屁颠屁颠地接了一杯热水过去坐，和各位大佬点头打招呼，大概听了五分钟不到，觉得这事真是让人唏嘘。

我入行不久，对演艺圈的情报还不算熟门熟路，但白芨的名字我是听过的，科班演员出身，接了十余部剧，其中有三分之一大火，算是目前新生代里最有前途的人了。另一个陆星嘉则是典型的流量小生，靠脸吃饭，但演技也意外地具有可塑性，不枉公司为他专门投钱拍戏。

狗娱扒出两人情缘开始于首次合作的某部电视剧，营业期间唯粉[①]和 CP 粉[②]吵得不可开交。白、陆两人隔三岔五发个居家喝酒照，或者被粉丝扒出十件衣物九件同款，各种综艺同台被剪成演艺圈粉红剧，

[①] 网络流行语，指只喜欢某一真人偶像。
[②] 网络流行语，指喜欢某两位真人偶像的组合。

简直甜煞众人。

我依稀记得我大学舍友当初是陆星嘉唯粉,一天到晚嘴炮连连,我缩在床帘后边什么都不说,纵然直觉告诉我他俩肯定有一腿,但毕竟演艺圈炒作风气很是盛行,两人为了热度营业也无可厚非。没想到两三年后捅了一出大戏,CP粉捍卫两人真爱,双方唯粉一拨静观其变,一拨脱粉回踩①,路人吃瓜看戏好不热闹。

但路人归路人,业内人士还是一针见血:

"白芨不是说要退吗?临走了捞一波热度,值了。"

"我上个月还接了白芨的活儿,人真是好看得不得了,啧啧,我的梦中情人本人了。"

"哈哈哈哈得了吧,人家不好你这口。不过说实在的,陆星嘉就算了,流量不缺人。白芨是真可惜,这年头有实力的人还有几个?"

"话别说死,且看公关洗呢……"

我在一旁听着觉得挺没意思的,转念一想,陆星嘉好像也是模特出身,不知道和蓝山有没有联系,于是打了个招呼起身回办公室去了。到了茶水间门口和一个前辈擦肩而过,她身上香水味好浓,我憋着气问好,对方倒是很随和地端着杯子笑。

"蓝山今天又上热搜了?"

"随便拍拍。"

"谦虚了。"前辈笑,"就你拍她能上热搜。"

这姐姐说完就款款扭腰坐到我刚才的位置去了。她说话温温和和的,倒有点耐人寻味,特别是那个"就"字,真妖孽,也不知道是在说蓝山只有被我拍才能上热搜还是我只有拍蓝山才能上热搜,论咬文

---

① 指由于某些原因不再喜欢原本的偶像,甚至转变为对该偶像持负面态度,并在公开平台发表不满的行为。

嚼字还是你时尚圈狠。

我头都没回,怕那些姐姐看到我狰狞的脸,径直回到办公室坐下给蓝山发微信:"你看热搜了吗?真的假的?"

"事是真的,两个人好到什么程度我不太清楚。最近两个人资源太好了,枪打出头鸟,买个不要命的狗娱卖一拨,常有的事。"

"公关怎么搞?"

"只要两个人还想在大众视野里多活一天,那就必须洗。但其实我听小道消息说,白芨早八百年前就动了想退圈的心了。"

我一愣:"那白芨不会就顺势……"

"不会,无论白芨和陆星嘉是假戏还是真做,都必洗无疑。"

白、陆双方在下午前后发了澄清声明,涉及当晚酒会的朋友也出来做相关解释,公司买了黑粉发布证据又买了水军后脚打脸作假,红白脸一唱一和简直精彩极了。我不想去看群众被耍得团团转,也不想去关注官方说辞,我趴在电脑前摸鱼,看陆星嘉的最新视频。

陆星嘉出道以来打的就是朝气招牌,笑颜灿烂,纵然路人如我,心口也被一炮暴击。我关掉弹幕看穿着白毛衣的陆星嘉架好镜头后先给茶几上的绿植浇水,节奏缓上这么十几秒钟顿时就有了闲话家常的意味。他没有针对昨晚的事情说太多,简单解释之后对让粉丝产生困扰的事实郑重致歉,言明和白芨只是朋友关系,不存在任何更深层次的牵扯。

"攻击也好,质问也罢,我清白坦荡,一律不接受。

"大家都有各自的生活,不要为了我付出全部。与其关心我被人随意造谣的私生活,不如请大家多关注我今后的作品和成长吧。"

"希望——"他停一停,"让大家见证我更耀眼的未来。"

陆星嘉笑得好灿烂又完美无瑕,比起他的用心,白芨那边一条"清者自清"的微博更显得简明扼要。结合蓝山的情报来看大概是白芨退了一步，白芨可以不要自己的未来，但不能不要陆星嘉的。这剧情狗血得烂透了，可我为什么这么心塞？

我关掉多余的网页，面对没修完的半成品图发呆。手机上蓝山说的最后一句话还挂在屏幕上，孤单得轻飘飘："啧啧，开始冲爆搜了，这年头还有比八卦更抓眼球的事吗？"

我忽然好累，不想回复蓝山。

15

比起八卦来还有其他事更值得我在意，最要紧的是TAKKI大秀的日子越来越近了。TAKKI来头不小，是欧美地区排名前三的某奢侈品牌的子品牌，在亚太地区发展不到几年，年轻但前途无限，合作理念也朝着这方向靠拢，所以今年大秀起用的模特都是年轻但非常有实力的半新人，再加上可能有意打开国内市场，选定蓝山去走大开也无可厚非。

当然前提还是蓝山实力牛，否则就算是八国混血也登不上台面。

TAKKI这种规模的时尚活动我司不可能不参与，提前一个月收到了邀请函后公司就开始挑人组团。摄影部理所应当有名额，再加上众人都知道我约等于蓝山御用摄影师，所以我直接被点名了。但我拒绝，说名额让给别人吧，我这个月调休。负责登记的秋历和我同期入部门，关系还成，听我这么说看了我一眼，把我名字划掉："在家当宅女啊？机会难得欸。"

我说："不是，我会去东京。跟你们去得坐经济舱，和蓝山去我能坐头等舱，顺便我在度假中，但你们摄影狗忙前忙后恐怕要吐血。你闭上眼睛，能看到东京铁塔上的一轮皎洁明月吗？那是我对你们最真挚的祝福。"

秋历把笔盖合上，拍拍我的肩膀，问："那你能看到你桌下优雅细长的三脚架吗？"

我说："能，怎么着？"

他点头，温柔地说："看到就好，等会儿它会出现在你的坟头上。"

这老狗来真的，顺势就要揍我，我抬头一看，下班了，我顺手就抄上包一溜烟跑了个没影。身后他丢下三脚架冲我吼："你属狗的吗？跑这么快！你什么时候开始放假，我天天骚扰你帮我加班修图啊？？？"

我大笑，心说那得感谢蓝山。蓝山最近为了走大开一直在做塑形训练，我跟着做了不少摸鱼式健身，现在看来还是有点效果的。我去停车场取车，顺便看蓝山发给我的短信："记得把阿水带去托养所，告诉它蓝山姐姐爱它。么么哒。"

蓝山去巴黎参加TAKKI母品牌的活动了，好像顺带要走个秀场还是拍个杂志。我从时尚新闻上见到蓝山的次数都比我和她真人聊天的次数多，总之她忙她的，我忙着我的。

蓝山说结束活动后会直接飞东京，就不回家了。她给我买了机票，果然是头等舱。我看到的时候叹了口气，心说我这头回坐头等舱，爽是爽，但蓝山又不在，我这头等舱坐得还不如行李托运舱，没劲儿。

我开车回家带阿水去托养所也毫无怨言。前台人员帮我填单，我闲着没事就开始观察人类。

这法子是蓝山安利给我的，在那天我们夜拍的马路边。她说："观察其实是一种非常厉害的能力，你需要有一双发现美的眼睛。"我那会儿在给她筛图，答应得极其散漫敷衍，说："我发现你了。"

我话音刚落又爆粗口，因为蓝山又打我。我好委屈。蓝山说："你好好听我说话。"我赶紧"嗯嗯"两声，把相机放下。结果她让我闭嘴，自己又说不出个所以然，想了半天，说："这种厉害只可意会不可言传，你自己去试试就好。鉴于你最近在主攻人像摄影，那就观察人类吧。"

哇，蓝山说得好高端，我热烈鼓掌，但同时又小声说："我玩手机的时候都是在和你发消息啊，怎么让我一人背锅了？"

说归说，我还是去做了。坚持了一星期之后我开始觉得奇妙，我需要把别人的五官或者有灵气的神态给分解出来再重组，去想如果我现在拿着相机我会怎么拍。半个月之后我开始作呕，因为我形成了职业病，看谁都在脑中把人分尸了，再寻找最合适的拍摄角度装回去。我一度不想上街见生人，找了关系好的同事试试手，但看了看，好像也没什么突飞猛进的效果。

我和蓝山说我又到了瓶颈期啦。可那时候蓝山已经在巴黎了。通常我早上起床了她还没睡觉，所以我的消息空荡荡地躺在对话框末尾好久都没有人回，好不容易等她回复了，也只有可怜的一小句："不着急，等我回去再说。"

我还想说话，但蓝山又打字："今天好累，我好困，睡觉啦，晚安。"

我默默地把打好的字又删掉，在我应该说早安的时候和她说晚安。

和蓝山交流太少，我只能把心思重新放回观察人类上。还有十分钟下班，托养所大堂根本没什么人，我看完前台的美女又去看坐在沙发上戴着口罩的格纹毛衣男，嗯，真好看。我又忍不住多看了一眼，面部表情开始演绎真人版《呐喊》。

那人竟然是陆星嘉。

我俩对视了一眼，氛围很奇怪。干我这行的见过的明星数都数不完，要说太惊讶也不至于。我第一反应竟然是陆星嘉好白，光露半张脸，皮肤就好得让我嫉妒。紧接着我在思考陆星嘉认不认识我，这关系到我要不要打招呼。毕竟他和蓝山同公司，我觍着脸说我最近也挺火，他可能听过我的名字，但见过我的脸吗？

一旁的前台小姐简直神助攻，一边写单子一边好奇地看我，问："你是肖舟？那个把蓝山拍得贼好看的摄影师肖舟？"我赶紧应声，说："是我没错。"

陆星嘉看了我一眼。

我这边正谈着托养事宜，间或应付着小姐姐问我的八卦。另一位工作人员抱着一只狗到前台后边找单子，说："过来领吧。"陆星嘉走过来，伸手要抱狗。阿姨看了看单子，又看他："这登记的名字是白芨，麻烦出示证件再领。"

我心里咯噔一下。

不是，这什么情况？白芨的狗托在这儿，让陆星嘉领？他俩这闹的哪出？我有点蒙，但一旁的美女忽然激动地凑上来，小声地说："你该不会是陆星嘉吧？"陆星嘉翻找证件的动作就停一停，说"不是"，顺带拉下口罩，露出左下颊一道烧伤疤。我一愣，还没来得及看清，这人又把口罩戴回去了，又拉开领口，露出一小截文身："陆星嘉也有文身吗？"

说实在的，他动作挺快，伤痕和文身都没让人瞧清楚，看着有点做贼心虚的意思。姑娘有些尴尬，但还是怀疑，目光盯着我的单子，还是忍不住瞄他。

"姐姐你可快点写吧，这哥们儿真不是陆星嘉。"我说，"当然咱都叫他小陆星嘉，你要这么叫，我估计他也不会不乐意。"

"你俩认识？"

"他是白芨助理，我同事接过几次白芨的拍摄项目，我眼熟。"我摸着一支按动笔玩，再转向另一个工作人员："您瞧白芨大明星一位，哪有时间亲自来领狗？叫助理来也理所应当。麻烦您通融通融，他要是能拿出证明来,您就让他领走这'小祖宗'吧。"

说完我瞄了一眼青年,他会意,很快把东西递过去:"托养证明,还有白芨的身份证。"

啧啧,哥们儿够狠啊,身份证都敢往出借。身份证一出显然工作人员就没那么多事了,该盖章盖章,该签字签字,我还抽空和前台妹子说:"你要是喜欢陆星嘉,等我有朝一日飞黄腾达了,能遇上就帮你要一个签名照。"她笑着摆手说:"我连陆星嘉的脸都认不太清,纯粹是看他最近风头大凑一下热闹罢了,不麻烦你了。"

说完她又偷偷挤眼睛:"蓝山姐姐比较对我胃口。"

我心说你这说的是什么话,但碍于人家给我办事兢兢业业,也不好计较。我俩的手续同时办完又同时转身。他抱着狗还能给我绅士地拉着门,我怪受宠若惊的,赶紧出去了。这托养所所在的地方还算僻静,四周没什么人,他也不着急走,拉下口罩:"谢谢。"

我点点头:"你是蓝山的同事嘛,帮一把理所应当。"

其实我也不知道我为什么要帮陆星嘉,最敷衍的借口往往最有用,陆星嘉果然没再说什么,静静地戴好口罩,笑眼弯弯抱着狗走了。他走出三米开外,我忽然说:"下次稍微注意一点儿吧。"

"下次?"陆星嘉回过头,似乎有些困惑,但很快微笑,"没有下次了。"

陆星嘉怎么不去写小说?他这种说话水平一刀一个人啊。我顿时语塞,又后悔到想抽自己耳光。他走到街口等红绿灯,狗狗攀上他的肩头。陆星嘉侧首吻了它一下,又吻了一下,虔诚又寂寞。

夕阳砍在他身上,黑影渗出红色,血流成河。

16

  陆星嘉的血河顺着夕阳一直流进我脑子里，我抬头的时候夕阳下的剪影变矮了，我有些困惑，再一看，吓得我魂飞魄散。

  他怀里那只狗不知道什么时候变成了阿水，抱着它的人也变成了我的脸。我又在哭，我好烦。我想骂她："你哭个屁，你自己戾你不知道吗？非得掉眼泪让全世界知道，矫情什么！"那个肖舟一抬头，泪眼蒙眬得就有些妩媚了，怎么有点蓝山的样子？我揉揉眼睛再看，那分明就是蓝山，泪水还挂在眼角，凝望我的方向，笑得好古怪，轻蔑又高傲。

  我有点慌神了，说："蓝山你别这么看我，你怎么了？"蓝山不说话，低头抚摸怀里的"小祖宗"，我顺着她的动作去看，阿水不知道什么时候变成了粉花斑蛇，还是细细长长又冰冷的那一条，从蓝山膝盖一直绕着她盘上去，在她怀里慵懒地扭着脑袋，和我含情脉脉地对视了一眼，忽然张开血盆大口向我咬来。

  我尖叫一声，闭上眼睛喊得撕心裂肺。

  我身边响起一片叹气和咂嘴声，有人在轻声呼唤我。过了好久我才小心翼翼地睁开一只眼睛，没有粉色花斑蛇也没有蓝山，没有夕阳也没有陆星嘉，只有空姐担忧的脸："肖小姐，您还好吗？"

  她扶我坐好，询问我是不是做噩梦了，我惊魂未定地点头。片刻后她端来一杯茉莉花茶，我和她说谢谢，慢慢喝下大半杯，才意识到自己坐在前往东京的航班上，旁边电脑上显示的是修了一半的图，是陆星嘉的剪影。

  我依稀记得那天他走的画面太打动人，回过神来的时候我手机里已经一堆抓拍照。我想了想这样是不是不好，毕竟他可能不愿意被留下那一刻的记录。但我舍不得删，陆星嘉的背影怎么看都是故事。

我叹气，把剩下的茶水喝空，继续修图。

蓝山比我早到东京一天，她着实忙了太久，今天难得休假，我也没舍得叫她千里迢迢来接我，让她好好休息。蓝山答应了，结果我反而开始头疼：蓝山怎么这么干脆，我让她甭来她还真不来了？

算了，是我矫情。

蓝山的助理把我带到酒店去，我一进门就把行李箱丢下去找蓝山。可蓝山在敷面膜，一点儿欢迎仪式也没有，只是说："我们明天去逛街吧。"我说："好啊。"不过我转念一想，我俩到哪儿的生活好像都一样，我换个地方睡觉，蓝山换个地方逛街。

那天蓝山好像和我说了很多事，我都记不太清了，飞机上的噩梦把我的精气神掏了个空——哦对，说到这个我一个激灵，醒了大半。蓝山一脸莫名其妙地说："怎么了？"

我说："你有陆星嘉的联系方式吗？我有几张照片给他。"

蓝山没急着摸手机，靠着床头看我："你俩认识？"

"打了个照面，我拍了几张，还挺有感觉的。"我说，"没经过他同意，不敢偷发，先给他看看吧。"

蓝山点头，我躺倒在软软的床上，听到她说："发给我吧，我帮你转给他。"

我把手机递给蓝山，神志不清，很快昏睡过去。

第二天我和蓝山去逛街，我跟在她后边，在想天时地利人和这三样是哪里不对。

我们的重逢显然过于平淡，和我们的分别一模一样。蓝山神色如常，显得我更容易伤春悲秋，虚伪造作。还没来得及琢磨太久，蓝山一转过头来我什么情绪都飞走了。

蓝山真的好贪玩，抓了满满两只手的口红再哗啦啦倒在桌上，足足有十几支，其中有小半都是奇怪的颜色，我吓得脸都绿了，但蓝山咯咯地笑，开始认认真真地给我试正经的颜色。

蓝山夸我白，可我张着嘴像个呆鸡没办法说话，只能"嗯嗯啊啊"地回应她。我晕晕沉沉，蓝山问什么都说好，最后蓝山叫来柜姐，和她说了七八个色号。

我目瞪口呆："买这么多？"

她也目瞪口呆："这是你点头说好看的呀！"

我赶忙说："不是，我刚才一直在发呆，什么都不知道。"蓝山又笑了，说："那你至少选一个吧。"我懒得再试，随手挑了一个，蓝山给我结账去了。这会儿有人给我打电话，我一看来者不善，是分管摄影部的小领导。

我人生悲剧榜首再度更新：有什么比放假接到领导电话更惨的事情吗？

我出去找了个僻静的角落，才硬着头皮接起电话，絮叨了大概五分钟我才用我可怜的脑子整理出谈话的重点，无非是我进摄影部都快一个季度了，除了蓝山之外也没什么特别优秀的作品，我是想靠蓝山吃一辈子吗？

我烦躁得要命，靠着墙蹲下在地上画圈圈，但口吻还是很平和，尿尿地说"不是"。她又在那边批评我，说："本来这次去东京安排了你的名额，是想让你好好锻炼，这次去的可都是亚太地区有头有脸的人物。你倒好，专门调休到这个月享清闲。"

我那哥们儿没和她说我放假也来东京了吗？但领导教训我我哪敢插话？最后她也没空听我解释，只说让我这次休假回去再好好磨炼磨炼，争取出个新作品。

我听懂了她潜台词的严重性，敢烦不敢言，只乖乖答应了。挂了电话我就开始低声骂娘，说新作品哪儿那么好出？我观察人类这么久也还在瓶颈期，蓝山又得忙完TAKKI才能帮我解决问题，破事儿都堆一起去了。

我骂骂咧咧地想起身去找蓝山，但蹲得太久腿都麻了，刚直起半个身子差点扑通下跪，好在我只是趔趄，否则我在别人眼里可能真的变成了一个对洗手间标志三跪九叩的神经病。

但这一趔趄也不是什么好事，我撞到人了，力道还不小，半边脸磕到一个姑娘白花花的大腿上，她皮肤真滑，我没刹住车还往下溜了两三厘米才稳住身子。一根细长的黑色烟卷从她指缝中掉下来，骨碌碌滚远。我顿时尴尬，下意识用我所会的贫瘠日语之一说"对不起"，然后才意识到不对。

我不会日语，没法和她进一步解释。我抬头环顾四周，指着墙上的禁烟标志：No Smoking。

"我知道，没点火。"那姑娘用标准的国语说，"那是最后一根烟了。"

我正对上姑娘的脸，瞬间惊了。

17

众所周知蓝山在我心里一直是"美人"二字的巅峰值，见过蓝山之后再也没有别的女人能入我的眼，但我面前这姑娘可以说水准无限逼近蓝山了。

我看到她的第一眼是词穷的，后来才琢磨出这姑娘应该用"纯粹"两个字来形容。怎么说？她的气质和美貌都太干净利落，甚至连身上的颜色都纯粹得不得了，从此我可以坦荡地说我只见过一个由红、白、黑三色组成的女人，那就是阳晞。

当然我是后来才知道她的名字的,但阳晞那时候着实迷人得不得了。她长得非常年轻,我第一眼甚至怀疑她只有十六岁。她白得像瓷,涂了红唇,是一种介于清纯和成熟之间的迷人。她看我的时候又用涂了正红色指甲油的指甲随意顺了顺齐耳黑色短发,目光落到地面的烟上,说话的时候语气带着一点点怜悯和可惜。

我那一瞬间忽然就很抱歉,不是对阳晞而是对那支烟。被红指甲白手指夹住送进红唇皓齿可能是它的一生最幸福灿烂的结局,而我毁了这一切。

烟如果能读懂我的想法并且会说话,可能会直接骂我"神经病",但我那一瞬间的确是这么想的。更神经病的是,我在那一刻忽然打通了任督二脉:我这小半个月来所有观察人类的练习经验瞬间坍塌,在看到这姑娘的第一眼,我觉得我一定能拍好她。

这样强烈的直觉来得十分唐突,我自己都吓了一跳。这种震撼和诱惑跟我第一次见到蓝山时如出一辙。不,不对,还是有所不同的。毕竟我那时候不光想拍蓝山,还有很多别的想法。但面对眼前的姑娘,只有职业冲动,想着一定能拍好她。

我讪讪道歉,说:"我去买一盒烟赔你吧。"姑娘没什么反应,反倒是这个时候,我听到蓝山在我身后说:"怎么跑到这里来了呀?"

我说我出来接个电话,然后撞到人了。蓝山反应平平,"哦"了一声。我瞧她态度有点客气的冷淡,但不是冲我,是朝着我旁边这美人儿:"还挺巧。"

"是挺巧,蓝山前辈也来逛街吗?"

"随便走走。舟舟,这阳晞,同公司的。"蓝山说完看阳晞:"肖舟,我朋友。"

我那一瞬间忽然有很魔怔的想法:如果时光倒流,我没有给蓝山拍照,那我们会怎样发展?可惜没有太多时间继续让我意淫,阳晞很

— 061 —

快向我伸手："你好。"

我礼貌性回握，又想起那根烟。阳晞走过去把它扔到垃圾桶里去，说："没关系，下次再还给我吧。"然后她踩着黑色高跟鞋嗒嗒地走了。蓝山继续拉我逛街，没对刚才的事再说什么。

啧，我看出来了，蓝山不大喜欢阳晞。

蓝山托公司那边给我弄了个工作证，以便我出入后台。蓝山走的是大开，整个秀场的第一位，需要以她为基点来带全场的节奏，要兼顾的东西很多，也就更忙更辛苦。好在我有工作证，否则每天在酒店里待着从早到晚都看不到蓝山，就又要长蘑菇了。

我不属于他们公司团队里的人，所以进了后台也是举着相机到处拍，好在和我一样的记录人员不少，我也不算太突兀。我的镜头转过无数个美人，然后停了下来。

阳晞那时候叼着一根烟，和我弄掉的那根一模一样，低着头穿上一件短外套，抬起头来的时候眼神非常凌厉。我知道这姑娘不是为了装样，只是常态下会对陌生的人和事保持警惕，蓝山当初看到我其实也是这种心态，只是最后她选择了和我和解，而不是像阳晞这样从镜子里直勾勾地看我。

阳晞很快收起了那种眼神，对镜子里的我点点头，我也点头权当打了个招呼，抱着我的相机溜了。

蓝山不喜欢她，那我不管再怎么想拍她，也不会举起镜头。

哇，我简直想为自己鼓掌，又好想告诉蓝山让她好好夸夸我。所以我直接去找蓝山，但蓝山没空理我，她在化妆间试妆，周围围了三五个人，有翻译，也有设计师和化妆师，蓝山坐在中间看 iPad 上的概念图，偶尔插几句话，但更多时候只是默默地让化妆师在她脸上捣鼓。我坐在沙发上听他们说了半小时脑袋都要炸了，蓝山到现在还是冰山脸，着实了不起。

　　下午敲定妆发，晚上还得走台。两轮结束之后已经是凌晨，我和蓝山坐车回去，她靠在我肩膀上睡了一路，直到酒店才醒。照理说蓝山应该洗澡倒头就睡，但她洗澡出来坐在床边和我聊天，说她太累的时候是睡不好的。

　　蓝山打个喷嚏我都能追着她喂药，失眠还得了？我马上起来穿衣服，说："我去给你买安眠药。"蓝山就笑着说："小笨蛋，处方药买不到啦。"我说："褪黑素也成，你等我半小时，我买完就回来。"

　　我要走，但蓝山拦住了我，要我在身边坐下。我看她的眼睛从低处望向我，像狐狸又像猫，轻轻地将现实的一切隔绝开来。此刻我眼中的蓝山骨骼脉络都是青山铸成的，天降暴雨她就将甘霖融为溪流，风吹来星火那就燃尽满山遍野死个干脆利落，像现在这样温软好像还是头一遭，蓝山被灌了情绪的酒，烂醉如泥。

　　我甚至怀疑蓝山在向我示弱，然而示弱者必有所图，蓝山想要什么呢？

　　这问题直到后来我才搞懂，蓝山闭上眼睛前的眼神有一种很奇异的渴望，直勾勾盯着我，我的魂和心都在那一刻无限贴近她，好像我在那一刻必须说些做些什么——"我能够为你的梦想付出一切，你呢？"

　　这一刻像是有某种灵犀贯穿心灵，我俯下身去，一句耳语悄无声息地融进空气。

　　那是我人生中第一次坦露心迹，它最为隆重也最为仓促，轻飘飘降落在我在意的人昏昏欲睡的前一秒，可我是虔诚和迫切的，我希望蓝山听到，我希望她在意我如我在意她一样。

　　可不一定是所有话抛出去都有回音，也不知道是被稳稳接住还是就那样纵身滑落深渊谷底，掉得太深反而杳无音信。蓝山恐怕睡着了，我听不到她回应。我开始茫然，蓝山想要的，真的是这个吗？

截至第二天蓝山去秀场前也没和我提这事,我想她是真的没听到吧。我有些庆幸又有些失落,蓝山那么优秀那么好,而我只是一个深陷瓶颈期难以抽身的垃圾摄影师,发誓成为她的信徒也并不算什么荣耀。所以我从此之后也没再抱怨蓝山没回应我,因为我忽然想到,昨夜好像也是我对蓝山第一次这样说。

咱俩互相等待,于是扯平。

蓝山在第二天重新变成洒脱利落的蓝山,我还挣扎着要起来陪她去秀场,她笑着说:"你多睡一会儿吧,什么时候醒了什么时候再去也行。"

蓝山突然这么在意我,我又开始怀疑她是听到我说的话了。好烦哦,我忽然又觉得做女孩子不好——不是,是我不好,是我矫情,敏感多疑,眼巴巴地盼着蓝山多看我一眼,简直走火入魔。

不过,为蓝山疯魔又有何不可呢?

蓝山既然要我多睡会儿,我也就顺水推舟睡了几天懒觉。二十四号平安夜,蓝山一大早就要过去,我久违地和她一起洗漱,在宽宽大大的洗漱台前面侧身撞她,蓝山骂我幼稚,自己也幼稚地顶回来,含着一口白色牙膏沫冲我笑。

蓝山要真是只会吐白色泡泡的鱼就好了,这样我就可以把她养在我身边,一步也不落地永远盯着她。

早上和午休结束后分别走了一次正式彩排,最后一次走了快场,校对各部门的配合问题,结束时是下午四点出头,我以为蓝山能好好休息直到晚上八点正式开场了,但蓝山回化妆间歇了不到五分钟,助理就敲门进来和她说准备开始录特别节目了。

我举手发问:"特别节目是什么?"

"是活动方特别要求的啦,说想看好看的姑娘们聚集在一起喝下午茶,其实是为了推他们春夏主打舒适性的新品,风格比较日常化,不穿高跟鞋去也无所谓。"

蓝山一边说着一边换衣服，从容地踩上主办方提供的一双平底单鞋。造型师过来替她整理了发型，蓝山就又要出门了。我眼巴巴地看着她走出去，好失望，所有人都有事做，就我在这儿闲着什么都干不了。但很快蓝山又推门，从门缝里看我："舟舟，我想吃糖。"

好呀好呀好呀。我积极得一蹦三尺高，马上就出门。蓝山想吃的糖其实是日本一种很常见的汽水硬糖，随便一家便利店都能买到，但最近的店也在两公里之外。我绕出秀场再去找门面，一来一回花了不少时间，回来时我拎着一纸袋的糖果。我要偷偷留两颗，等晚上回到酒店再和蓝山一起分享。而味道是有记忆的，这样我以后每一次喝汽水都能想起我和蓝山曾经分享过一颗糖，简直不要太棒。

我美滋滋地绕到后台，看到医疗车在外面停着——我走的时候还什么都没有呢。我有些好奇，多看了一眼，就撞上了人。

"肖舟姐姐，你怎么老喜欢撞我？"

阳晞靠在门口抽烟，似笑非笑地看看我，又看看我怀里的纸袋。我其实不大想给她，毕竟这是蓝山管我要的糖，但撞着人家，没个说法好像也不合适，所以我递过去一颗糖，说："不好意思啊，下次我注意。"

阳晞晃了晃烟，说她不吃糖。我心里卑鄙地窃喜，把糖果放回纸袋，极其虚伪地说那可惜了。

"给蓝山前辈买的糖吗？"

"嗯。"

"恐怕她现在没什么心情吃。"阳晞吐出一口烟，"她出事了，你进去看看吧。"

我的脑子只能坚持清醒到听清楚她的话，紧接着一片空白，撒开腿就往里狂奔。

18

  我费了好大力气才从人堆里挤到化妆间门口，门口有人拦着不让我进，我焦急地敲门说："蓝山，我是肖舟！"里面打开了一条门缝，我赶紧钻了进去。

  化妆间内一股血腥味，蓝山坐在沙发上，长腿搭在矮凳上让人处理伤口。医护人员把一大块红色的棉花夹离蓝山的小腿，扔进垃圾桶里的时候棉花还在滴血。我觉得我要疯了，我在那一刻竟然不知道应该开口问谁。刚巧经纪人在我后边进来了，看这情况也是眼前一黑，当然没我这么无措，直接开口："怎么回事？"

  "拍摄结束的时候装饰用的酒杯塔突然倒了，现场很乱，蓝山姐摔了一跤……"助理小心地看了一眼蓝山，"踩在碎玻璃上了。"

  我倒吸一口冷气，马上坐到蓝山身边去了。经纪人在那儿对着工作人员一通指责，我也不敢大声说话，赶紧剥糖喂给蓝山吃，说："你吃一颗就不疼了。"蓝山张开嘴轻轻咬住糖，手指爬上别人看不到的那一侧脸颊，在我眼角走了个过场："不哭。没事。"

  我说"好"，可我眼睛还是酸疼酸疼的，哪怕我根本没想哭。大概是生理反应吧，蓝山一疼它们就开始配合演出，谁会理我这个指挥家到底能不能控场？我不重要。蓝山可能猜到我憋不住，叹了口气，凶巴巴地冲我说："只许哭给我看。"

  这招有点绝，我的眼泪被蓝山吓回去了。蓝山很快变脸，因为经纪人骂完了别人就走过来了，问医护人员现在什么情况。

  "单鞋太宽松，玻璃碴划进去了，问题说大不大说小不小，平时走路应该没大碍，但上T台的话可能有点困难。"医护人员说，"小腿伤得比较严重，扎得太深，只能勉强止住血。我们这儿只是应急医疗点，玻璃碴得到医院才能清理出来。"

经纪人看表，立刻摇头："不行，时间不够。"

医护人员叹气："不尽快处理会有感染风险。"

这时候有人敲门进来，还嫌不够乱："主办方来人问蓝山情况了，说给个准话，能上不能上？"

屋内死寂了片刻，一个声音清清冷冷地冒头："能。"

经纪人看过来："你确定？"

蓝山甩开我的手，我让她闭嘴，可她完全不听。我听到她牙齿咬碎汽水糖的声音，斩钉截铁地说："确定。"

刚进来的小助理立刻出去答复主办方了，蓝山让我去把高跟鞋拿过来，我好生气，坐在原地动也不动。另一个助理姐姐把鞋子放到蓝山跟前，扶着蓝山起身。蓝山踩进高跟鞋又松开助理的手，一瞬间眉头拧得好紧。她试着从沙发走到梳妆台又走回来，一个趔趄差点摔在沙发上，我赶紧扶她坐下来。

经纪人叹了口气，似乎是要劝她放弃，蓝山摆摆手："姐姐你不要劝我了，我自己知道能走不能走。现在离正式开场还有点时间，我需要冰块、绷带和止痛片。"

医护人员也惊了："不需要上药吗？"

蓝山就笑："现在上药能马上好吗？不能的话就这样吧。"

所有人面面相觑，各自准备蓝山要的东西去了，经纪人临走时和蓝山说："你可想好了，不走总比走差了好，在这种档次的秀场稍有差池，你模特生涯基本就给断在这儿了。"蓝山点头，目送经纪人离开。化妆间里只留下我俩，人刚走空我就破口大骂，说："蓝山你神经病，T台多高你知道吗？你要是摔下来是不是指望着下半辈子我养你？"

蓝山静静地看着我破口大骂，听完之后就笑了，说："好啊，你养我。"

我又骂："我养你,我养得起吗?"

我骂完就霍地起身,在房间里转了好几圈,又一屁股坐下。我觉得我眼圈又开始泛红了,我说:"你不要走这场了好不好?我求你不要走。"

蓝山看起来很好说话,但其实她就是个一条道走到底的犟脾气,她始终有种侠客般的英勇,毕竟如果没有她当时一力抗争,也就没有后来的《野火》和《春生》,但我现在好恨,我恨她恨得要死。

这种恨不同于我们第一次飙车,那时我怕死但又因这样极端的浪漫而跃跃欲试。可现在是我得在台下看蓝山一个人去高空走钢丝,我光是想到她在台上出了任何一点意外,整个人就慌到发抖。

不是,我真的搞不懂。她为什么就非得赤脚走刀刃,完全不在乎别人的担心和哀求?

蓝山对我的哀求置若罔闻,耐心地看着我笑:"你放心让我走,我既然敢走,就不会出事。"我把脑袋晃成拨浪鼓,说:"你这次不许走,你听到没有?"

蓝山就叹了口气,靠在沙发上揉太阳穴,语气不如哄我的时候那样了,三分疲倦七分无奈:"肖舟。"

蓝山从认识我第二天开始就没叫过我名字,现在居然叫我名字,完完整整地叫了。我愣在原地,蓝山指一指饮水机,说:"你喝点水冷静一会儿。"我没有听她的话,使劲揉了揉自己的脸,又焦躁地把手指插进头发里,然后抬起头:"你是不是非走不可?"

"飞光对我来说太重要了。"

我点一点头:"你对我来说也很重要。"

我说完捞上外套,起身摔门就走。

我冲出门外才发现自己多可怜:我回不去蓝山那儿,又没有邀请函，没法坐到观众席上，最后只能默默地上了后台的小楼梯爬到最高层，坐在导播室外的走廊上吹着冷风等开场。我一直望着舞台最深的地方，怕蓝山不出现，但更怕蓝山出现。

晚上八点一到，蓝山窈窕的影子开始露出来，我眼里只剩下一步步走来的蓝山。我全身心都紧绷着，生怕出现一点儿意外。但蓝山没有，她还是我认识的那个侠女蓝山，血里带风，洒脱无比，走台定点都干脆利落，看不出一点儿受伤的痕迹。

蓝山回身之后走上侧道的玻璃桥，我一愣，又开始爆粗口，骂TAKKI怎么这么有钱，一个主T台不够还要搭场景？换到往时我肯定为蓝山有更多的表现机会叫好，但现在只能看她往台阶上走，步步生莲——血莲开在白色绷带上，再沿着红色高跟鞋滴了玻璃楼梯一路，开出凌乱的花。

蓝山在某种程度上是真的厉害，TAKKI定的主题是日本神话中最经典的百鬼夜行，谁能想到大开模特所对应的吸血姬会真的在小腿上缠着绷带坦荡荡地上台？她兀自骄傲，兀自流血，登顶后在最璀璨的灯光下粲然一笑，一滴清泪从眼角无声滑落。

蓝山惊艳了全世界，我在那一瞬间已经预见了今晚乃至日后众人的疯狂。我不知道蓝山是否能看见我，看见我缩在她正对面的小小角落里望着她。

真好，全世界都在为蓝山今夜的表现而欢呼大笑，只有一个人独自窝在角落，掉下无关痛痒的一滴眼泪。

可蓝山你能不能记起肖舟？毕竟全世界只有她在哭，只有她在想你一定很疼，疼到连她自己都在掉眼泪啊。

- 069 -

19

　　凌晨一点了我还在东京的街道上吹风，寒风在我脸上撒泼，整张脸都在龇牙咧嘴地叫疼。其实按这样的剧情来说我应该孤苦伶仃地继续在街上晃，但不是的，当你吹过东京深夜接近零摄氏度的风后，你就会知道偶像剧里那些冬夜散步的剧情都是假的，太假了。

　　所以我找了一家便利店坐下，点了一份热腾腾的关东煮，在那一瞬间忽然觉得好幸福。但很快幸福又破灭了：店员和我说我最喜欢的牛丸没有了。

　　人生真是起起落落起起落落……

　　我含糊地说："什么都好，都来一点吧。"我把手抄进口袋里，摸到了一颗硬硬的东西，拿出来看了看，又把那颗汽水糖塞回去了。但想了想我还是决定把它拆了，撕糖纸的时候还在怜悯它：它今晚应该有个神圣的使命，见证蓝山在职业生涯中首次大成功，以及成为我和她之间分享的第一颗糖。

　　我还在那儿感伤，一用力，蓝色的糖果就飞出去了，"啪嗒"一声掉到地上。我望着它，觉得自己离情绪崩溃就差那么临门一脚。

　　我深呼吸，在店里转了两圈，找酒。但我没带身份证，所以只能光看着过瘾。我在自己的脑补中喝了个酩酊大醉，心想：是时候抽烟了。于是在烟柜前我看到了黑色的烟，阳晞抽的那种，上边画着小恶魔，哇，有点可爱。我有些心痒，要是身份证在身上我大概会直接买下，然后站在店门前的马路边抽烟，烟雾要飘起来，飞到好高的地方去，要有星星和月亮，最好蓝山能看到。

　　不对，蓝山还是不要看到的好。我忽然清醒过来。因为我们从疗养院回来那天蓝山就看着我一直说："舟舟你不可以抽烟，抽烟我就讨厌你了。"

我从此之后看到烟、闻到烟味都会想起那一天她在我背后发疯似的重复这些话，这种周而复始的循环令我开始感到隐隐的心力交瘁。我明白的，一段好的相遇应该令人追逐美好，我见到蓝山的时候，毫不怀疑哪怕我的人生戛然而止，也会在坟头开出一朵灿烂的玫瑰花。而如今玫瑰凋零，我却只在想，我的坟头应该开满玫瑰吗？

也许开满关东煮比较好，没有关东煮的我好似失去了灵魂，玫瑰与蓝山应如是。

我在店里坐下来，专心吃东西。

其实今晚的事说大不大说小不小，语文学得不错的小学生都能归纳出主干：蓝山和肖舟吵架了。不对，再换个说法：肖舟对蓝山发脾气了。人说身体里住着天使和恶魔，恶魔肖舟或许曾经想过蓝山要是真的出点事就好了，这样既能证明我的担忧是对的，也能证明我的话对于蓝山而言是有价值的。

我因为这些卑鄙恶劣的想法而瞬间毛骨悚然，心说：还是不要的好，蓝山要继续完美无瑕，要继续惊艳世界。至于肖舟，我没想过她的结局，她不配拥有结局。我能看到的就是蓝山再往上继续走了一大步，离最耀眼的地方越来越近。我深陷泥沼看星星，星星遥不可及。

我忽然好累，我不想考虑明天，不想考虑未来，我只想吃完关东煮在店里赖一整晚，什么时候醒什么时候考虑去拿行李。我或许还会见到蓝山，或许她去庆功宴，我们就此别过，永远别过。

我好难过。

这时候忽然有人敲窗户，我惊了。原来东京深夜游荡的人不只有酒鬼、乞丐和我，还有另一个人能在平安夜的寒风中敲窗却不走门。这算什么？我看窗外的傻子，窗外的人也在看里边的傻子，手里举着一张白纸和一个牛皮纸袋，装满汽水糖果的那种。白纸上边写着：你吃糖吗？

最后蓝山把我接回了酒店，还绕去另一家便利店买了一份有好多牛丸的关东煮。我们坐在飘窗上面对面地分丸子吃，和好得莫名其妙。

她下场之后被直接接去了医院，然后就来找我了。我专心吃着丸子说："你怎么找到我的？"她耸耸肩："这很难吗？你没带身份证开不了房，在方圆十公里以内二十四小时营业的店里随便找找就找到了。"

我翻白眼："走遍半个东京吹了好久的冷风才找到我，这样的说法不是更有诚意吗？"

蓝山恍然大悟："是哦。"但她很快又笑，"我怕你心疼啊。"

即便如此，我还是拉不下脸来就这样原谅她，所以抱着关东煮的纸杯不说话。蓝山问我还生不生气，我说："我为什么生气你自己知道。"蓝山就眼巴巴地看着我："我错了。"

"你知道这世界上我最讨厌哪两种事吗？一个是自个儿都不在乎自个儿的身体，另一个是吵架。"我说，"今晚这两样你都占全乎了。"

"那我下次不这样了。"蓝山伸出手指，"我发誓。"

发誓，发誓能当屁用。可蓝山这样好可爱，我的心就软下来了，发誓就发誓吧，管他呢。

"你说你一看就是从小被宠大的样子，干吗非得剑走偏锋去冒险？这次走不了还有下次。"

蓝山看着我把她的手指一枚枚地摁回掌心再握拳把她的手包住，忽然笑了，说："你从哪里看出来我是被从小宠大的？"

我有些错愕："不是吗？"

她摇摇头，开始和我翻她的童年史。让我比较意外的是，蓝山的出生并不在父母的计划内，两人忙着工作，蓝山小时候就一直被寄养在小姑家，家里还有个表弟，典型的不会被虐待但也不至于受宠的寄养家庭。

"那猫头鹰会给你寄信吗？"我插嘴问道。

"当然不会啊，但是我曾经被关在阁楼上。"

蓝山说弟弟的生日刚好在她前三天，独生子备受优待，请了好多同学来玩又吃了大蛋糕，她小的时候一直不在意，直到六岁上小学了，自己也应该过生日的想法才开始觉醒。她好期待那一天，可是刚好撞上学校春游，没有父母许可的孩子不能参加。所以小姑一家三口去春游了，就她一人被晾在家里，怕她出事还反锁了大门。

我又开始想起天鹅，被囚禁在诅咒里的那一只，好惨。

蓝山问我第一次想到死亡是什么时候，我说三岁吧，但具体为什么我给忘了，只记得我大哭着跑进我妈的房间说想到以后会死，好可怕哦。蓝山就笑着掐我的脸，说："你怎么这么早慧啊？"

我姑且认为她这是在夸我。勉强吧。

六岁的蓝山在她生日的那一天第一次想到去死，她趴在窗台边从三十三层楼高的地方看下边，好高，真的好高，楼房看起来小小一堆，和积木盒子里的城市建筑没什么区别。蓝山说她小时候不知道从哪儿学来的，说要走就要告别，所以她给妈妈打了电话，说自己准备飞下去了，蓝山妈妈慌极了，在电话那头哭着让她不要冲动。

蓝山最后没有跳，而且被吓坏了的妈妈接走了，从此和外婆一起生活。我心说，好在蓝山没有跳，否则这个故事就得早早收场了。如今回忆起童年的悲伤，蓝山似乎已经释怀，只是问我："要走就一定要告别吗？"

我一时语塞。但我想了想，没有直接回答蓝山的问题。我问她："你喜欢吃蛋糕吗？"蓝山愣了愣，说："还行吧。"我说："那你会在乎它裱花多好看或者下一次再来吃它吗？"蓝山用力点头，说："裱花好看可以拍照,好吃的话下一次还是想吃。"

我又问:"那你下一次还会再来吗?"

蓝山不说话了。

我点点头,说:"你看,裱得再好看的蛋糕如果不好吃你还是不喜欢它,好吃的话你会惦记下一次,但是可能没有下一次了。所以最重要的永远是眼前这块蛋糕,你去谈论它的生前和身后是没有意义的。活着本身就是模棱两可的事,你不要太计较对错分明。"

我那时候说这些话纯粹是脑子发热,事后想起来觉得自己能说出这么哲学的话,真是了不起。能听进去一个傻瓜的话的必然是另一个傻瓜——肖舟语。蓝山盯着我,重复了我的最后一句话:"活着本身就是模棱两可的事,你不要太计较对错分明。"

她点点头:"有意思。"

话音刚落,蓝山的手机响了。她伸手捞起手机开始和经纪人谈近期的活动,向我投来抱歉的眼神:"临时追加了几个小活动是吧,行……那姐姐看着改签吧……回国会更忙,嗯,我知道,有心理准备了……"

我不想看她,低下头吃丸子。

你,忙,吧。

20

我和蓝山没有坐同一班飞机回国,我改签不到票,只能提前走。临走的前一天晚上我问蓝山什么时候帮我解决瓶颈期的问题,她有些茫然,似乎把这茬给丢到脑后去了,不过很快就点点头,说"忙完这阵的吧",不过随后又说:"你不是把我拍得挺好的吗?没必要太担心。"

我心说:也是,我只想拍蓝山一个人,永永远远只想拍她一个人。

可这事儿不是我一人拍板就能决定的,我难得地有些严肃又愁苦:"公司也是想让我多一点……唉,疼。"

蓝山耸耸肩,眼神有些复杂:"白头发。"

我看着她随手将那根黑得纯粹的头发扔到床下去,在思考:我是色盲吗?

关于头发的问题我第二天就全给忘了,转而去思考要怎么焕发事业第二春的问题。但我很快又被一个意外打断,因为我刚在座位上躺好,左边的姑娘就和我打招呼:"我们又见面了。"

我招呼打得平平淡淡,说了声"你好"。对阳晞我实在了解不多,只知道她才出道一年半,虽然年轻但其实挺受宠的,不然怎么走TAKKI的次开①。说实在的,要不是蓝山走的吸血姬占据了绝大部分流量,这姑娘估计也会分走娱乐板块的半壁江山。

在飞机上我只顾着睡觉,一是因为困,二是着实不知道怎么和阳晞搭话。下了飞机之后阳晞和我道别,我说了声"拜拜",然后转身要走,阳晞忽然托腮问我想不想拍她。说实在的,我几乎当场就要点头,但很快意识到不对,所以换了个说法:"哪有摄影师看到你不想举起镜头呢?"

油腻、客套,但卓有成效。

阳晞笑着点头,看来是看出了我的虚伪。我这次转身她没再拦我,但我知道我走了好远她还停留在原地看我,一直看我。

经东京一战后全世界都知道了蓝山的名字,蓝山也因此变得更忙,脚不沾地满世界乱跑。我觉得我像个追星脑残粉,蓝山出差没有新消息,我就开始质疑自己。但蓝山一回来,出现在我面前——我是

---

① 在整个秀场中第二位登台走秀。

指我看到真人的时候，我的血液就会开始沸腾翻滚。

我和蓝山仓促地见面，仓促地别离。

我的情绪在这一个月变得非常糟糕，更重要的是我仍然处在瓶颈期，而蓝山在这样的仓促中根本抽不出身来对我提出任何建议。

我知道我不能依赖蓝山，否则我就像一个买不起毒品的瘾君子，过着苦苦挣扎等死的日子。但我不是，蓝山就像一个未知金额的小金库，我总能从她那里得到满足，有时少得可怜令我诚惶诚恐，有时多到令我患得患失。

我讨厌这种感觉，但我停止不了对蓝山的期待。

蓝山并不知道我的处境多么糟糕，因为在简短的视频通话里我总是找个角落窝着，避开房子里堆积如山的摄影书籍、时尚杂志及伏特加酒瓶。所以蓝山总以为我还不错，总是说着那样的话："你只要负责把我拍好就可以啦。"

我听这句话听到麻木，一开始给我希望的蓝山，如今却让我恐惧。蓝山从东京一战成名之后上了不少杂志，我一一买回来收藏但不敢去翻，我知道那些行业大拿会把蓝山拍得绝美，我怕我看到的第一眼就会死，死因不只是蓝山的惊艳，还有我那令人作呕的嫉妒和可怜兮兮的自卑。

又一个和蓝山结束了视频的夜晚，我站在阳台上吹风，阿水在我脚边吃东西。苹果吃完了，我给它换了最好的狗粮。蓝山很少在家，所以阿水只黏我不黏她。我无数个通宵看图和翻书的日子阿水就在房间角落里睡觉，偶尔做梦会呼噜噜哼着梦话，我出门拍照它就趴在玄关一直等我回家。

一条狗都知道怎样表达在意。

风吹得我眼睛疼。

我想抽烟了。

蓝山二月初回来的时候带来了某品牌的新年推广产品，指定要我去拍。我听到的时候几乎是蒙的，一是因为我现在状态极其不好，二是因为这活儿着实太重要了，我没那个金刚钻是不敢揽这个瓷器活儿的。

但蓝山不懂我的焦虑，她坐在沙发上哄阿水玩，说："你不要太担心拍不好，高层看过我和你的合作，才决定找你的。"我靠着阳台门，冷风吹在我的背上。我看她专心致志地哄阿水，好久之后才说："蓝山，我是不是只能拍好你？"

蓝山看了我一眼，抱着膝盖笑："是吧，这样不好吗？"

我难受得像提前四十年得了心肌梗死和脑血栓，一时间人是蒙的心是冷的，我望了一眼阳台下的渺小世界和灯火阑珊，把门砰地拉上了，我怕我要跳下去。

我又开始做噩梦，关于粉花蛇的。它吃掉我好多次，在床边在地铁上在浴室里，所有我生活过的地方我都能看到它。有时候它盘在卧室的吊灯上吐芯子，有时候我洗漱后一抬眼就看到它趴在洗手台上冲我抛媚眼，我打开水龙头，流出来的不是水，是晶莹剔透的粉红色小蛇，一团团地在池底蠕动。我尖叫着醒过来，蓝山已经起床了，含着牙刷和满口白沫看我："醒啦？我们该去拍片子了。"

我带着一身冷汗和游离的魂魄与蓝山一起去了公司。秋历今天没什么事干，就来我这边探班，顺带给我介绍了品牌在亚太地区的总负责人。我看着那些高层找了个位置坐下，看样子是不走了，忽然觉得有些喘不过气。秋历把咖啡递给我，低声和我聊天。

"你的手好冷，没事吧？"

"有点紧张。"

"这活儿是挺重要的，不过你和蓝山老搭档了，放轻松，肯定能拍好。"秋历说，"我觉着你最近状态不太对，太焦虑了吧，抽空去看看精神科？"

哇，好主意。我在那一个瞬间甚至有些动心，想马上去医院预约一个专家。不过很快我开始本能地抗拒，我有病？不太可能吧。但我转念又想，我可能的确有病。

值得庆幸的是蓝山这时候过来了，我趁机结束了这个话题，低声说："我们以后再谈这个事。"然后迎了上去。蓝山今天穿的是旗袍，身形修长，好看得不得了。我们沟通了一些细节，然后正式开工。

全场都安静了下来，我以为我能在这种氛围中获取一些安全感，但并没有。这种安静太类似于葬礼上的庄严肃穆，我甚至在那一瞬间觉得我正在死去，我的脑海中开始回放走马灯。从我第一次见蓝山时她手中的高脚杯，把我们牵扯到一起的那张照片，《野火》和《春生》，到她为我跳芭蕾舞，在阳光下像一只无瑕的白天鹅……

我头晕目眩，粉花蛇隐约又爬上了我的镜头。

我没拍好。我彻底失败了。

也不能这么说，因为我在蓝山身上发挥失常也就等同于其他摄影师正常发挥，但在场的所有人都看过我和蓝山之前的作品，这么一纵向比较，我这次就显得尤为失败。蓝山过去看了生图之后脸色也不太好，远远地看了我一眼。

我坐在原地不知道说什么好，我听到我司高层在说我是太紧张了发挥不好，可这么重要的品牌推广不可能允许我像之前一样带着蓝山出门去拍，我的经验不足不能成为我任性妄为的理由，也不能成为我推脱责任的借口。

高层们又小声讨论了一会儿，分管摄影部的主管走了过来，拍拍我的肩膀担忧地问我最近是不是太辛苦了。我的状态着实不是很好。我那一瞬间有点迷幻，心说：你和秋历是约好的吗，这说法怎么都一模一样？

但我在领导面前总不可能像和秋历一样嘻哈打闹，点一点头也没再说什么。我知道我在这时候应该去争取一个机会，可我的确是心有余而力不足了，我就只想找一个小小角落待着，远离一切美好而有剧毒的东西。

领导让秋历带我出去找个化妆间休息，我们走到摄影棚门口的时候，我听到有个人叹了口气，说："把穆烟儿找过来吧。"

21

有意思。

其实如果按照那么多热血或者浪漫的小说情节来发展，我应该被这一句话疯狂刺激并转身箭步冲到领导面前，恳求再给我一个机会，并在接下来的拍摄中有如神助般把蓝山拍得绝美，证明自己不是一条废狗。但现实就是现实，无力到苍白，我只能默默走开。

秋历在休息间陪了我好久，我们打了几盘游戏，但我发挥不好，纯属被带飞。我觉得挺悲哀的，怎么我到哪儿都是躺赢。别人看我可能有如在看爽文主角，但我自己身在其间反倒特没意思。秋历笑着骂我矫情，我也笑，拿卸妆水砸他，贼凶："矫情？你自己试试就知道了。"

秋历看我着实不想说这个就不提了，转而和我谈了好多八卦。我听得津津有味晕头转向，然后在听到一个名字时举手打断了他的发言："乙羽晞？"

"就是阳晞。她是星二代，中日混血，她爹不就是日本国民男神级别的演员吗？妈妈也厉害，国内影后啊。"秋历啧啧感叹，"你没查过吗？"

"你以为谁都和你一样八卦的吗？"

阳晞在日本活动从父姓，在中国活动就从母姓，这样一想她资历这么浅，能做TAKKI的次开模特就情有可原了。我这边正想着呢，秋历把凳子拉到我旁边，放低了声音："你不觉得蓝山和阳晞的路子有点像吗？"

我一时没反应过来："风格？"

"对。而且有传言说，如果不是你拍了《野火》和《春生》，走大开的就是阳晞了。"

这种情节其实并不少见，所以公司都会避免培养同类型的人，以免资源分配不均或者观众审美疲劳。现在是蓝山出道和爆红都在前，公司或许之前并没有心把她捧到最高处，只是阴错阳差爆红成了摇钱树。按理说应该后来者换个风格，可阳晞有背景，看上去又是有个性的女孩子，要她转型也未必这么容易。

啊，真是令人挠头。我还想问秋历有没有别的八卦，但这时候休息间的门被推开了，穆烟儿走进来，看到我们之后表情有些奇怪。她身后的助理退出去确认门上的编号，赶紧进来冲我们道："不好意思，这个休息室是穆姐专用的。"

我和秋历两个底层人对望一眼，赶紧起身说"抱歉"，要走的时候穆烟儿往桌上一坐，忽然叫我"Jhew"。

穆烟儿去巴黎进修过很长一段时间，说话总有些令人费解的浪漫腔调。秋历和其他人都出去了，就剩我待在原地傻乎乎地看她。我有时候觉得穆姐是个很酷的人，从外形到气质都是。她前段时间剃了个光头，她的五官原本就比一般亚洲人要深邃立体，不丑反而特有个性，现在长了些头发变成利落的寸头，吊着两个金色的大圈耳环，点了烟又冲我晃晃烟盒。

我摇摇头："谢谢，我不抽。"

"还挺乖。"她把烟盒收回去，"Jhew，我不拍流量艺人，也很少拿国内的资源。"

这我当然知道。穆烟儿是我们公司的摄影一姐,这么说好像都太委屈她。穆烟儿哪怕单拎出去做个独立摄影人都不愁没资源,只是不知道出于什么原因才挂在我司名下。所以我一听穆烟儿这话就有些蒙,好一会儿才明白过来:她和我没有利益冲突,不会把我往沟里带。

"我很欣赏你的灵气,你知道干我们这行最缺的就是这个,经验和理论可以积累学习,只有灵气是偷不走抢不到的东西。"

我难得听到这种档次的大佬这么直截了当地夸我,有点受宠若惊,刚想说谢谢,穆烟儿就手指上下压一压烟,说:"你甭着急,我没说完。"

"模特有自己的灵气是她的事,反过来也一样。你自己的东西,和别人无关。你从拍完《野火》和《春生》到现在究竟出了什么问题我不了解,但你要把我当前辈听进我一句话,我就只说一次。"穆烟儿吐出一口烟,隔着烟雾平静地看我,"你要拍蓝山拍到什么时候?"

我临走时问了穆姐拍的片子过没过,得到了肯定的答复之后心情很复杂。我坐上地铁回家,在晚上九点的地铁里仍然找不到位子坐,只能站在门边望着路线图发呆,低头的时候玻璃门上映出我的脸,疲倦,阴沉又茫然,典型"社畜"。

我闭上眼睛,想把眼珠子挖掉。

回到家里时蓝山已经躺在沙发上逗狗玩了,我放钥匙的时候她看了我一眼,但我没说话。我走过去把电视打开,在听到劣质无聊的综艺节目声音时忽然松了口气,然后思绪开始走歪路:果然家里有电视真好,至少在这种剑拔弩张的前夕不会雪上加霜。

蓝山伸手过来拿遥控器,把电视关掉。我又把电视打开,把遥控器塞到沙发缝里。蓝山站起来,打算强行关机,我立刻举手投降,顺便去挖遥控器:"各退一步,我静音,好吗?"

我看着蓝山往电视柜上一坐,随手从边柜里拿了瓶酒,我就乖一点,起身去给自己倒了杯热水,忽然就很不明白我和蓝山到底在干吗。

这算冷战吗?可是凭什么?我也不是说蓝山没权利对我发脾气或者我不配对蓝山发脾气,但凡事总得有个道理。我脑子比较死板,意思就是任何事我都得捋出道理来,否则无谓的争执只会不断消磨彼此的精力,这样很傻。

我不想做一个傻瓜。

可我在电视静音那一刻脑子是乱的,一个多月以来的各种事都在我脑子里过了一遭,我脑子涨得发疼。或许秋历是对的,我真的应该去看看医生了。我又骂脏话。早知道那时候我就该问他要个医生的电话。我把水当酒喝,气鼓鼓灌下一整杯,又去接水,蓝山就从我背后伸手把杯子拿过去了:"借酒消愁咯。"

"脑子清醒的时候比较方便想事情……"

蓝山直接把酒灌进来了。我呛死了,一边擦嘴巴一边问她干吗。蓝山不笑,说:"你今天让我好失望。"

我想我喝下去的可能不是酒,是燃料。它从我喉头滑下去,然后火星从左耳里丢了进去。从蓝山说完这一句话开始,它们在我身体里产生了化学反应,明火在我体内烧,一会儿冷一会儿热。我脑子迷迷糊糊,伸手去摸自己的身体,辨认是哪里在疼,肺吗?好像不太对,那是肝还是肾?没那么偏吧。我把手指放在我的胸部之间,稍微用力摁了摁,那一瞬间我好像隔着皮肤和肉还有骨头溺死了什么,里面的器官发出了尖锐夸张的叫喊:吵死了!

我深呼吸一口气,没有辩解,干脆利落地承认了这个事实:"对不起。"

"我知道你最近很辛苦,但是……"

我真的不想听"但是",我好烦。如果我想的话我可以抛出好多个问句让蓝山闭嘴,比如:你知道我在你回国前楼上楼下跑了七趟才把酒瓶子扔干净吗?你要看看我最近一个月网上消费购物买的都是什么吗?还有为什么科学家不发明一种介于酒和毒品之间的、能让人快乐又不至于堕落的渠道?这样我就不会卡死在酗酒的边缘又没法碰烟,更不论碰违禁物品了。

我觉得我不能再听蓝山说话了,我把我盯着阳台的目光收回来。

好久之后我转身去拿桌上那杯洒了一半的酒,端在嘴边又做了个投降或者请闭嘴的手势,开始含混不清地提问。

"我还是那个问题。"我说,"你觉得我只要拍好你就够了吗?"

蓝山看了我好久,开口的时候语气很软。

"我以为你一直在为这件事努力。"

"我是这样没错。"

等等,怎么我又被带回来了?我不太明白,甚至开始怀疑真的是我的问题。在意蓝山的是我,决定拍她的是我,要把她送到飞光那里去的是我,瓶颈期的人是我,闹别扭的人也是我。

那我们到底为什么吵架?我还是搞不懂。

可蓝山那时候穿着衬衫靠在墙上,抱着手臂茫然又无辜地看我。只是这样一个简单的动作,我这个审判对错的法官便被轻而易举地说服了。我开始对刚才的争执感到烦忧,于是不顾一切地跌落进眼前的温柔乡。思绪似乎随着潮汐被慢慢推远,我像仰躺在水面般放松下来,鼻翼嗅到蓝山的香水味,不由得感慨她的品位真的很好,好到能让人轻易消气,再也说不出一句重话。

"我们不谈远的,就谈今天的事。"我最后的理智还在扒拉着算盘要把这事儿给弄明白,"我们总不可能每次拍你都出去拍,但我在棚里拍会很……你知道的。"

"嗯。"

"所以如果你想走更远的花路去最高的地方，又希望其中有我的功劳，可能我得……"

蓝山看我，我也看她。我本来想找个更加委婉的说法，但蓝山忽然露出很轻松的笑容："你想做什么就去做吧，不用和我说。"

"啊？"我有些蒙。

"是这样，你就是马里奥，你要吃好多好多蘑菇踩掉好多好多小王八才能来救公主，不是吗？"蓝山说，"那么只要你最后记得来救我就好了。"

蓝山又认真地问："你会来救我吗？"

我天，我都要哭了，又很想骂蓝山是傻瓜吗。但卑微如我，说："会啊，我当然会来救你，一定会来救你。"蓝山就伸出小手指和我拉钩钩，说："一言为定哦！"她笑眯眯地说，"那我会站在最高的地方，等你来救我。"

我一句话都讲不出了，只好用力点头。随后蓝山进浴室洗澡，我爬过去拿手机，开始打电话。

屏幕上已经开始记录通话时长，有人在那边问话："喂？"

我深呼吸，手指插进头发里又顺到耳后去。

"秋历，"我咽了咽口水，"你……"

"能帮我找到阳晞的联系方式吗？"

22

阳晞坐在我面前，把套间的黑色椅子坐出了王女宝座的气势。

一周前我和蓝山说我可能得换个地方换个状态，蓝山表示毫无异议，所以我带着简单的行李住进了 App 上预订的一间公寓。出地铁站的时候我抬头看高楼，但这城市太大，建满了高楼大厦，走到哪儿好像都一样。我抬头看天空，天空也回望我，我觉得按上帝视角来看我一定很渺小，就像一堆蚂蚁中离家出走的那一只，可能罹患了某种病，是忧郁蚂蚁。

忧郁的蚂蚁应该拥有姓名，这样它就可以做某篇情诗的开头。

神经病。

秋历给我号码的第二天我联系上了阳晞，我说完了来意，阳晞反倒不说话了，或许她去了阳台，我听到拉门的声音，然后她话里带风，说"好巧"。

我糊涂："什么巧？"

"我让经纪人联系你公司说找你拍套图，可能消息还没传到你那儿去。"

绝了，这路子的姑娘都这么野的吗？但我听完了阳晞的意思反倒没那么觉得紧张了，因为阳晞是天之骄女，我一介垃圾摄影师去拍她怎么想都觉得是高攀，她也着实没必要在我身上冒这个险——哦，对了，说到这个，我虽然好面子，但也不擅长说谎，所以还是原原本本地把我的情况告诉她了。

阳晞说："然后呢？"

我昏厥，说："你能不能按套路出牌？我出了个王炸，你不能拿对三打回来。"

阳晞看来不懂某种风靡全国的牌类玩法，表示十分好奇。我说："你这时候应该质疑我的能力，哪怕你要临时毁约我也绝无二话，但我可能会死皮赖脸请你千万要答应出镜。"

阳晞沉默了片刻，说："我们见面再谈。"

一周后她敲响了我的房门。阳晞好像并不是以工作的状态来见我的，因为她独自一人来和我闲聊，说其实要正经算起来她是十四岁出道的，但前期星途不是很顺，所以自卑又胆小。我用看神经病的眼神看她，她就笑，说："你不信啊？"

我忍不住吐槽："这故事太假，你人设崩了。"

阳晞把腿缩在椅子上笑，笑完了之后定定地看着我说："我没骗你。"她的眼神太认真，没有摸爬滚打过的人不会那样看人。我觉得我刚才指责阳晞的表现太唐突了，但现在突兀地道歉也很唐突，我不知所措，所以抱着茶杯想了又想，最后只是叹了口气："所以人的一生都要经历这些东西是吧？"

"是，作为过来人的话，我还是比较有话语权的。我只和你说一点——"阳晞同我对视，"你可以比你想象中更自由。"

阳晞和我约了开工的时间，又很爽快地说费用她出。这次工作原本就是公私参半，公司不便报销。我和阳晞不熟，她搞这一出我就很尴尬，连忙说："不用了，现在是我请你帮忙。"她摇摇头，说："我不希望你因为经济问题限制住灵感，钱是小事，我们有来有往，希望未来舟舟大大苟富贵勿相忘。"

我笑死，说："好好好，来日阿肖我飞黄腾达带你鸡犬升天。"

阳晞大概晚上还有安排，看了看表就告辞了。她临走时让我决定好主题再发消息给她，我点头，目送她进了电梯再转身进屋。但我觉得和她这么沟通一趟好累，倒不是因为阳晞情商低，恰好相反，她只字不提工作之外的事，反而让人知道：她很通透地明白了一切，只是不说而已。

我觉得阳晞好像没有想象中那么……难以相处，她没有大小姐的架子，而且因为出道早见的世面多，懂事得完全不像一个未满二十岁的姑娘。说白了，我找不到蓝山不喜欢她的原因，更甚者我未来或许要靠拍她打一场漂亮的翻身仗。职业本能要求我必须靠近她,但考虑到蓝山,我想我离阳晞越远越好。

但蓝山不在这里,她又不在这里,她又一次出差,又一次和我做了告别。

我靠着门坐在玄关望着落地窗后的红色夕阳发呆,一直到天色彻底暗下去。我坐到屁股发麻才起来,由于懒得开灯,就在家里摸黑走。我对这地方还不熟,磕磕绊绊了几次才终于找到酒,去阳台坐下来想事情。这房子要比蓝山家高一点,视野又好,我从这里可以看到市中心好几幢高楼。夜深了它们还没睡,像身上长满眼睛的巨大怪物,呆呆地站在那里。

为了不打扰我工作,蓝山临走时把阿水送到宠物托养所了。否则我还能有阿水陪,可它恐高,住在阳台也只敢在靠内侧的地砖上玩,生存空间活生生少了一半。我揉着它的白毛脑袋说:"你看看隔壁家的狗,主人在楼下摁铃它就在楼上探着脑袋汪汪汪,你学学人家好不好呀?"

阿水就特不情愿,脑袋在我怀里拱来拱去撒娇。但我也就是说着玩的,阿水恐高我当然不会逼它,最后我拍拍它又亲亲它,说:"我开玩笑的啦,你要好好活着,讨厌去阳台边上就别去了吧。"阿水汪汪汪地舔我手心,乖得不得了,我爱死它了。

我叹了口气,趁早把瓶颈期给熬过了回家才是正道,我住在蓝山的大房子里,又有狗,简直是人生赢家啊。可我现在只能像条废狗一样在地毯上滚来滚去,头疼得要死。阳晞啊,天之骄女,这种调子的模特不能就依着她的定位来,她一定得高到让所有人仰望或者低到让所有人……啊等等。

我不滚了。

我停下来，盯着市中心最高的楼顶看。看了好久之后，我把酒杯喝空，开始发消息。

我看中的其实是某七星酒店的顶层套房，附带一个楼顶私人玻璃泳池。这种地方要价不菲，况且不是有钱就订得到的。但我在夜间看到霓虹灯在它身上闪的时候就开始着迷了，以至于我竟然有勇气直接去找阳晞。

阳晞听完我的想法倒显示出了大小姐的气度，二话不说就去预约了。我这时候才回过神来琢磨自己到底干了什么事，阳晞让我别担心钱，我还真的狮子大开口了，这要是五六位数一晚上，我倾家荡产砸锅卖铁都不够还阳晞的。

没得到回复的间隙我分别找了百度和秋历探底细，前者让我背过气去，后者被我拉下水一起对着查到的价钱目瞪口呆。我和秋历都没缓过气来的时候阳晞那边又扔来一个重磅炸弹，说："行了，你准备一下，三天后过来吧。"

"万恶的资本主义啊！"

我心虚地戴着秋历给我的高帽在三天之后忐忐地踏进套间，和在场的工作人员打招呼。人来得不多不少，刚好是我能和阳晞闲聊而不用去搭手的数量。阳晞端着一杯红酒喝，然后说："这不是你第一眼看到我时想拍的主题。"

我被看穿了，但也很坦然："那个主题不能过审。"

"这么厉害？"

"是啊。"我笑，"纸醉金迷。太资本主义了。"

"未尝不可。"

阳晞说着脱下浴袍，露出白色吊带绸缎长裙，赤足，素甲，干净纯粹如玻璃。她踩在暗红色的波斯地毯上，随手从沙发上抄起一本莎翁的文集,向室外走去。敞开门的时候她逆着风冲着我笑——

我举起了相机。

23

阳晞教给我的第一课是傲慢。

"你在工作的时候要学会把自己的地位无限拔高,你端起相机就是整个场子的中心,不要去配合别人,要让别人来配合你。"

我本想问"那模特呢",阳晞似乎知道我要问什么,补了一句:"别人会自己调整自己的定位,你只需要在意自己的感受就好。"

这方法太极端也太有效了,活生生是把在场所有人的存在感都削得片甲不留,但神奇的是我因为多人在场的压力好像也没那么严重了。与其说要我更自由不如说让我更自私,我好喜欢这种感觉。

我给阳晞定的主题是《玻璃鸟》,没有出处也没有刻意构思,纯粹是灵感突然而至。我们在下午两点左右开拍,玻璃和水包括阳晞全都晶莹剔透,她站在风中做自己的事,读诗或唱歌。风把她天生的骄纵送到城市的各个角落,如果有人在三点左右迎着午后风抬头仰望几百米的高空,会看到王女的裙摆翻飞起伏,她豢养的长尾白羽鸟逆风旋绕,白色羽毛在骤风中春樱般散落,美到令人窒息。

晴天的光照在我头顶,我目眩,但是出于另一种情绪,这很难说,我或许是太累了。温暖的光照在头顶的时候我头皮发麻,我总觉得我很久没看到太阳了,久别重逢是这样的感受吗?太阳、我以及我绝对的主导权,我们三个相拥而泣,但能被实体化的只有我自己。我踩在我劣质情绪的危楼楼顶,它一瞬间全部坍塌下去,钢筋戳穿我的身体,我开心得浑身流血。

休息的时候所有人都到室内避寒,只有我一个人坐在地板上看着脚底的钢筋丛林，然后我看到一滴水啪地落下，自成微观泳池，我看到我无数种崩溃在里边游泳。

阳晞的影子在我左前方停了几秒钟，拍手招呼人把防风玻璃顶合上，又丢来坐垫和毛毯。我爬过去用毛毯裹住自己，错位的体感渐渐被修正，终于开始感觉到冷。她问我感觉怎样。我没办法描述，只能点点头，说"很好"。然后我临时起意，又问她想不想玩个更大胆的，她问都不问，就说"好呀"。

阳晞太信任我了，我感动得要落泪。前期她拿着主导权，把最擅长的角度留给我拍。然后不知什么时候起阳晞不再说话，也不再那么刻意地摆角度，一切由我来主控。这种感觉和我当初拍蓝山时稍纵即逝的灵感不一样，它们在这个冬日的午后彻底地留在了我的灵魂里，哪怕我尸骨被焚烧也会依附在我的骨灰上，下土埋葬或流进江河海洋。

岂止很好，简直绝妙。

我们休息了很久，直到彻底入夜。工作人员把我要的东西买来了。阳晞远远地站着，而我看着泳池，然后抬头和她对视，双双跳入泳池里。要不怎么说阳晞是模特，入水的姿势都要比我优美，她是小美人鱼，我是猛龙入江，我好想哭。她气息控制得比我好太多了，所以远比我优雅从容。我拍她藏了鱼尾的长裙，拍她散成柔顺的花一样的黑发，拍她精致的脸和隔水朦胧却灿烂的烟花——

阳晞忽然离镜头好近，同时烟花在我们头顶炸开。

我满目灿烂，鲜红得像在滴血。

片刻后我和阳晞双双上岸，她唇角的口红肆意飞扬出一道残酷美丽的疤痕，指尖也染上红色。其实泳池的水是温的，但为了放烟花我们打开了玻璃穹顶，所以出水的时候冻得哆哆嗦嗦，马上去浴室换衣服。

过了一会儿阳晞穿着浴袍顶着湿漉漉的头发出来，以一种很戏谑的表情看着我，又问我："想体验一下睡在总统套间的感觉吗？"

"不想。"我立刻否决，"底层人士不敢奢望跨越阶级。"

她鄙夷："那请你停止使用本资本主义毒瘤的烘干机。"

她说迟了，因为我已经把我的湿衣服一股脑扔进去然后按下了开关，然后坐在大理石洗手池上松了一口气。我觉得阳晞从某种程度上和我挺像的，只是她看起来比较神经病而我比较内秀，她是外在的我，而我是内在的她。有些人相见恨晚，指的大概就是我和她，哪有什么比两个神经病一起发病更开心的事呢？

阳晞对着镜子把妆一点点给卸掉，然后忽然说："你小心点。"

"嗯？"

她友情提示："白芨和陆星嘉。"

我看着她，觉得莫名其妙："你说什么呢？我清清白白的。"

在那一瞬间，我不知道阳晞是在试探我还是发自内心地给我忠告，我俩就这样对视了好一会儿，然后各自撇开目光。阳晞在一天之内变成了和我相对亲近的关系是没错，但我不觉得我可以完全相信她，时尚圈和演艺圈都一样，太复杂了。

但目前的话题太尴尬了，我只能立刻转移话题。

我和她又开始聊我们第一次见面的情形，续上了我说关于不会过审的摄影主题："应该抽烟，但抽烟肯定过不了审，所以打算换成棒棒糖，要草莓味的，红色最好看——话说回来，你今天居然一天都没抽？"

"我又不是老烟枪。"阳晞无奈，很快举手投降，"我看你不怎么喜欢。"

"还好，我不抽，也不介意。"

阳晞用很奇怪的眼神看着我，然后去隔壁的衣帽间找东西，过了一会儿叼着烟出来,丢给我一盒全新的。

"你当我来旅游呢,还发到此一游纪念证。"

我丢回去,她又丢回来,玩我呢。但我确实心动了。这烟在那天我和蓝山吵架时我就想买了,我一直有所顾忌,那天没带身份证做了我的最后防卫。现在这盒小东西就躺在我手心里任我拿捏,太诱惑了吧。

"又不是吸毒,你这么紧张干吗?"

"为什么要送我?"

"搞摄影的走火入魔是常事,抽烟总比喝酒好。"阳晞低头点火,"长期酗酒,拍照容易手抖。"

我愣了愣,无话可说。此时此刻外面有人敲门让我去筛图,我婉拒了,说"你们来就好"。其他人或许会觉得我太累了,但并不是,我在那一瞬间只是因为优越感爆棚,觉得今天每一张成品都完美无缺,所以任凭他人处置。这样丑陋的心思只有阳晞看穿了,因为她在我关上门之后说:"这种时候还是要谦虚一点。"

我点点头说:"我知道,第一次就让我任性一点吧,人总要骄傲一次。"

"你已经在蓝山身上骄傲过了。"阳晞说,"这是第二次。"

我没有立刻回答。我看着她呼出的烟在镜子里朦胧了她和我的影子,烟雾散去好久之后才说:"我知道。"我看着镜子里的我,她回视,然后低声接话:"但我希望有更多次。"

24

阳晞把我从水里拉了上来,我打了个漂亮的翻身仗。

但我们都默契地不再提第二次合作的事,准确来说是阳晞提前拒绝了,说:"你近期都不要找我了。"我没来得及说话,阳晞就半开玩笑地说，"你还想重蹈覆辙吗？"我望着她，没有回答这个问题，而是说："那你下次再想约我要到很久之后了，我现在很忙。"

阳晞朝我轻蔑挑眉："肖舟，你飘了。"

是吗？我也觉得。

我的确很忙，《玻璃鸟》爆红之后拍的三组图热度都不低，我这个月已经没有空档期了，有合作意向的艺人还在往下个月排。我庸俗甚至烂俗，我沉迷于鲜花和掌声甚于酗酒，但我又竭力保持清醒，不愿意被就此捧杀再跌回那样的谷底去。

我骄傲轻狂又自卑轻贱，我成了普通人类中一个典型矛盾集合体，但我不能免俗。

我愿意沦为俗物，只要我快乐。

我想我在别人眼里可能是个正常人，但我自己清楚地知道有些东西好像变坏了，说不准，挺难形容的。我觉得自己开始变得圆滑，和甲方打交道的时候我总是无比乖顺听话，但拿起相机的时候我又变得非常自负。我用我的眼睛去看每一个合作对象，也愿意去为我的灵感付出任何代价，金钱也好底线也罢，超出预算我就倒贴甚至借钱去搞，对方不接受我的方案我就笑着周旋，宁愿退回来等着也不会让步。

当然后者情况比较少见，我靠灵感摄影出名，对方只要放手让我试片，就没有不满意的。所以反倒是前一种情况出现得更多，我自己的小金库掏空了就去压榨秋历，可能是我借钱太随便了，完全是一种"你敢借我肯定能还上"的状态，可信度反而比跪地痛哭高很多，所以秋历也大胆地借给我。我良好的状态和公司报销的流程一样，奇久无比，公司怕我走火入魔，在我某次结束工作后提出给我放几天假休息一下。我说"好"，然后拿着工资转脸去找秋历当面转账还钱，连本带利。

秋历啧啧不已，说："你借钱干吗不找蓝山？蓝山姐姐肯定比我更有钱啊。"

我靠着门笑,说不好,那样我良心痛。

是挺痛,但不只是良心。蓝山虽然一直在国外,但我想《玻璃鸟》的爆红她不应该看不到。阳晞上爆搜那天晚上我找蓝山聊天,没提《玻璃鸟》的事,只说"我做到啦"。蓝山彻夜没回我的消息。我握着手机一直等啊等,等到天光发白也没等到回复,抱着手机昏死再醒来的时候蓝山说:"好呀,恭喜。"

"你不高兴吗?"

"没有。"

蓝山这次倒回得很快。我心想她不应该回这么快的,否则我可以把她一夜没理我的过错推给时差。我隐约觉得蓝山还是介意的,但她又说没有,况且当初是她同意让我去做我想做的事的。我觉得我俩可能得见一面才能把这事谈清楚,所以我问蓝山什么时候回来,她说下个月吧。

哦,下个月。

我点点头。下个月我好忙,不知道还会不会像从前那个卑微的肖舟一样去午夜十二点的机场,傻乎乎地吹风等她回来。

放假的第一天我去把阿水接了回来。它看到我好高兴,一直黏着我,眼睛亮闪闪的。我带它去买了好多零食,又带它去宠物餐厅吃了一顿丰盛的大餐,阿水吃撑了,所以我俩就一前一后地散步回家。月色牵着我的影子,我牵着阿水的影子,凉风习习,我好惬意。

能这样一直快乐下去就好了。

不对。我忽然后知后觉。这样的生活可能还少了个蓝山——少吗?蓝山其实很懒,从来没带阿水散步过。有点意思,因为蓝山一直和阿水说爱它,但阿水太聪明太通人性,知道嘴上说爱太容易,所以更爱沉默的我——沉默地带它吃大餐、带它散步、给它穿美美衣的我。

啊,好烦,不想了。我这种人太容易钻牛角尖,我去替阿水肆意脑补很容易就把刀补到我自己身上。这样的习惯不好,改掉。

我还在深沉地自省,阿水忽然往前撒丫子狂奔。我气死了,要不是它还没到年纪,我肯定要带它去手术台上斩断情根,省得一看到漂亮的母狗就冲上去。

阿水力气好大,我被拽得踉踉跄跄,到它的小冤家面前差点把鼻子气歪:你真是没底线啊,从前跨越品种就算了,现在要跨越性别来真实上演宠物界的《断背山》了吗?

我眼瞅着阿水和那只打理得干净、浑身贵气又可爱到不得了的狗搞在一起,眼都来不及抬就开始对狗主人点头哈腰:"不好意思啊,吓到您了。"

"客气了,大摄影师。"

哇,这声音好听,不光好听,还有些耳熟。

我抬头,惊到昏厥:"陆星嘉?!"

他疑惑歪头,为我的嘴拉上缰绳:"嘘——"

陆星嘉,可爱,我笑到打嗝,追星之魂一秒内熊熊燃烧,我爱死他了。

说起来真的很奇怪,有些人太适合一见钟情和一见如故了。我明明和陆星嘉在这之前只打过一次照面,这会儿却坐在长椅上足足聊了四个小时,聊得比狗撒欢都要起劲。

"你这次不贴文身贴也不贴假伤疤啦?"

"那多累啊,出来带狗散个步,不至于还被认出来吧。"

"你在这儿住吗?我怎么没见过你?"

"我们公司好多人在这儿买房,我也有一套。之前在别的地方住,现在住不下了——"陆星嘉停一停,"就搬回来了。"

"哇，挺好，以后阿水可以跟你的狗一起玩了。"

"才不好。你以前不忙，我还可以把霓虹给你带，现在你也忙了，它俩就得一起去托养所了。"

"好惨……不对，你这意思是希望我糊穿地心了？"

陆星嘉就笑，说："是啊，我也有私心嘛。"

他笑起来好好看，我近距离看简直昏厥，是神仙下凡吗？我被惊到完全没办法生气，只想流泪。陆星嘉很快就收了笑容，向我递出右手。"我开玩笑的。"他认真地说，"恭喜你。"

"谢谢。"我也认真回握，看着他，"希望你开心。"

陆星嘉挑眉："你怎么知道我不开心？"

我说："眼睛。"

陆星嘉仍然笑，稍微歪一歪头，天真无邪地扬起嘴角。他长得年轻，又白净，我琢磨不出他长得多精妙，只觉得他虽然不算最精致无瑕的那一款，但偏就有烟火气的质感，邻家又温暖。我一个理科生的确形容不出他这种气质，但他粉圈流传着一句名言：

陆星嘉的存在让人相信彩虹、偶遇和爱情。

我知道他从出道起就用笑容狙杀了无数少女的心，只是营业时要比这更精妙，眉也弯弯，藏住那双有故事的眼睛。但现在不同，因为我两次遇见陆星嘉都是不期而遇，才知道他从前那些所谓被"偶遇"的"非营业状态"是世界第一大谎言，真实的陆星嘉是灰色而雾蒙蒙的。他的有趣不影响他的忧郁，也就是说他坐在我旁边，因为和我聊得过瘾而开怀大笑，可停下来的时候我还是能看出端倪。

原因我俩都心知肚明，可惜我们活该闭嘴，活该沉默。但我还是摸出了一张纸巾，说："哥哥，你的眼睛漏水啦。"

陆星嘉接过去，但没有擦。他往下坐了一点，把后颈靠在椅背上看天上的星星。星光落满黑曜石一样的两片池塘，水光明亮但没有肆

- 096 -

意流淌。陆星嘉看了一会儿,才侧过脸冲我微笑:"那你,可不可以给我一个报修电话?"

25

最后我给了陆星嘉一个电话。不管修,是我自己的。

我说我想拍他的时候他没有表现得特别惊讶,只是好奇说:"舟舟你真逗,休假也要工作,是吃饱了撑的吗?"

我抗议:"不要叫我舟舟。"

"为什么啊?"

"因为这个名字有人叫了,你可以叫我阿肖。"

陆星嘉就意味不明地看着我笑,但没有立即答应我,而是问有人这么叫我吗,我说有,大家都这么叫。陆星嘉立马不乐意:"那我不服,我也要叫一个没人叫的名字。"

我目瞪口呆,破口大骂:"陆星嘉,你宇宙第一幼稚鬼!"

"你是宇宙第一小气鬼!"

要不是陆星嘉好看,我早弄死他了!

最后陆星嘉叫我"阿舟",这个名字没人叫,又不会和蓝山的昵称重名,挺好。陆星嘉问我想拍什么,我不假思索,脱口而出:"白毛衣。"

不知道为什么,我对白毛衣有一种奇异的迷恋。我对白毛衣的向往就像小孩儿在庙会上钓装有金鱼的小水球一样,是无瑕的、神圣的,是温暖的、柔和的,代表了一切关于深冬的美好而纯粹的意象。

其实我目前的咖位和陆星嘉相比还有些差距,和他合作是我高攀了。为此他和经纪人打了好久的电话,那边的说辞和陆星嘉骂我的一模一样：没见过放假还主动要求加班的傻瓜。

陆星嘉乐了："负负得正，反正我和肖舟王八看绿豆，对眼了。"

我深以为然："你是王八，我是绿豆。"

陆星嘉气得要放霓虹咬我。

虽然是我提出的白毛衣，但除此之外我基本没有其他概念了。是陆星嘉聪明，问我想要什么样的感觉，然后替我画了几个分镜，我才发现陆星嘉对画面的掌控简直一流。他聪明又敏感，画画也好看，我说："你出道真的可惜，你可以做个优秀的画家。"陆星嘉一边画一边诧异反问："你怎么知道我的梦想是当个画家呀？"

我就给他唱《蓝猫淘气三千问》的主题曲："噢！只要你爱学爱问爱动脑，天地间奇妙的问题你全明了……"

陆星嘉笑到手抖，水性笔在纸上跟蛇爬似的，刚画好的分镜全崩了。我气死了，但陆星嘉还在笑，从桌子上笑到地毯上，又跪下来趴在地上笑。偶像包袱在他这里算什么，三五天没到就掉了。陆星嘉躺在地毯上大口呼吸，我忽然有些担心，因为陆星嘉眼睛有点红，他吸了吸气，说没事，他有点轻微哮喘，不能情绪太激动。

我松了一口气，但又口是心非：活该。

他摆摆手，说等他缓一缓起来重画。然后他静了静，又问我："有烟吗？"

我本来想说没有，但一摸口袋又改了口。我把阳晞给我的烟拆封，递给陆星嘉，他是真不挑，从茶几下边摸出打火机，自顾自地躺着吞云吐雾，自顾自地出神，自顾自地想谁。

陆星嘉是目前为止唯一让我能平静下来去拍摄的模特。倒不是因为主题或者别的，硬要说的话只能是气质，但我后来想了想，觉得也不太对。

我给蓝山拍的时候全凭直觉，而这种灵感过于依赖她了。蓝山天生是吃这一行饭的，又在事业黄金期，可以一直维持巅峰状态，但我不行，我光是把稍纵即逝的灵感发挥好就已经很吃力了。和阳晞接触之后，我的观察能力其实有了一个巨大的阶跃。因为阳晞足够信任我，或者说是信任镜头，相信镜头看到的是她最美的一面。她这种强大的自信或者说自负某种程度上传递给了我，我想也是，如果我自己都不相信我自己感受到的东西，那其实没什么可信了。

而陆星嘉不同，他的天马行空永远止步于口头，一旦要着手落实，他就会开始去捋背后的思路，而你会发现他所思考的一切东西看起来神经兮兮，但都是有逻辑可循的。所以我觉得陆星嘉牛就牛在这一点，他的灵感不像我一样虚无缥缈，想抓是能抓到的，这样的人一般不是天才就是疯子。

陆星嘉认领了后者，并且鼓励我："阿舟也要做一个厉害的疯子啊。"

"好啊。"

所以我和陆星嘉的第一部合作作品就成为我处理灵感的试水作。我和他交换意见确定方案，并约在一个暖和的午后，我带着设备和团队，而穿着白毛衣的陆星嘉带来了一个孤独症的男孩。

我开拍前和陆星嘉说："我可能会把你的元气招牌整垮，你怕不怕？"

陆星嘉够野，似乎反问又似乎自嘲："我怕什么？"

我没有骗陆星嘉。他在我的镜头下沉默得平和，就像一幅画，水墨画，或者素描，一点色彩都不要。血肉和灵气要藏进画纸背面，被笔用力刻出深深的又不为人知的痕迹。自闭的男孩虽然不是聋哑人却喜欢用手语对话，陆星嘉倒是什么都会，陪着男孩做一切他想做的事情。

我放弃了我惯用的静态镜头，以动态的方式记录下了全程。

陆星嘉和男孩用手语交流，坐在飘窗上沉默着聊天，手势轻飘翻飞，像一对大小白蝴蝶。我的镜头从这里起飞，路过他们躲猫猫的房间和纯白色窗帘，穿过错乱的空间和单调统一的黑白色彩，亦真亦假又空灵魔幻。

我原本打算采用全程默片的形式，但陆星嘉希望加进钢琴，最后我们折中意见，前三分之二无声处理，我后期补拍了一只真正的白蝴蝶，以它停留在陆星嘉的手背为起点，加入了他所演奏的钢琴。

那是陆星嘉为这个策划而作的歌，全世界独一无二的调子。我不懂音乐，但我第一次看到成片时，陆星嘉的钢琴声一起，我全身开始冒鸡皮疙瘩，然后眼圈开始泛红。这种想流泪的冲动和以前不同，我甚至觉得以前哭得都太矫情造作了，因为我在那一瞬间忽然回忆起陆星嘉在构思这个创意时和我说的话。

他说："是不是世界上所有不同的声音，都不能被理解？"

我点头说："是吧，因为没有人生来的轨迹完全一致，所以不存在真正的感同身受。"

陆星嘉叹了一口气，我以为他开始沮丧了，但他又说："其实凡事不在量力而行，更怕尽力而为吧。"

我大概知道他的意思，但我描述不了，这太难了。所以我一直在想我和陆星嘉的想法到底能不能被表达出来，而在我眼眶泛红的那一刻，我和我们的作品达成了灵犀的共通，灵魂像在濒临溺死的边缘又被一把拉上了岸。

我流泪以示敬畏，敬畏我们的作品，敬畏我们为所有沉默，而无法被理解者所唱的高歌。

后续的操作交给陆星嘉的公司去打理，视频公布的第一天大概收到两种声音：一种是陆星嘉死忠粉往死里吹；一种是路人表示这个还有点意思,虽然第一遍没怎么看懂但已经被触动惨了。第二天等部分粉圈的长评和解析出来之后,陆星嘉亲自放了一些关于构思的料,再往后我们只管保持沉默,粉圈会深挖出我们想表达的所有意思。

说实在的,这种想表达的东西被人完全理解的感觉非常爽,爽到我笑得打嗝。我那时候和陆星嘉的私人关系已经变得非常好,好到我们可以一起去宠物厨房做东西给阿水和霓虹吃。那天我们一起去做狗狗面包,我又开始和他聊:"我觉得你想表达的东西,和我想的有些出入。"

"不够好吗?"

"不是不好,是觉得可能会更……不那么积极?"

"嗯,懂了。"陆星嘉点点头,加了些面粉,继续揉面团,"我应该更消极一点吗?"

我刚想辩解说"不是",但陆星嘉自己又接话:"我没有在恨任何人,也没有在埋怨任何事,恨不值得,爱也难说。消极对我来说无关紧要,我不需要把状态展示给别人看,如果有些人是命选之人,不需要任何媒介就知道你最真实的样子,那他一辈子都会知道。"

我跪服。我用沾满面粉的手去扯陆星嘉的头发,他跳开问我干吗,我说:"你戴的是假发吧?你头顶是不是有九个戒疤啊?你这思想觉悟不遁入空门绝对是佛教的一大损失啊。"

陆星嘉想了想,说他比较喜欢道教。

我又气又笑,恨不得把揉面的硅胶垫拍在他脸上。陆星嘉就软下口气说不闹了,阿水和霓虹要饿死了。我想也是,饿人不能饿狗,所以继续开始揉面。陆星嘉已经开始捏面包造型了,一边捏一边问我为什么想拍他。

"我第一次见你就想拍了,但没机会。"我说,"虽然我那时候在瓶颈期,但你要是认真看我给你拍的照片,其实照片水准还是挺高的，我觉得你……"

"Hello？"陆星嘉放弃了只有半个造型的面团，"什么照片？"

"我帮你拍的背影啊，你和霓虹的照片。"我一时哑口，"蓝山……她没给你吗？"

陆星嘉狐疑地看着我，然后轻轻摇了摇头。

26

我把照片重新传给了陆星嘉之后他默默看了很久，问我："能发微博吗？"我本来想说"你随意"，但突然又沉默，然后才说："你想发就发吧。"

我知道陆星嘉是隐约觉得这事不简单，具体要说为什么，我俩都琢磨不出来。陆星嘉把面包送进烤箱之后就捣鼓手机去了。我蹲点刷新，但是没有为陆星嘉点赞或者转评。我看着他那条配了仨字的微博，默默把手机放到一边去。

他说："天黑了。"

蓝山和陆星嘉是互关了的，凭陆星嘉的热度我觉得她不可能看不到，但蓝山只看了《白毛衣》，顺口问了一句："你和陆星嘉联系上了啊？"我说"嗯"。然后她就不提陆星嘉的事了，哪怕我猜到她可能看到了陆星嘉新发的照片，也没有哪怕一个字的评价。

我把我们极少的交流归罪于时差和我的忙碌，这样我心里会好受一点，不然我就要死了。

我觉得我在公司的地位可能又往上走了那么一点，具体可以体现为工资涨了。我用这些钱请秋历吃饭，在他坐在我对面大快朵颐的时候，决定不告诉他这顿本来是打算请陆星嘉的，毕竟没有《白毛衣》就没有我的加薪。

但陆星嘉去外地拍戏了,我找不到人陪我吃饭,以及分析生活问题。陆星嘉之前安慰我说可能蓝山只是忘了,但她为什么没有找我说些"你把照片发给陆星嘉了啊""对不起啊我之前忘了"之类的话呢?

陆星嘉就嫌我事儿多,说:"你俩这事可真麻烦。"

我怒,当场上升高度:"甭开地图炮,事儿多的只有我一个人。"

我和秋历吃的是韩国烤肉,但我因为那张照片的事没什么胃口,就默默给秋历当烤肉师傅。他可能被我的殷勤服务吓到了,说:"姐姐你有什么事可直说吧,忽然对我这么好,哥哥心里慌啊。"我恨不得把烤盘都掀他脸上,一撂夹子,起手就开了听啤酒:"我问你,我有个朋友拍了张好照片,可她朋友在中间拦了一手,没让她发,事后也没解释,你说这是什么理?"

"什么理?"秋历嗤笑一声,"见不得人好呗。"

我哑口,半晌才回问:"为什么?"

"你知道人类的本质是什么吗?"

我条件反射:"复读机。"

秋历眯着眼睛,晃着酒杯笑:"是嫉妒。"

因为这仨字我差点让秋历付钱,不过我还得继续套他的看法,姑且就把这想法给摁下来了。我后来又和秋历补充了不少条件,比如这俩姑娘关系都挺好,除了嫉妒之外还有别的思路吗?秋历抿着酒,说"没有"。我刚想骂他个死脑筋,他就偏着脑袋来了一句:"也可能是占有欲。"说着夹了一块五花肉摊到烤盘上,发出刺啦啦的响声,"对方变得太优秀,就容易飞走。长得好看的人更容易招蜂引蝶,在才华方面也同样适用。"

"可她未必愿意飞走。"

"重点不在于她会不会飞走,而在于她朋友认为她会不会飞走。"

秋历说，"越是优秀的人占有欲就越强，一旦失去控制权也就越容易崩溃。"

"这不是病娇吗？"

"算是摸到了入门的门槛，说不定会发展成让你朋友惦记一辈子的高级病娇。"

"区别在哪里啊？"

"得不到就毁掉，或者自我毁灭咯。"秋历笑眯眯，"你猜是哪种？"

我没再说话了，默默喝一口啤酒。屋内烤肉的香气飘上去，我们沉默片刻，秋历隔着薄薄的烟夹去一块肉，瞥了我一眼："你下次可以不用'我有一个朋友'这个句式。"

冲秋历那句话，我甚至想让他付钱。不过他今夜说了这么多姑且还算是有用，我菩萨心肠把单给买了，琢磨着下个月要让他请我吃一顿海鲜自助。这边我俩还站在马路边上等车，手机就响了。我接起来之后还以为自己幻听了，然后低头看了看屏幕，有些难以置信："蓝山？"

"是啊，来机场接我呗？"

我结结巴巴地说"好"，匆匆和秋历道别自己打了辆车。临上车之时我还不忘去便利店里买了把伞，最大的那种。然后我坐在车后排发呆，还没缓过神来，浑浑噩噩的。

蓝山回来得太突兀了，甚至没和我提前打招呼。我俩上一次见面还是在我成名前，我们吵了一架，然后她松口让我去找阳晞，再然后我实现了真正意义上的翻身农奴把歌唱。只不过花了短短一个月，就天翻地覆什么东西都变了，简直让人唏嘘。

我又想起前辈们说的话，红靠本领，爆红看命。

很奇怪的是，我离开蓝山的时间没那么难熬，打开瓶颈期之后我彻底摆脱了"社畜"的状态，说得造作一点，工作填满了我的生活。可我接到蓝山电话的第一秒就开始犯怵，毫无由来地。但我不仅没有不高兴，反而美滋滋，在蓝山面前嘛，怂一点，我乐意。

历经一小时及耗费两百大洋之后我终于见到了蓝山，在春寒料峭、飘着小雨的夜里。她站在机场门口，自然而然地重现了一个月前分别的画面。区别在于她穿着高领毛衣，把发尾烫卷了，看起来更短了点，也更成熟迷人。她说我身上还有烤肉味，撅着嘴骂我怎么不带她去吃。她简直无理取闹，但我只觉得她可爱，要不我怎么特贱呢，立马就回道："那我下次带你去吃，吃最好最贵的餐厅。"

"好啊。"蓝山说，表情忽然就没那么俏皮了，"我可能要在国内待很长一段时间了。前几天新的疗养院联络我，说外婆的情况不太好。"

蓝山叹了一口气，呼出的白气很快散了。我听蓝山一说这话，情绪就有些低落下来。我总是很容易因为蓝山的事胡思乱想又过分敏感，针还没扎到自己身上就叫疼。反而轮到蓝山说"没事，就顺其自然吧"。

我点点头说"好"，然后瞄到一辆闪着"空车"字样的出租开向候客区，我往外走了几步去拦，蓝山的手便不经意地滑进我的兜里。

我招手让车子停下，发现蓝山没跟过来。

我回头看她。

那盒拆封的黑色香烟贴在她白净的脸颊边，上边的小恶魔冲我龇牙咧嘴。

27

我顿时蒙了。

蓝山很淡定，坐在车道和人行道之间的栏杆上，偏头对跟在我们后边等车的小情侣说："你们先上车吧。"甚至从容地对他们的道谢回了个"不客气"，然后扭过头来摆出盘问我的姿态。蓝山每天都要做仪态训练，又是打小练舞蹈的，像转脸这样的简单动作也被她做得柔软纤美,跟蛇似的。我看她捏着那烟盒就有些紧张了,老实坦白:"阳晞送的。"

蓝山应该知道这牌子是阳晞惯用的,毕竟她俩在公司里常打交道。第一关算是勉强过了,但蓝山看了看里边,又抬头看我。

"陆星嘉抽的。"我赶紧摸出手机,"要不你给他打电话求证?"

蓝山看着我,没说话。我也不敢乱动,就举着手机定在那儿。过了好久好久,我甚至以为我要变成一尊风蚀的雕塑,蓝山才顺了顺被风吹乱的头发,说"好啦"。她把烟盒重新塞回我的口袋里,我如释重负。我们重新拦了一辆出租车,在后排好好坐下,蓝山说:"我只是不希望你做我不喜欢的事。"

我不知道该怎么回答,所以只能在黑暗里沉默。我有轻微的幽闭恐惧症,坐在夜车里被黑暗裹成一团让我觉得很不舒服,我只好缩在那里一动不动。蓝山似乎是太累,所以陷入了浅眠,呼吸变得沉重起来。

我左耳是她的呼吸,右耳是从开了一条小缝的车窗漏进来的呼啸风声。我被风声哄得昏昏欲睡,但又不敢完全闭眼,在夜晚的出租车上总得醒着一个人,否则未免也太危险了。我强打着精神去想一些能提神的东西,然后就想起了两小时前秋历在饭桌上对我说的话。

其实我是不信的,但潜意识里又认可了秋历,觉得冥冥之中蓝山可能对我真的有一种占有欲,像放风筝似的。她让我高飞,我的线却始终在她手里,飞不高也逃不离。

那么放风筝的人会在意风筝吗?

我想大概不会。线断了之后他们只会去买新的、更漂亮的花风筝。我捏一捏兜里的烟盒,忽然沉重又疲倦。

蓝山和我说了外婆病重这事之后我是有意减少工作量的,但我之前就说过我的档期非常满，满到我盯了行程表半小时都不知道能划掉哪个安排。我愁到头秃，刚好这时候主管过来找我，说中旬之后的行程全部往后推一个月，我乐了，寻思着今年公休怎么这么早，但主管又说："推行程的事有人去负责，你去检查一下证件，12号飞意大利。"

"推一个月？"

"对，欧洲区的春夏时装周和品牌高定的发布会基本都集中在这俩月了，方便，省得我们国内外来回跑。"主管看我表情不大对，表情就有些奇怪了，"你有事？"

我没说话。主管就笑了，往我桌上那么一靠，说："肖舟你何德何能？"我知道我才刚做出成绩没多久，贸然拒绝工作安排只会让上头觉得我飘了，于是低头说："对不起，我不是那个意思。"

她点点头："今天之内把表填好给我。"

成名前我是狗，怎么成名后我还这么狗？我坐在座位上真的是要头疼死了，列表里能咨询的人统共就那么几个，无一例外地都让我去欧洲。秋历我就不说了，这家伙和我玩得最好，拼死了也要拉上我的。陆星嘉是所有人里回得最晚的，说："你去吧，我觉得面包最重要。"

我不服："那合着不能只有面包吧？"

那边沉默了一会儿，反问了一句："我不就是？"

真情实感搞真人CP果然是要流泪的，我又被陆星嘉捅了一刀。

陆星嘉又说："蓝山之前不也把面包放在第一位？"

我还没来得及从血泊里爬起来，脚一滑又吧唧倒下去了。

陆星嘉狠啊，继续补刀："有时候犹豫其实就是决定，你如果真心想拒绝面包，就不会来问人了，对吗？"

我心悦诚服，倒在血泊里奄奄一息。

直到临走前三天收拾行李的时候我才敢和蓝山说这事，在此之前我一直在想蓝山是怎么在我瓶颈期的时候走得那么洒脱利落的,换作是我,道歉的话要说一千八百句都不为过。

我先把护照拿出来摆在比较显眼的位置,蓝山果然看到了,我洗澡出来之后她就问我:"你要走啊?"我顺着她的话小心地接下去:"嗯,出差。欧洲区有好几个活动都给我们发函了。"

"去多久呀?"

"一个月左右吧。"

蓝山就简简单单"噢"了一声,没有再说话。我去卧室简单收拾了行李,有什么忘了漏了的过两天再补进去,蓝山就坐在客厅看电视——准确地说我只听到了电视的声音,因为蓝山说过电视开着只是图个热闹,省得家里太冷清。我忽然有点难过,我走的这一个月里蓝山可能要这么一直寂寞下去了,家里城郊两头跑,或者和外婆住在一起,没人陪在她身边,这个家里将会变得空落落的,什么都没有。

我那一瞬间真的有一种把护照撕了的冲动。但我翻来覆去都找不到护照,然后一抬头红本本就出现在我面前。蓝山替我拿了过来,说:"你在找它吗?"我摇了摇头:"我在找你。"

窗外又开始下雨,这座城市的春夏秋冬一直很分明,书里写的春华秋实和夏雨冬雪如约而至,没有任何东西会迟到。我在模糊的风声里看她,在清晰的雨声里看她,像第二天是世界末日一样猖狂。

但蓝山太懂我,她蜷缩着,在长长的叹息之后说:"你还是要走。"

我瞬间举手投降:"我又不是不回来。"

"反正你就是要走。"蓝山耍赖,"在我需要你的时候。"

蓝山姐姐,多日不见你撒娇的功力暴涨啊,我真的又要转身去撕护照了。但我往死里咬牙,还是忍住了。我说:"我会按时回你消息,你每天要跟我通报你和外婆的情况,有什么不对劲的和我说,我马上就坐最快的航班回来。"

蓝山就捂着眼睛笑,说:"你好可爱。"然后她把身子蜷缩进羽绒被里,我又开始去收拾行李。我俩背对背地沉默着,但我通过呼吸频率,知道蓝山没睡着。

我在昏暗的夜灯和窗外的雨声中忽然变得恐惧,恐惧我竟然有一瞬间的冲动要放弃我光明灿烂的未来,自甘堕落地回到我最痛恨的低谷里去;也恐惧只要蓝山撒娇就会赴汤蹈火毁灭世界的那个肖舟,不知道什么时候已经消失了;更恐惧的是蓝山以前把我撇得那么干净利落,看来她真的比我现实又成熟太多,会因为离别而难过果然是只有我这种小孩儿才会做的事情。

我把灯关掉,掐灭了夜的呼吸,开始觉得自己极度敏感又恋旧,以至于蓝山用同样的话夸我可爱的时候,我会开始回想几个月前我的感受,然后觉得有些好笑:怎么半年前的问题,我现在还在一次又一次不知厌倦地反复提问?

而最令人伤感的是,我从前没有答案,现在也没有。

Chapter Three

就此别过

11月20日 晴
-
原来哄人这么简单，一个小布丁就够了。

28

  我被真实地打脸了。

  我除了前两天还能勉强准时回蓝山的消息外,其余的时间基本连手机都碰不了。我穿梭在各种酒宴和时装活动中,忙得晕头转向。这是我入行以来完全没有过的体验,它高压且新奇,我在极端疲倦中却品出了另一种滋味。

  坦白说,我要是硬给自己贴标签,那一定是佛系文化先锋者。甚至直到一个多月前,也就是我和阳晞合作之前的瓶颈期,我还是这么想的。我是一条没有野心的废狗,就这么爬完一生算了。说白了我真没想着能走多么辉煌亮堂的花路,纯粹是因为瓶颈期难受到我要去精神科挂号了,想着赶紧把这段人生低谷给翻篇,过得好一点是一点。

  可我没想到的是,野心这个和我八竿子打不着关系的词,在我游走于黄金池的过程中,像野草一点点地抽芽。

  第一天我跟队参加了主办方的酒宴,跟着编辑部的大佬去找各种设计师、杂志主编和摄影师交流。我的镜头装下了很多行业大拿和超模,他们已经是这个圈子里巅峰的一批存在了,专业素养高到我眼泪都要掉下来。我虽然一直跟风骂我自己是典型"社畜",但坦白来说我觉得纯粹是我之前待的环境太狭窄,甚至够不到这些黄金场的门槛,说白了就俩字:肤浅。

很多人在这个场合里非常放松，只有像我这样的新人才会诚惶诚恐。干这一行的人都特独立又有个性，再加上专业素养极高，听他们聊天简直是一种享受。有合意的朋友，顺畅的沟通和自由的状态，这完全就是我理想中的工作环境。

我和编辑部的主编姐姐忙了好久之后才去休息，可我们刚坐下又有人来和她聊天，我职业假笑条件反射般上脸，立马乖乖打招呼："穆姐。"

她笑着点一点头，侧过头问主编："小朋友们表现还行？"

"你推荐的人哪能有错？"

这次任务容错率很低，在摄影部挑出来历练的新人就我和秋历，其余的要不就是名摄影师，要不就是地位超脱如穆烟儿，有主办方独立邀请函。听主编说了这话我才意识到这次的选人恐怕参考了穆姐的意见，顿时有些不好意思，于是举杯敬她："谢谢。"

"谢你自己，实力比什么都重要。"穆烟儿停一停，看了看周围的人，似笑非笑地看我，"还不错吧？"

我知道她在说什么。

我的庸俗和虚荣心在踏进这个场子的时候极度地膨胀，只是我一直压着它们，可穆烟儿这一问就好似松了气球的口子，我深知这些不够光明磊落的情绪瞒不过她，甚至她曾经也有同样的体会，所以我轻轻点头。穆烟儿就扬一扬眉，喝一口酒，感慨地说："人往高处走，水往低处流。"

我瞬间心里一动，还没来得及细想，又有两个人端着酒杯过来找穆姐。穆烟儿顺势介绍了一下主编，但我没想到的是他们也对我伸出了手。我简直惶恐，忙伸出手去握。长发的男人对我说了一些话，我听不懂法语，穆姐看出了我的窘境，在旁边说："他去过TAKKI的东京秀场，说走大开的模特非常棒，听说你和她关系不错，也看过你之前给蓝山拍的作品,夸你有灵气,顺便问你是不是蓝山的专属摄影师。"

我愣了好一会儿。

头顶的灯光白晃晃,我好似坐在警局的刑讯室中,随时准备被绑上刑场。

然后我说:"不是。"

我否定的那一瞬间觉得喉管和大脑都有瞬间刺痛,说谎的人要吞一千根针果然不是白说的。以至于我已经没有脑力去应付接下来的应答,好在话题从我身上转走了,他们坐在那儿聊得开怀,而我傻乎乎地在原地回味我的答案。

可惜我还没来得及继续思考人生,陆陆续续又来了一些人,甚至还有一个我挺喜欢的小有名气的摄影师。他们和我握手、聊天,话题永远从蓝山身上起头,我一而再,再而三地回答,最后张嘴都麻木了,机械到自己都不知道在说什么。

穆烟儿只端着酒坐在一边和人聊天,后来似乎察觉到我状态不好,适时地把话题带过去。我一直以为太牛的人是不会做这种事的,但她倒很无所谓的样子,对我感激的目光只是和善地点一点头。没人再来打招呼的时候已经接近了酒宴尾声,主编姐姐去和主办方的人说话了,所以就剩我和穆姐面对面坐着。她轻轻晃着香槟杯,忽然说:"现在知道我当初为什么那么问你了吧?"

"嗯?"

"忘记了吗,那个问题?"穆烟儿抿了一口酒,"你要拍蓝山拍到什么时候?"

她这个提问杀伤力太大,我受的重创一直延续到我坐进酒店门后的黑暗里。我从会所走回来时可能流了一路的血,但我找不到致命伤,只觉得空荡和窒息。

问题出在哪里呢？我想破脑袋都想不出来。我爬到浴室，把头摁在盥洗池里再打开水龙头，企图以这样的方式自杀。但显然不太容易，我咳了满鼻子满嘴的水，然后看着镜子里湿漉漉的自己，吸了吸鼻子，大脑昏昏沉沉。

我要拍蓝山拍到什么时候？

穆烟儿的潜台词其实是问，被无数个人认为和蓝山捆绑在一起的感觉爽吗？毕竟她一早就告诉过我，我和蓝山早八百年前就该解绑了。如果我的镜头里只能容纳下蓝山，那我一辈子都没有办法实现我的野心和抱负。当然如果我心甘情愿地做一条没有野心的废狗，那另当别论。

蓝山不想养一条废狗。否则她就不会在我拍新年产品以失败告终的那天晚上说我让她失望了，也不会给我自由甚至让我去拍她不喜欢的姑娘。我打从认识蓝山起就没彻底摸透过她的想法，她的古灵精怪和神秘现在只让我觉得迷茫与无力。我非常不喜欢这种感觉，但我今天好累，已经透支了所有的脑细胞。

我得找个人来祸害了。

我让前台给我送了酒，然后瘫在沙发上打电话，百无聊赖地唱《蓝精灵》的主题曲等着接通："在那山的那边海的那边有一群……"

"小精灵来了。"

陆星嘉淡定接话，我光是想到他烦得要死我就特开心。他说我可太会挑时候了，连拍了一周的戏就只能休息这一个下午还要真情奉献给我，恐怕是上辈子挖了我祖坟得来的报应。我说："那是你上辈子修来的福气。"陆星嘉就轻笑着说："你有病吧。"

我挺起胸膛，回话坦荡荡："你有药吗？"

虽然陆星嘉口气很平淡，但我还不至于傻到用他难得的休息时间来打嘴炮。他问我出差还顺利吗，我说："挺好，见到了好多厉害的

— 115 —

人物，飞光奖的熟面孔也来了不少，我还攀不上人家，穆烟儿倒是可以，显然我离那种境界可能还有点儿距离。"

他听我提到飞光之后沉默了一会儿，再开口的时候就和我正经谈起了里面的门道。我听一句心就凉一截。按陆星嘉的说法来看，这个奖还是要靠模特自己去争取，我光给蓝山拍照引爆热度没什么用，再加上时尚圈对某些问题很敏感，我一个非土著是很难有什么话语权的，当然如果我想换个思路，拼死了进飞光的评审组也不是没可能。

我死灰复燃，然后被陆星嘉一句话浇灭："大概再花个十年。"

我一口血要喷出来："太久了吧？哪个模特能吃十年青春饭啊？"

"你要是没有概念，就看穆烟儿，做到她那种水平，才够格被邀请。"陆星嘉说，"十年之内，你能赶上她吗？"

我沉默了一会儿，才问陆星嘉："你是在帮我认清现实吗？"

"不是。"陆星嘉说，"你有心想往上走，不是坏事，但你现在为什么给我一种'我好累我自闭我马上就要死了'的感觉？"

我又沉默，然后轻声说："我觉得我今天有了野心就变坏了，我甚至不敢承认我和蓝山捆绑。为了糊口的面包，我真的至于做到这个地步吗？"

此时此刻我忽然想到了那个同样湿漉漉的蓝山，在拍摄《春生》的早上的那个蓝山。我对蓝山的热情如潮涨潮落，但它的顶点一定是在九月上旬，在那个阳光灿烂、秋光如梦的晨间。我最无瑕和最炙热的幻想都给了蓝山，然后一路走低，走到泥沼里，还是条单行道，后边有刀顶着腰，我连回头的机会都没有。我怀疑我自己要精神分裂了，因为镜子里的我有时候看起来还挺陌生，就像现在一样。另一个肖舟第一次出现是在给阳晞拍《玻璃鸟》的时候，我对着镜子和阳晞说我希望可以有更多次、更多次的骄傲和睥睨。

但我现在才是被睥睨的那一条狗，因为我的虚伪和世故圆滑，因为我的口是心非和极端造作。我一早就说过陆星嘉思维异于常人，这时候就更没道理顺着我的思路走。他有他自己的想法，但没着急告诉我，我不乐意他这么磨蹭，说你有话就说有屁快放，给我一刀痛快的，我洗澡睡觉明天还要起来干活。

陆星嘉沉默了一会儿，然后说："如果蓝山足够在意你，你会很快乐。"

我挂了陆星嘉电话时窗外开始下雨。我在淅沥的雨声中蜷缩在沙发上，盯着雾蒙蒙的天空一动不动。我点开和蓝山的对话框，想问她什么，字在对话框里反复出现又被我反复删除。

它们最后一次在屏幕上消失的时候，屋里开始下雨了。

我想今夜我会被水淹没。

29

我最后还是没有问出口。其实我不知道我的这种沉默是不是好事，我的确是在逃避很多东西。

我的焦虑卷土重来，可至少过得要比瓶颈期好一些。我的灵感还在，并且经过与阳晞和陆星嘉的合作，我已经可以把它们牢牢地锁在我身边了。我在时装周活动中拍出了不少好照片，有几张被拿去刊登在外网上，也和不少人打了交道。我心知肚明我的前途会更加坦荡光明，只要我这么一直向前走。

但有些事情还是在变化的，比如我和蓝山的位置发生了奇异的对调，她会在我忙碌的时候给我留言，可我通常只能回复寥寥几句，在睡前或者难得的休息时间。其实蓝山和我不同，换作是她在出差，我面对回复间隔越来越长的消息会失去耐心，然后渐渐减少我的留言——也不算是失去耐心，只是我觉得有些话说出去得不到回应，那就没有必要为蓝山的忙碌火上浇油了，我宁愿什么都不说，吞下去给自己听。

蓝山不会，她自顾自地给我写琐事，像答应我的那样每天汇报外婆和她的情况。所以我即便为工作累成狗，也没失去对蓝山情况的了解。蓝山像我曾经联系她一样频繁联系我，我本来应该开心，但因为外婆的病情每况愈下，我的焦虑又开始翻倍了。

这不意味着我不关心外婆，相反我和蓝山一样希望外婆能够好转，安度晚年直到寿终正寝。但在面包和生活带来重重压力的前提下，面对外婆病情时，那种远隔千里却束手无策的无力感，简直就是把刀抵在我心口往里送。

所以我有时候看到蓝山的消息甚至不会再秒回，我得做好久久久的心理准备才能应付接下来的交谈。因此比起和蓝山谈话，我更喜欢和别人交流，比如陆星嘉，但他拍戏也忙得要死，我俩上次打完电话后基本就再没联络过。所以平时骚扰最多的还是秋历，我俩在一起工作，目前已经演变到商业互捧的关系了，今天我叫他"国际知名大摄影师"，明天他能还我一句"世界神仙下凡摄影家"，听着怪恶心的。

除了这两人之外，我偶尔还和阳晞聊几句。

这不能怪我，毕竟我在某品牌高定发布会现场拍到了阳晞，我自己也吓得眼珠子要掉下来，结果阳晞看我跟看白痴似的："你凭什么觉得我没资格在这里？"

我流泪，因为我彻底把阳晞是天之骄女和她的业务能力抛到脑后去了，于是我真诚道歉："对不起，我是狗，别骂了。"

阳晞就很怜悯："你好卑微哦。"

"是啊，不然你要是到我老板那儿去告状，那姐姐的饭碗就不保了。"我假模假样地擦眼泪，然后靠在化妆台上看我拍的东西。阳晞在我旁边的椅子上坐下，很随意地说："蓝山没来还挺可惜的，错过了很多资源吧？"

我看了她一眼："她那边有事嘛不是。"

"虽然不知道是什么事，但是事业上升期错过这种类型的活动，恐怕她心里也不好受。"阳晞偏头，似乎在问我，又似乎在感慨，"蓝山事业心很重吧？"

我不动声色地拿出陆星嘉的说辞："人有心想往上走，不是什么坏事。"

阳晞就只是静静地笑，不再说话了。

阳晞比起陆星嘉来可能还是差了点什么，虽然后者是从时尚圈翻墙到隔壁的演艺圈去的，但毕竟有一墙之隔，不会和蓝山有利益冲突，再加上我为陆星嘉拍下有故事的背影，《白毛衣》的合作又进一步升华了我俩的革命友谊，所以我和他基本无话不谈。

而和阳晞说话我就总是小心翼翼地提防揣测，在没人的时候能脑补各种抢资源和挑拨离间的年度大戏，几乎要唯美落泪。但看阳晞又坦荡荡无所谓的模样，再加上以她的咖位和出身似乎没必要耍这些花招，所以我还是挺看不懂她的，也不想看懂，只是把小王女的称呼偷偷换成了小魔女，料想她也不知道。

但她有一句话让我很出乎意料，以至于我深夜翻来覆去睡不着，一直在想"蓝山心里恐怕也不好受"的事。因为我的确没有想过，蓝山因为外婆的病情错过了这些资源会不会难过。可能是我太信任她了，我总觉得蓝山做任何决定都是正确的，却忘记了其实很多事情不是那么黑白分明的，就像蓝山放弃了这些活动，可她心底未必没有遗憾，甚至会因为失去资源，导致以后的路没那么好走，而蓝山那么看重未来的一个人，她真的会不难过吗？

那蓝山为什么不告诉我呢？

其实我是个很奇怪的人，比如我自己过得很烂，但看到别人烂的时候还是要去搭一把手。如果有什么人能把我倒吊起来抖一抖，抖出来的可能都是在别人（尤其是蓝山）受了委屈时，我溢出的同情、关怀和怜悯，但我自己生吞下去的那些委屈就像是粘在公交车座位下的泡泡糖，翻来覆去是抖不出来的，只会继续粘在暗无天日的原地，继续发霉腐烂。

所以在此时此刻管不了那么多了，我直接坐起来，给蓝山发了个语音通话。这是我出差这么多天以来第一次和蓝山打电话，等待接通的时候我有种彩票开奖前的紧张。

"等会儿。"蓝山说，"外婆在睡午觉，我去阳台和你说。"

我听到阳台门拉上的声音，然后蓝山说："你好忙哦，现在才有空给我打电话。"

"对不起……过两天会更忙。"我忽然有点委屈，"你以前出差也很少给我打电话。"

"舟舟好小气哦！"

怎么又是我的错？我心说：我小气还不是因为在乎你？但蓝山在那边语气轻轻地和我撒娇，我原本已经压下去的愧疚又疯狂滋长，天知道我此时此刻有多讨厌我自己，蓝山这么好，我不该这样的。

"舟舟，"她忽然叫我，"外婆转到市医院来了。"

我愣了愣。

蓝山又说："我今天……拿到了病危通知书。"

我想我大概是太久没睡好了，以至于蓝山和我说这么重要的事情时，脑子里一片混沌，根本思考不出个所以然来。蓝山的语气像哄我睡觉一样温和，我几乎能想到她靠在阳台上吹风，眼神茫茫然又轻飘飘飞到远方的模样。

"找最好的医生用最好的药了吗？"

"是的呀，但外婆年纪太大，医生说，如果外婆愿意的话，就把她带回家吧。"蓝山沉默了一会儿，忽然又轻笑，"你不在，我一个人可能处理不过来，所以还是让外婆继续在医院接受治疗了。"

我忽然很慌。记忆中蓝山好像只有第一次带我去疗养院时才失态过，此后无论经历什么事，甚至是走 TAKKI 大开受伤的时候我都再没见过她惊慌失措的样子。蓝山是永远理智的姑娘，她理智地处理意外，理智地奔赴未来，甚至理智地对待我的不理智，而她现在理智地面对死亡，我却觉得五脏六腑都好疼，疼到我无法说话。

蓝山也沉默了，然后问我："等死原来是这种感受吗？"

记忆中我们好像也曾经讨论过死亡的问题，在一个飘着关东煮气息的冬夜里，我们曾经吵架又和好，她对我翻开泛黄的记忆，以不算幸福美好的经历换回了我的理解和原谅。

我那时候没有把故事说完，所以也很少有人知道蓝山的妈妈在离婚之后病逝，陪伴蓝山的人就只剩下外婆。我从倒叙的故事里看穿了时间的伏笔，闭上眼睛就能想起老屋子的阳光和令我惊艳的芭蕾舞。蓝山是擅长讲故事的人，连苦痛都描述得从容不迫，但我总觉得蓝山没有彻底释怀。因为纵观那些陈旧故事的字里行间，她疲于失去，好像从来没得到过爱。

"你不要着急，等我回去。"

"你才走了半个月呢。"蓝山说，"刚刚不是还说过两天最忙吗？"

"我自己会考虑清楚的。"

我说话的声音好像有点奇怪，有些哑又有些微妙的腔调，蓝山大概是又听出来不对劲了，于是又温温柔柔地说不用太在意，下了病危通知书又不一定会出事，外婆过两天就康复了。

我有些器官又开始像溺死一样地、窒息地疼，疼到我开始胡言乱语。

那句曾经流失在东京之夜的耳语，再度浑噩地从我的唇齿之中吐露。它穿过电波飞向空中，跨越万水千山。

随后不出意外地,再次血淋淋地陨落。

蓝山沉默了一会儿,笑着骂了我一句"小笨蛋"。那是我人生中最期待的一刻,我期待她回应,期待她的宠溺,期待她笑眯眯地回应我。

可我没等到,因为那时候有人敲门,蓝山停了停,然后说:"主治医生来查房了,要和我讨论一下病情。我们下次再聊,好吗。"

她说了一个很像疑问句的陈述句,根本没有过问我的意见,很快挂了电话。我静静地听完了一连串呆滞的忙音,然后关机,重新缩回被子里。

这一夜我过得意外平静。

"平静"和"失眠"两个词是不冲突的,我绝大部分的记忆只有天花板上浓郁的一团黑暗,然后在极少数浅眠的时间里又梦见那条蛇。但它这次没有冲我龇牙咧嘴,我也一反常态地没有再害怕它,梦里的我坐在阳光下的椅子上看书,然后和它说:"你又来啦。"

你看到了吗?

我所有的期待都在这里了。

30

"社畜"必备技能:睡眠时间低于四小时仍然能身残志坚地在一线奋斗。我看说的就是我本人没错了。

成年人的情绪就算跌宕起伏也是要分时间的,我白天醒来仍然是潜力摄影师肖舟。五天后时装周活动结束,国内总部就要准备特刊,这几天我们得拍照、后期、专访连轴转。我忙了一整天就啃了个面包,下午茶时间胡乱塞了一块齁死人的马卡龙,在猝死边缘徘徊。

我一边找水一边和秋历抱怨说这玩意儿可太甜了。秋历放肆大笑说："你个土鳖，马卡龙要一口一口慢慢品的。"说着他去甜品盘拿了一小块马卡龙，极其造作地吃了一口；又吃了一口，笑容逐渐消失。

我："如何？"

秋历拱手："告辞。"

我笑得满地找头。

秋历和我一起负责特辑中的专访模块，剪刀石头布之后秋历去和金发碧眼的姑娘们打交道了，我约了在国际排行榜上排名靠前的四个亚裔模特进行专访。阳晞被我放在最后一个，是因为工作一旦到收尾阶段人就会飘，我得找个高高在上的人把我压一压。

在看排行榜的时候我意外发现阳晞的排名其实比蓝山还要高出十多位，不由得有些纳闷，按理说蓝山现在的曝光度会比阳晞高很多，但放眼国际来看好像不是那么回事，然后想到陆星嘉前几天和我说蓝山如果想接近飞光仍然是路漫漫其修远兮，行，我现在好像有那么一点点相信了。

我和秋历窝在房间花了一天时间整理照片和稿件，然后发回总部去。我忙完之后只想在床上睡死过去，秋历还有心思和前台点夜宵，我也是服气。

我睡得浮浮沉沉半昏半醒，魂肉分离中听到秋历去门口接了夜宵，他回来的时候大概是看到我睡着了，蹑手蹑脚地回到茶几旁一边玩手机一边大快朵颐，我饥肠辘辘根本抵挡不住这诱惑，睡得一点儿都不安稳。

要不怎么说秋历找打呢，他吃了还不到五分钟，咀嚼声就停了。

"阿肖，你睡了吗？"

我听到他问话的时候有种不切实际的缥缈感，像溺水的人被打捞上岸，好久好久我才有力气说了一声"没有"。秋历就爬了过来，手机的白光隔着眼皮晃我的眼珠子，我这会儿可真睡不着了。秋历不是喜欢恶作剧的人，我睁开眼睛把他手推远了些，某社交 App 热搜榜第一赫然轻飘飘挂着一行字：蓝山家人 去世。

我倏然清醒。

秋历走后我一直试图联系蓝山，告诉她我着实不是有意忽略她的消息的。她无数的深夜分享和看似平淡的叙述，在我的沉默里摔得稀碎。

我打电话给蓝山，蓝山没有接。

我不知道蓝山是没听到还是不想接，我总觉得蓝山这样的姑娘是小心眼的，给予多少便回馈多少，一分一毫都不会多给。而在两人的相处当中，恨永远是最苛刻的东西，我不知蓝山是否知道这一点，但无论如何，世上永远是，爱比恨多。

我几乎要哭出来，蓝山才终于接了我的电话，她的问好几乎毫无端倪，平平静静地说："你忙完啦？"我沉默了好久，竟然不知道怎么回答，犹豫了半天，才说出一句："你还好吗？"

蓝山在话筒那边似乎是低笑了一声："还好。"

老实说我在接通蓝山电话之前一直在想她会有什么样的反应，我宁愿蓝山生气或者崩溃，在我面前大哭大闹大吵大叫，也不希望是现在这种最差劲的局面。蓝山用这样平淡的语气说话，和前几天那个在电话里故作轻松说着"你不在，我一个人可能处理不过来"的姐姐判若两人。

我好想、好想再一次被那样需要。

蓝山似乎也觉得这样的沉默过于尴尬了，于是主动开口："你什么时候回来啊？"

"很快！明天……"我脱口而出，又觉得不妥，"或者后天，我会和主管写申请的。总之很快回去。"

"不着急，后事已经办完了。"蓝山语气变得轻飘飘的，"你来的时候，带一束白玫瑰吧。"

我说好。然后我停一停，又问："为什么？"

"什么为什么？"

"为什么？"我说，"为什么不找我？"

蓝山不说话的时候，我看着一片薄薄的云慢慢开向远方的深海，几乎不用花费力气就算出了她那边正是落日时分，她在沉默时总喜欢露出微妙的笑。蓝山那样笑的时候，我总会轻而易举地感到难过，为我们之间那段永恒的时差，我航海乘船、乘坐飞机甚至驾驶宇宙飞船都无法跨越那条子午线。

我知道蓝山又在那样笑了，此时此刻。

我忽然好累。

后来蓝山没有再回答我的问题，她和我说"晚安"，和我说了虚无缥缈的告别之后就挂了电话。我回床上去睡觉，然后极其痛苦地发现自己又失眠了。不是那种睁眼到天明的失眠，是那种灵肉分离，像在水下浮着，分不清距离水面是远是近，什么东西都是朦胧压抑的，水从我的鼻腔灌进来，我睡得好难受，像要窒息。

第二天我和主管请了假，收尾工作的确很忙，但要说少了我天下大乱也还不至于。主管本来不想批假的，但看到我精神状态着实奇差无比，还是放我走了。我一个人拖着行李去了机场，孤零零地候机，孤零零地排队，孤零零地坐下。

我插着口袋坐了一会儿，在空乘来之前摸出手机发了两条消息。一条发给了花店，另一条……

我犹豫了好久，点开了联系人。

31

　　毫不夸张地说，我在大都市活了这么久仍然觉得自己是个土鳖，比起酒吧夜店我还是会觉得街边的大排档和烧烤摊人情味更浓。我常坐在露天的棚子下最角落的位子缩着手看师傅烧烤，人间的烟火气往上飞，再高点就全散空了。往日烟散得慢一些，今夜好似有下雨的前兆，起了风，它们来不及飘到高处就散了。我眼睛往上滴溜溜地瞟着那些被熏黑的树木枝丫，在想会不会有些木头也吃不了辣，它们落叶的时候，会不会其实是被呛到打喷嚏呢？

　　"看什么呢？"

　　"看树。"陆星嘉提了半打啤酒过来，我顺手抽了一瓶，手上开着嘴里也没闲着，"都秃了。"

　　"给烟呛得。"

　　我大笑，和陆星嘉碰杯："知己。"

　　陆星嘉碰了一下，往塑料椅上一靠，闲闲地笑："我看你甭看树了，趁早看病吧。"

　　这话说得我还挺没法反驳的。

　　我上飞机前最后一条消息半道转弯发给了陆星嘉，然后就睡觉了。直到下了飞机有信号我才看到陆星嘉说他得忙挺久，我说："不急，我找个酒店倒时差，你忙多久我睡多久，晚安886。"

　　其实陆星嘉人是好的，不然不会搭理我这个神经病。我睡了一天一夜还要多一点，醒来的时候是凌晨一点钟左右，我寻思我这个时差倒了跟没倒似的。不过也巧，陆星嘉明天休息，今天收工补了个觉，给我打电话的时候我刚醒，我俩出来走了三条街，找了个不大不小的烧烤摊坐下。

其实越市井的地方对陆星嘉来说越安全，大排档的客人们大多是五大三粗的中年人，越忙于生计，就越无心关心明星，哪怕陆星嘉的脸霸占了四号线地铁所有广告牌，也无人在意。

陆星嘉给我分了筷子之后我没急着和他吐苦水，主要是因为饿了太久，饿得像条狗，烤鱼、炒面、烧烤乱七八糟地一上桌，我连吃了好几口面才舒服了一些。陆星嘉没我那么猴急，一点点地夹着鱼肉吃，吃着吃着我忽然说："你和白芨差几岁？"

陆星嘉好看的眉就轻轻皱了一下，很快从嘴里吐出一根刺："差点卡着。"

他不说话，我也不说话了。

夜风越来越大，烤盘下的炭火太旺，我要叫老板过来，陆星嘉却从桌下取了一根铁扦子，慢条斯理地把炭给弄散。火星逐渐微弱，他的声音混在鱼肉烤得滋滋作响的声音里，我差点没听清。

"七岁半。"陆星嘉说，"你和蓝山呢？"

得，我还真没算过。

"我知道你想问什么。"陆星嘉口气倒很轻松，"有些东西和年龄没关系。"

"一年出头。"我固执地算完，然后说，"我知道。"

陆星嘉就定定地看着我，说："知道又有什么用呢？"

回国后第一把刀，正中我心口。

"我回来之后只找了你，不觉得很荣幸吗？"

"发生了什么吗？"

"如果我说什么都没发生呢？"我酒劲忽然上了头，一个鲤鱼打挺就坐直了身子，"我就觉得很奇怪，明明什么都没发生，但就是知道情况在变糟。"

"和她家人去世有关吗？"

我沉默了片刻，说"可能吧"。然后我花了大约半小时和陆星嘉一五一十地说了蓝山和她外婆的故事。其实只过去了小半年，但我忽然觉得那个坐在我车后座的姑娘已经只活在我记忆中了。我在和陆星嘉说话的时候，思绪是游离的，我想起她带我去疗养院的时候在我后座上，迎面吹来的风和那首被风吹得零散的歌，十个小时之后从天而降的滂沱大雨，穿越隧道时洇湿我背后的热泪。

我说完之后陆星嘉想了想，说其实蓝山是很爱她外婆的。

我大怒，正想说你这不是放屁吗，陆星嘉摆摆手示意我听完。

"我意思是，如果蓝山没有别的家人，那她所有的期待都给了她外婆。现在外婆去世了，你以为……"陆星嘉斟酌了一下用词，"蓝山既没有像你预料之中的崩溃，来向你求助，也没有把倾注在家人身上的期待转移到你身上。"

我冷眼看着陆星嘉给我倒了一杯酒推到我面前，突然好恨他。他讲话那么轻易又动听，每一句话都讲得血淋淋，刻薄得不行。

我好想，现在、立刻、马上杀了他。

"你是在怕吗？"陆星嘉笑了笑，"怕她不——"

陆星嘉说话的时候天边忽然炸了一个响雷，我忽然笑，幸灾乐祸地说："你看吧，乱讲话要被雷劈哦。"陆星嘉就坐在那里静静地看着我，然后抽出一张餐巾纸，递到我面前，温柔地微笑，像我们第一次坐在一起聊天那样："眼睛漏水了，需要我给你一个报修电话吗？"

陆星嘉是体贴的又是笨拙的，只带了一把伞，而这场雨好死不死地直到我们回到小区仍然在嚣张地下。陆星嘉要送我回家，我摇摇头，说："我先送你，伞借我吧。"

"这样不安全。"

"我一个人走走。"

陆星嘉欲言又止，最终还是由着我。我们在他家楼下分别，陆星嘉说注意安全，然后进去了。我撑着那把黑色的伞慢慢散步回去，我意思是，回蓝山的家。其实这两幢楼隔了挺远的，我走了有十多分钟才进了楼。大约是雨下得太大，我进到密闭的电梯时，仍然能听到清晰的雨声。

它们好像来自半年前的雨夜，又好像来自现在，又好像来自不可知的未来。

谁知道呢？

蓝山唱的那首歌真的好老，老到已经成为一种可以轻易想起的记忆，和下雨的声音混在一起，清晰得刀刀致命。

……
徐徐回望
曾属于彼此的晚上
红红仍是你
赠我的心中艳阳
……

我打开门的时候，屋子里好安静。

阿水比我想象中机警，我换鞋的时候它已经醒了，只叫了一声就认出了是我，兴奋得隔着阳台门摇尾巴。我走过去打开阳台门抱它的时候感觉它瘦了一些，但还是快乐的。对于阿水来说或许快乐是简单的，阿水是笨蛋小狗，有苹果吃就很快乐了，如果我要快乐起来，要吃多少个苹果呢？

我抱着它的时候脑子里还在唱那首歌，副歌循环过了一次，间奏的时候我在想我对苹果过敏，那么我是要选择快乐，还是选择去死呢?

阿水毕竟是困的,不过片刻又缩回去睡觉了。我把外套挂起来,忽然觉得自己只是单纯出门买了一听可乐,去洗了手和脸,才穿着袜子走在地板上,觉得此时此刻好恍惚。好久没回来,我一时竟有了主客不分的错觉。

打开门的时候,我刻意放轻了动作。可惜那首歌只有我自己能听到,不然的话,我可以唱给蓝山听,骄傲快乐又自豪地说:"我学会了你最爱的歌,你要听吗?"

> ……
> 何年何月
> 才又可今宵一样
> 停留凝望里
> 让眼睛讲彼此立场
> ……

蓝山睡觉不拉窗帘的习惯我觉得挺不好,一个是隐私问题,另一个是窗外总有莫名其妙的光刺眼得让人难以睡觉。现在我却很感激她这样的毛病,不然我没办法看清楚蓝山的脸。我一步步走过去,蓝山还没醒,我忽然有点想笑,如果我是个坏人,蓝山现在可能已经死了。

可我不是,蓝山才是。

她会杀了我,可是我不会。

一窗之隔是滂沱大雨,我伸手去撩蓝山头发的时候轻轻哼着那首歌的调子,是熟悉这首曲子还是熟悉我呢?蓝山醒过来的时候完全没有被吓到的样子,只是有些迷糊,揉一揉眼睛之后甜甜地扬起嘴角,说:"你回来了。"

我说:"嗯。"

我几乎信以为真,相信我只是去买了一听可乐回来。但无论是天气还是手机上的日期,都告诉我距离上一次回来已经无限遥远,遥远得好像我们分别了几个世纪。

蓝山头发长长了一些,我熟悉的香水味和她的味道混合在了一起,我低头反复地念她的名字。我闭上眼睛,雨落在蓝山脸上。

我想那首歌终于结束了。

都洗不清今晚我所想,因不知哪天再共你唱。

32

第二天早上我带着白玫瑰和蓝山一同去了城郊的墓园,清明将至,我在淅沥小雨中替蓝山撑着黑伞,她在我身前一步左右的地方静默站着,手中一捧白玫瑰,湿漉漉的,过分美丽。我在这样的氛围里总是容易走神,其实如果不是那一小块灰冷的石碑,或许我到现在还没有办法接受这样的事实——不单是外婆的去世,还有蓝山的变化。

是为什么呢?

我悄悄抬起伞檐,默默看着青灰色的天。

或许是起得太早,回程的路上蓝山坐在副驾驶座位上昏昏欲睡,我替她换了一首纯音乐,伸手调音量的时候蓝山看我,但她什么都没说,先开口的是我。

我说:"对不起。"

蓝山很显然知道是为了什么,但只是浅浅地笑。

蓝山好温柔,她说:"没关系。"

蓝山恐怕想不到我会这么容易就崩溃,在她说完这一句话之后我眼前忽然就蒙眬一片,回过神来的时候蓝山已经扯过纸巾给我擦眼泪了。但好死不死这个时候红灯变绿,我身后的车子都在摁喇叭。

我推开蓝山的手,在这样模糊不清的视野里踩下油门,随便找了个方向往前开,随便开到哪里就停下来。但崩溃是没有那么容易就和我停战的,我还在掉眼泪,我甚至不知道我为什么会这样做,过于难过或者过于压抑吗?我想其实都还好,那我为什么还是要哭呢?

蓝山在这个时候打开车门走了,大约过了五分钟,打开驾驶座的门,把我拉出来塞到后座里,顺手一钩门就"砰"地关上了。后座好窄,塞进来两个人好费力,我眼泪鼻涕和头发乱七八糟地糊在脸上。她把放在置物箱上的小布丁拿过来,拆了一只自己吃了,拎着另一只在我眼前晃了晃:"躺着就没的吃。"

我抽抽噎噎地坐起来,委屈巴巴地要拿。蓝山不给我,自顾自地咬住嘴里的冰淇淋,替我拆了另一只的包装,递到我嘴边:"说,'姐姐给我吃糖糖'。"

我好气,我心里寻思着我都哭成这样了,你现在还欺负我。想着想着,我又要哭,但是蓝山乘虚而入,把小布丁塞了进来。

我吃了两口,不哭了。

我说:"我还没叫姐姐。"

蓝山随着音乐轻轻晃身子,说:"我听到了。"

"从哪里?"

"从这里。"

蓝山看向我的眼睛,于是我心率飙高,将所有的忧愁与隔阂消解,感到某种东西坍塌成一片,再也讲不出一个字了。

我俩肩并肩坐在后座上，和解了。

我觉得蓝山真的有种很神奇的魔力，她只靠一个小布丁就轻而易举把我救回来了。我好想给她送面锦旗，就写"妙手仁心，转世神医"。但想想蓝山如果是医生，就应该而且只可以救我一个人；而我要做一个称职的病人，病只为她一个人而生。

我们就一直坐在后座吃小布丁，吃完了之后我还乖乖把垃圾收好，拿湿巾递给蓝山。蓝山眼神爱怜地看我："你怎么那么爱哭？"

"因为你。"

"油嘴滑舌。"

蓝山撇嘴，把我的真心话当玩笑。她替我擦走残余的泪痕，问我在外面工作累不累，我疲倦地点点头。我和她说在欧洲的见闻，说我见到了许多人，说我离她的梦想好近好近。

这个时候蓝山突然插嘴："我的梦想？"

"飞光。"

蓝山很久之后才说话：

"舟舟，你没有自己想做的事吗？"

"没有。"我实话实说，"不是人人都有梦想的。"

蓝山就不说话了。

其实我还是有梦想的——如果许愿真的可以成真的话，我希望时间永远停在刚刚那一刻。我在那一瞬间觉得自己像是迎来了昙花一现般最美丽的刹那，但又像闭眼坐过山车一样，连快乐也是提心吊胆的。

蓝山沉默的时候我仔仔细细地看她，在想蓝山会不会其实是一朵云，因为云虽然看起来软绵绵的，实际上却坚硬无比。蓝山如果是云，也会拒人于千里之外，选择孤零零地在天上飘着，我像埋没在云层里，在冰凉的冷空气中窒息。

"没有梦想是错的吗？"

要说实话吗？我感觉没错，但如果蓝山感觉错了那我就马上改口。蓝山就好气又好笑地摇摇头，说"不是"，然后轻轻说："我只是希望你为自己活。"

蓝山在这一瞬间给我的感觉是惆怅又孤独的，可是为什么呢？我不太能理解，我根本不知道蓝山到底想要什么。蓝山似乎也觉得这句话说得太莫名其妙，于是笑一笑又捋一捋头发，转向我的时候刚要开口，我放在前座的手机忽然振动起来。

气氛很尴尬，蓝山看着我，我看着蓝山，我不想理，但蓝山扑哧一声就笑了，朝前座看了一眼："接吧。"

我好颓废地从前座之间爬过去，按了接听键，听了一阵之后挂掉，转向蓝山："我今天下午还要拍个宣传片。"

蓝山好懂事，乖巧点头："嗯，那你送我去——"

得，风水轮流转。

我回到驾驶座，蓝山懒得换座位了，窝在后座接电话。蓝山其实不是很喜欢接电话，发短信或者微信比较合她口味，所以接电话一般都不会特别久，说完就撂，怪有脾气的。但这通电话打得格外久，蓝山开口的次数却寥寥无几，我压根听不出内容。

她和无名氏的对话一直持续到我停车在她公司楼下，蓝山关上车门又在副驾的车窗旁俯下身来，说她晚上会晚点回来。我点点头，说："要我去接你吗？"蓝山摇摇头，我开玩笑说那你要是被坏人欺负，我怎么办呀。

蓝山就很微妙地扬了扬嘴角。

"不是坏人。"蓝山说，"是我爸。"

33

  我一脸蒙，这种感觉就好像我在看一本逻辑极为缜密的小说，半路却突然杀出一个莫名其妙毫无理由存在的角色。我这么说是不是过分了点，毕竟蓝山老爹还为蓝山的美丽提供了百分之五十的助力。但就凭蓝山当年是个意外，以及蓝山除了提到父母离婚之外压根没提到她爹这两点，我总是对这个角色提不起一点儿好感。

  蓝山徒留我蒙在原地就转身进公司里去了。我开车回公司洗了把脸准备工作，尽量提醒自己：蓝山既然不和我细说，那我就不要给自己徒增烦忧。下午的拍摄工作异常顺利，我收工后跟进了一下后期制作就打算回家了，收拾东西的时候助理过来和我说最近有个比较大型的计划，问我接不接。

  我一边穿外套一边随口问："什么？"

  "春夏季的艺人群像。"

  "哪家？"

  助理报出公司名，我愣了愣，接过文件。

  市面上某本发行量名列前茅的时尚杂志的大股东就是这家公司，他们有专门的摄影和策划团队，却要跳出来找我一个外司的人拍，说实在的，我还挺受宠若惊的。我一直不是很喜欢拍群像，毕竟我出作品非常依赖灵感，要是和合作对象死活看不对眼，那我也没辙。更何况一个点子未必适用于群像里的所有人，对我而言难度会更大。但我看着名单上一串熟悉的名字，想不接都没办法，更何况还有蓝山坐镇。

  我翻文件的手停了停：我有多久没有拍蓝山了呢？

  或许是下了大雨的缘故，我在路上被堵得几乎要当场去世。无尽的煎熬之后，我只差一个绿灯就可以离开这个路段，但这个时候雨忽然下大了，我把雨刷器调大，在噼里啪啦的响声里辨认出了微信的消息声。

蓝山说："雨下大了，来接我吗？"

我回话说"好"。下一个红灯转绿，我驱车开向另一个拥堵路段。到达蓝山给的地址时已经将近九点。蓝山站在西餐厅门口，看到我之后脱下披着的西装外套，还给身后的男人。侍者撑伞送蓝山上了副驾座位，却没有要迎男人的意思。蓝山朝窗外挥了挥手，就示意我开车。

我从后视镜中看到男人穿上那件英国某品牌的高定西服外套，不由得咋舌，但也不敢表现得太明显，生怕蓝山觉得我是个没见过世面的土鳖。我们沉默着开出一小段路，还是由我先开的口："叔叔来找你干吗呀？"

"觉得我没人照顾了，看我挺可怜，想让我和他走，弥补一下这些年的错。"蓝山捋一捋头发，"把我当小孩儿似的，怪好笑的。"

"这样好吗？"我有点怯怯的，"你把他一个人留在那里了。"

"你在我那里住，他来合适吗？"

蓝山说完就踢掉高跟鞋，把腿蜷在座位上，转向车窗的一侧闭目养神。CBD的灯红酒绿和雨水混成一桶浓墨重彩的油漆，朝蓝山的影子泼来，我在光影交织中看着蓝山的脸，熟悉又陌生。

我没有再说话，沉默着把车开回家。回楼下时已经不早了，我想开门下车，但蓝山忽然转过了半边身子，伸手扯住了我的衣角。

"在车里坐一会儿吧。"蓝山说。我点头同意了，把椅背放平一些，转身看着蓝山。

"会很奇怪吗？"蓝山说，"我这样对他。"

我没有明确回答，而只是说任何事都是有因果的。蓝山就笑了，很感慨："你真的很聪明。"

"因为我给出了别人不会给的答案。"

我闭上眼睛。其实我心情很复杂：我知道蓝山的意思，假如她和别人提起这件事，或许有九成九的人都会用亲情给她上一道紧箍咒。但我没有。其实我不是没有，我只是知道了错误答案，然后规避了它。

"是啊，别人都会说，那毕竟是我爸。"蓝山轻轻地说，"那又怎样？"

蓝山有时候真的下刀太狠，寥寥四字就伤人极深。其实她没把刀刃对准我，可我还是觉得隐隐难受。蓝山的爱恨都太利落了，她只管去爱去恨却不管被爱或者被恨，它们被分装在不同的糖果罐子里，一旦属于谁就很难再改变。在故事里很少抛头露面的父亲想要继承外婆那个装满爱的罐子，在蓝山看来简直啼笑皆非。

我好惶恐又好难过。惶恐在于蓝山难得的在意宁愿随外婆变成天上的星星也不愿给我，难过在于蓝山连被在意都过于笨拙和计较。蓝山似乎是发自内心地疲于和感情几乎为零的父亲打交道，以至于对他的到来毫无波动。她只是呢喃问，她会不会太过分。

我说："不会，在我这里，你永远做什么都不过分。"

蓝山就安心地不再讲话了。

我想蓝山允许男人来参与一周后的清明扫墓活动，已经仁至义尽。我开车送他们去了墓园，目送蓝山和男人一前一后上了山。可能有时候我是真的没办法理解蓝山，毕竟我出生在父母双全、感情平淡偶尔拌嘴的普通家庭里，而这样的差异是细微却致命的，就好像我在拍《白毛衣》的时候和陆星嘉说，没有人生来的轨迹会完全一致，所以不存在真正的感同身受。

我所说过的话成了一柄"双刃剑"，横亘在我和蓝山之间，谁向前多走一步，都命悬一线。我长叹了一口气，继续坐在车里发呆。果然是说曹操曹操到，陆星嘉刚在我的多愁善感里出镜了一秒钟，我手机屏幕直接就亮起了他的名字："我听助理说你接了我们公司的春夏群像？"

"就你消息最灵通。"我皮笑肉不笑，"八字还没一撇呢，月底才拍，我这边还得交策划，要被毙了那我也没辙。"

"还没头绪吗？"

"嗯……"我随口答应了一声，从储物箱里翻抹布。最近天气诡异，清明冷得过分，车里空调温度开得偏高了，我随手擦了擦玻璃上的水蒸气，看向远处的青山——

"也不算是没有头绪。"我从容改口，"卑微阿舟能有幸邀请陆大画家为我画个分镜吗？"

34

在陆星嘉的帮助下，我上交了一份名为"贰拾肆"的策划书。

灵感是来源于青山的惊鸿一瞥还是我私心认为蓝山是云的臆想，我已经记不清楚。其实我原本是打算起别的名字的，它或许更平凡，更落伍，却也更浪漫，但又无可避免地更偏心。所以陆星嘉一听这个主题名就皱了皱眉头，摇头说："不行，不能叫'风中有朵雨做的云'。"

我好委屈，说："干吗不？"

陆星嘉轻哼了一声，说："你是不是想让全世界都知道你偏心蓝山？"

我原本的思路是想拍摄具有天气元素的照片，可考虑到不够大气，以及色彩选择上会偏冷色系等种种因素，我的思绪就卡壳了。陆星嘉说可以转换一下思路，按中国风的二十四节气拍，这样我喜欢的元素可以藏在里面，又不至于太单薄平庸。

陆星嘉可太聪明了。

我美滋滋，立刻就决定给蓝山挑一个最美的节气名。

我和陆星嘉坐在一家小资气息非常浓郁的咖啡馆里，他坐在对面帮我画概念图，我在这边写着策划案，打字到一半我探头去看他。

"'清明'怎么处理？"

"给我吧。"

"挺忌讳的。"

"藏得含蓄一点，骂你的人会少一点。"陆星嘉往沙发上一靠，骨节分明的手指比装咖啡的白瓷杯都白得晃眼，我嫉妒死了，"清明其实很好，是万物生长的季节，只有人类觉得忌讳。"

陆星嘉说话总是淡淡又微妙的，无可避免有装样的可能性，但他着实长得过于出众了，所以总能轻易洗脱这样的嫌疑。以至于我日后回忆起这个场景，就只能记得黑胶唱片中的李斯特在我耳边弹琴，而陆星嘉坐在我面前看窗外的雨。他明亮的眼睛在出神，好像隔着朦胧的雨在凝望另一个朦胧的幻影。

被凝视的人，如他是那些平凡的雨，被精灵望这一眼，或许连落地死去，亦觉得欢喜幸运。

陆星嘉啊，比我们第一次相见的时候，瘦了好多好多。

三周之后我在棚里开工，拍群像之前先拍单人，我坐在电脑前走神，在想我上交策划案之前曾经偷偷把它先给蓝山看了。那时候蓝山刚洗完澡，坐在镜子前护肤，一边问我是什么呀，一边拿过去翻了翻，然后说她喜欢这个策划。

"然后呢？"我不依不饶。

"然后？"

"你喜欢哪个？我可以优先让你选哦。"

我那时候好得意，一方面是因为蓝山喜欢我的方案，另一方面是因为我想我终于有了话语权，至少在这种时候可以让蓝山挑她喜欢的东西。蓝山往脸上擦精华液的手就停了，从镜子里定定地看着我，我俩就这样奇异地对视着。

然后蓝山就抬起头，语气变得好乖好温柔："都可以，是你挑的，我都喜欢。"

"我想把春分给你，可以吗？"我翻着策划案，"还是你喜欢立夏？"

"春分吧，春分。"蓝山重复了一次，最后仍然用那种眼神看着我。

我说不清楚。我从来没在蓝山身上见识过这么柔软的眼神，里面似乎包含着很多我读不懂的情绪。

我总觉得蓝山这次对我的态度好像和以往都不一样，但具体要指出不一样在哪儿，我一时半会儿也说不出来，可是蓝山看我的眼神真的不一样了。

我原本是想问：你刚刚，是不是快要掉眼泪了？

我的思路被蓝山打乱了，她披着一件风衣外套过来揉我的脸，我抱怨说："你别闹啦，我化了妆呢。"蓝山就不逗我了，似乎是要走。我赶忙"哎"了两声："你不坐吗？"

"坐你身边？"蓝山反问，然后低下头来和我说悄悄话，"等会儿别人会怀疑我为了抢C位过来讨好你的。"

我就没话说了，然后小声嘟哝了一句："本来我也就偏心你。"

蓝山就只是笑笑不说话，转身去另一边的休息区了。

今天的手感不错，前几个艺人的工作人员过目了成片，都觉得非常满意，于是回化妆间补妆，等着拍群像了。我拍蓝山的时候忽然有种恍若隔世的感觉，上一次我拍她的时候还是新年，我睡眠不足加上长期焦虑，拿起相机时手都是在抖的。但这次不同，她只是我镜头里活生生的一个人，只是比其他人更可爱的一个人。

我拍得很顺利，蓝山也很喜欢。蓝山欢天喜地回化妆间去了，下一个接着的是陆星嘉。陆星嘉是目前公司里热度最高的可人儿，事儿也最多，他的工作人员要求我多拍几组再筛，我瞄了一眼陆星嘉，他就偷偷摊手，表示他也很无奈。

拍完前三组，我把电脑放到一旁给人筛图，陆星嘉就捧了杯咖啡坐到我旁边来，我看他神色不太对——其实是一早就不太对了，从我们去咖啡馆的那天起，某种悲悯和孤独的气息一直围绕着他。我说："哥，你怎么了？有话就说有屁就放。"

陆星嘉一反常态地没有回嘴，而是微笑着说："阿舟，我走了你会想我吗？"

"你要去哪儿？"

"还没定，大概会是洛杉矶。"

我造作地拍拍心脏假装顺气，说："不就是去 LA 嘛，我寻思你要去死了呢。"话虽这么说，但我心里好像还是有那么一丝丝的酸疼，倒也不是什么大悲大痛，成年人的悲伤从来如抽丝，在小事上才会兵败如山倒。

陆星嘉果然笑了，说："你这张嘴真够脏的。"

我说："你去干吗啊？"陆星嘉就笑眼眯眯，说去学导演，想拍电影了。

我长叹："我觉得你早该这么做了。"

我没有在吹什么，而是发自内心地这么觉得。我和陆星嘉第一次合作就察觉到了，他对全局的掌控力和思维能力是与生俱来的天赋，空有这样的才华却只能成为演员，实在过于可惜。陆星嘉看来早比我想得更长远，他好明白自己要什么。

我忽然有点羡慕，因为我想起蓝山和我说的那句话，她说她希望我能够为自己而活。

"从什么时候开始决定的？"我忽然问。

"很早，转行演戏的第二年就开始了。"

"那也想挺久了。"

"因为庸俗。"陆星嘉说，"花无百日红，我想多挣钱。"

我欲语泪先流，什么高尚什么演员的操守，扯淡。

但我知道陆星嘉是有良心的，他好就好在不像别的流量艺人，虽然不是科班出身，但是由于天赋加持又很努力，所以作为演员来说口碑一直不赖。而陆星嘉作为导演的灵气我已经见识过了，如果他去拍电影的话，估计也会把良心给带过去，拍个文艺片或者比较深刻的商业片就一炮而红了。

"你多久走啊？"

"手头两部戏，还有一部电影在谈，估计不太好推，保守估计半年到一年吧。"陆星嘉看我一眼，"我还是会回国内发展的，你不用现在就着急想我。"

"那你提前八百年跟我讲是干什么？"

"我这么虚荣，当然要记录一下我光鲜亮丽的台前人生。"

陆星嘉灿烂一笑。

"你想做这部纪录片的导演吗？"

35

关于陆星嘉要走这事的惆怅我还没清理干净，下一件事就接踵而来，我窒息了。

我交策划的时候其实还没定C位是谁，是后来才给定的站位图。毕竟只有策划通过，再结合服道化的设计才能知道怎么安排群像站位。这次拍的是男女混合群像,要是这么排的话公司前三位的宠儿绝对是蓝山、阳晞和陆星嘉这仨人没跑,我心里肯定是属意蓝山。但安排站位的时候我离开了一会儿,再回来时发现阳晞已经站在C位了,我鼻子差点气歪。

我拉住助理:"我不是给了你站位图吗?"

助理很小心地往我身后看了一眼,我顺着看过去,领导在冲我招手。我过去听了几句,大意就是保持现在这个站位,不要再有变动了。我其实挺生气的,临场改这个策划也没人和我说一声,虽然这么多人的群像里蓝山站得稍左或者稍右一点都无所谓,但人最怕这样的细节,不在意的人会觉得无所谓,在意的人真的就在意到牙痒痒。

我这个人藏脾气可能不是那么明显,领导老油条一个,刚才还好声好气地和我解释,看我脸色不对,态度明显就强硬了一些。我大概听得出来什么意思,虽然两家现在一团和气地在合作,但毕竟对方公司这次才是金主,自然有自己的考虑,况且要是拍单人照的话我还能像之前那样任性一些,但这次拍的是群像,牵一发而动全身,我没有资格来耍脾气为蓝山争取那五十厘米的身位。

我进棚之前借故去上厕所,悄悄让助理去打听了一下蓝山最近半年的工作计划。她也是聪明,顺手连阳晞的资源都帮我打听到了。我听了之后被吓了一跳,心说知道有差距,但不知道差距这么大,蓝山屁都没给我放一个,我还在这里替她以卵击石,想把资源绝好的阳晞踢下C位,可真是做春秋大梦。

可我还是心烦意乱。阳晞诚不我欺,说错过时装周活动资源就会往下滑坡,我年轻不知世事险恶,还心高气傲等着大浪里翻船,结果光是争C位这件事就让我在阴沟里沉尸了。

我还是好恨,恨我无能没有话语权,恨我软弱活该被人欺。

我站在摄影棚门口去看那群花枝招展的艺人,心中五味杂陈。

蓝山工作时总是带着礼貌又清淡的微笑，我不清楚她是从C位被换了下来还是一开始就被安排站在阳晞身边，不过无论哪种都不会让她太好过。

蓝山从前的骄傲和对荣耀的执着，从来就没放过我。

我收工比蓝山晚，发消息催她提前回家，可我去开车的时候发现她站在车门旁边等我，手里端着一杯冰美式，吸管沾了一圈口红，明晃晃的。

说实在的，从我小有名气之后我就不再像以前那样没心没肺地快乐了，我总是会轻易地觉得疲倦，然后在一小时左右的车程中听听音乐，红灯时发发呆放松自己，打起精神回家。所以我让蓝山走可她没有的时候其实我觉得挺难受的。一方面我不想让蓝山看到我这样，如果她在的话我得好好粉饰自己的精神状态；另一方面我还是自卑于我的无能，也不想去面对蓝山。

我有时敏感矫情得像童话里的公主，蓝山C位被抢事件现在是埋在十二层柔软的鹅绒被子下那粒硌人的豌豆。

我上车之后蓝山递咖啡给我喝，我没有评价味道好坏，而是说："如果是我的话会给你加双份糖和奶。"蓝山就温温柔柔地说不用，她一直喝这样的。我点点头，然后沉默着开车。

今天又下雨了，下雨的时候容易堵车，我就容易焦躁，这是一个多米诺骨牌式的连锁反应，但蓝山在身边的时候撑了我一把，好让我没那么快在情绪面前投降。她蜷着腿坐在副驾驶座上，替我把助理发来的季度工作表抄在了我的日程本上，她的字本来挺好看，但坐在车上就写得歪歪扭扭，怪可爱的。

我瞄着她就不免看到我接下来的行程，没几天是在国内的。蓝山一直是事业心极强的人，我不信她不会因为事业的下滑有所焦虑，现在替我抄着这些行程也不知道心里什么滋味,所以我半开玩笑地说:"你要是有什么行程和我能对上,我会第一时间来拍你。"

蓝山就捋一捋头发,说:"不用,国内没什么好资源,和你的搭不上边。"

我不知道是我有问题还是蓝山有问题,她但凡不和我软着口气说话我就觉着蓝山是生气了,这样一来我就会下意识地道歉,况且今天的事我觉得自己确实有责任。

"对不起。"我已经猜到她会问什么了,所以我主动补充,"为了今天的事。"

"那不是你能决定的。"蓝山一边写,一边平淡道,"谁又有错呢?"

蓝山问得好,谁又有错呢?

我总觉得蓝山还是在怪我的,她在埋怨我今天的沉默。我好像从来做不到像蓝山那么英勇而大无畏,没有办法像她第一次护着我那样地护着她,可我真的做得到那样吗?

之前和陆星嘉关于面包的讨论犹在耳畔,我想要是换作大半年前那个第一次见到蓝山的肖舟,她肯定会一拍大腿说去你的面包,有蓝山的生活比什么都重要。但在我见识过外边的世界之后,在我想要为蓝山力争C位却连说话都像放屁之后,我清楚地知道我可能需要付出更多的努力,才能为蓝山换来更多更好的东西,就像在我设计的主题里,我把最美好的春分轻而易举地赠送给她一样。

纵然陆星嘉说得对,人有野心不是坏事,可我为什么还是会觉得难过?就像我现在一直考虑着一件事情的利弊,那么假如我能回到事情的原点,早知道我和蓝山相处到如今会这么卑微而沉重,我还会为了那么一点儿零星的快乐选择这条路吗?

我把这个荒唐的想法抛开,然后轻轻说:"可你还是在怪我,对吧?"

蓝山没有说话。她微笑着回应我。我回过头去看蓝山的时候,她已经转过头去看窗外的风景了。我看着蓝山的背影，觉得她好熟悉，又好陌生。

摄影狗忙得脚不沾地是基本常识了，更何况我最近除了做平面拍摄之外，还额外接了一个陆星嘉的活儿。其实凭陆星嘉在圈子里的人脉，他完全可以找到一个经验和资源都非常丰富的导演接这个活儿，而不是去找一个平面摄影师来跨行完成这项工作。

陆星嘉倒是没这个担心，我问："你凭什么这么信得过我？"他二话不说，直接甩给我《白毛衣》的链接。我又欲语泪先流了，陆星嘉就很善良地把我往坑里带，说我不差那点天赋和灵气，只是需要更系统化地学习理论知识。我明知山有虎偏向虎山行，在国外忙拍摄忙到头秃的时候还要学怎么去拍人物纪录片，虽然日子过得又苦又累，但我乐在其中。我甚至在想，假如陆星嘉的纪录片反响不错，那我下一步就可以考虑去拍蓝山的小型纪录片。

可蓝山最近好像变得和以前不一样了，具体有哪里不对，我自己也说不上来。

她总是会碰上我最忙的时候给我发消息，又对我长时间的沉默颇有微词。我解释说工作忙碌，甚至有时候委婉提醒是因为时差问题，但蓝山好像并没有因为我的解释和安抚而感到安心。不知道是我的问题还是她的问题，现在蓝山的撒娇于我而言好像变得更任性了，我常要花上不少难得的休息时间去安抚她，得来的却也只有蓝山不甚明朗的态度。

自从外婆去世之后，我就算再忙也不会超过二十四小时不回蓝山的消息，我患上因为过度焦虑而浅眠的毛病，在那些无法深度入睡时做得最多的梦，往往是我得知外婆的死讯寻找蓝山时那段可怕的沉默，以及蓝山反反复复地问我——你会来救我吗？

我在梦里一而再，再而三地向她保证我会，可在下一次梦到蓝山的时候她仍然会问我这个问题。最后我开始学会沉默或者更改别的答案，但我仍然无数次地做着这个梦。

　　人是会厌倦的，包括做同一个梦，也是如此。

　　我能理解蓝山因为资源下滑处于瓶颈期的情绪，可我没有办法去做些什么。我不是身家过亿的时尚大亨，没办法为蓝山创造资源；而蓝山所遇到的工作阻碍，也不是我三言两语就能化解开的。我只能反反复复地做着最苍白的鼓励和安抚，而蓝山如此成熟，我知道的道理，她同样也知道，所以她的任性逐渐变成妥协一般的乖巧，所有的忧思都藏在"我还好"几个字后边。

　　天气逐渐晴朗。

　　我在纽约的工作到了尾声，距离我和蓝山上一次见面已经有一个月出头了。蓝山在上一秒和我说了晚安，我回复之后抬头看着西五区午后的明媚阳光。隔街的滑板少年团体坐在楼梯上分烟，我看着那些烟雾挣扎着要往天上飞，但很快又化作无形。

　　我想起包里一直放着阳晞送的那包烟。我从来没碰过它，也没有把它彻底丢掉，挺奇怪的。我还沉浸在蓝山变成了肖舟而肖舟变成了蓝山的惆怅里，手机开始疯狂嘀嘀嘀。

　　"喂？"

　　"工作忙完了吗？"

　　我上一次听到领导这么严厉的口吻，还是在东京 TAKKI 大秀之前，她问我是不是要靠蓝山吃一辈子饭的那次。之后我一路走高，成了公司的小摇钱树之后其实一直挺受她照顾的，现在语气这样生硬，我反而有点蒙，但还是老实交代三天之内就能收尾回国。

　　她在那边就和我说："甭耗那么久，明天收尾，最迟后天回来，挑国内时间白天抵达的航班，落地之后直接来公司和公关部开会。"

这边领导挂了电话，我还没反应过来。秋历直接给我发消息开骂："刚要睡，领导传消息下来，要我来逼你这个革命烈士认罪就范。"

"你当哪门子的龟毛汉奸？"

秋历就不回复了，反手直接给我甩了一张截图。

蓝山和我的名字挂在热搜上，我整个人如坠冰窟。

36

我如期回国。

我和蓝山保持着一种奇异的默契，从她上次和我说晚安至今的两天半里我们没有发过任何消息。这段时间陪着我的是秋历及偶尔发来消息的陆星嘉，前者其实在这件事情中的身份非常微妙，领导知道我俩关系比较好，在这个特殊时期才会让他来和我沟通想法。换作任何一位同处上位期的同事，恐怕在这个时候都会暗里踩我一脚，但秋历不仅没有，反而非常坦率地和我摊牌，说我要是怕他给我使绊子，他会直接和这事撇干净。

我那时候揉着眉头说不用了。倒不是因为我天真善良到信得过所有人，而是因为秋历的摄影风格和我完全不是一种路子，就算不踩我这一脚也完全能走好自己的路。回答过后我又觉得有些好笑，我已经到了连别人的仗义和善良都要称好斤两的地步，如果秋历的风格和我撞车，我恐怕这个时候也会把他一脚踢开吧。

而陆星嘉那边就简单得多，他忙着拍戏，但还是拿起手机给我发了一句话："哥是过来人，没事。"

陆星嘉这话说得还不如不说。他上一秒给我发完消息，下一秒公关部的人和摄影部的负责人就进了会议室。我把手机乖乖收好，准备开会。

不得不说我司在处理这样的问题上还是非常严肃的，也可能是因为干这一行的人见过的八卦如韭菜，割完一拨还有下一拨春暖花开继续长。一桌人的态度都非常端正，单论事情本身，从追查消息的起源到评估舆论发酵程度，再到分析发展的走势和确立应对措施，只花了短短一小时就基本厘清楚了。

我不知道陆星嘉是提前把事情的始末了解清楚了还是未卜先知，他说的"没事"就真的是没事。

因为这料明显是冲着蓝山爆的。

事情的起因是数日前某位知名模特的生日聚会，意外发生恶性事件，当日到场的十余人被带走调查。各自的经纪公司极力将热度压下，直至流出蓝山出席聚会的照片。一张蓝山和寿星的自拍合影，将这桩本已偃旗息鼓的丑闻再次推上热搜。蓝山的公司紧急发布声明——只因与寿星有过合作，蓝山出于往日情面出席聚会为其庆生，但因工作安排，只停留十分钟便很快离场。蓝山近日风头正盛，热度节节攀高，尽管火速发了声明，仍被捕风捉影的媒体记者做文章，一时骂声一片。

"人红是非多"这句话此刻被具象化了。

同时，我们的合影流出，我因此被波及，也短暂地在热搜上占了一席之地，但毫不起眼，很快就消失在一长串知名模特的名字之间。

线索林林总总推下来，依照现在的局势而言，受影响最大的是蓝山。虽然蓝山那边已经发了声明，但国内的资源还是受到了一些影响，目前在谈的业务里已经有客户表示需要再考虑一段时日，其中包括我们公司。领导明确提出，希望我近期不要跟蓝山联络。我听到这话时一愣，下意识想反驳什么，话到嘴边却又咽了回去。

我在其他人的讨论中变得沉默木讷又善于走神，我想了很多，最近一次想的是这两个月来在纽约度过的初夏，西五区少有阴郁的天气而过分晴朗，我在那样的晴天里反反复复地想着清纯的蓝山、美艳的蓝山、可爱的蓝山及其他各种各样的蓝山。我常想说，在那样的天气里——

有你在就好了。

开完会已经是晚上七点了，虽然干这一行加班是家常便饭，但我还是觉得挺不好意思的，给大家鞠躬道了歉。其他人走了之后只剩下我和秋历，我看得出来他刻意留到最后，于是我坐在椅子上看他，问："你想说什么？"

"这是我的意思，也是公司的意思。"秋历说，"甭管真假，保持距离。"

秋历一向是个嘻嘻哈哈的人，我还是头一次看他这么严肃，知道他是真为我的事上心了。

我最终还是回了家，因为秋历和我透了消息，蓝山公司已经花钱买了娱记闭嘴，这段时间里应该不会再有人蹲守蓝山的住处了。

秋历说要送我，我拒绝了，自己叫车回了小区。但我没有第一时间上楼，而是回到了我和蓝山的车子里。我费力地把行李箱搬上去，然后钻进驾驶室里，关上了门，在座位上躺好，深呼吸了一口气，觉得有些疲倦，又有些好笑。

我记得小时候有一次放学回家，看到我老爹坐在车里一动不动，在我进门之后好久才照着平时的点踏入家门。很久之后我才去问他为什么在车里发呆，那时候我已经到了能在饭桌上和他一起喝酒的年纪了，他醉红着脸晃晃酒杯，说："因为在那个时候你不是丈夫，也不是父亲，而是你自己。你抽完一支烟或者听完一首歌之后，推开车门，就会很直白地感觉到，生活好苦。"

在我听到这样的说法之后的第四年，我拥有了一辆车子，并且在职业生涯中至关重要的这个夜晚，清晰地理解了为什么包括老爹在内的那么多人会宁愿瑟缩在小小的一方天地里逃避现实，也终于懂了那种一开车门，生活的尘埃就像沙尘暴一样滚滚而来，人会窒息而死的压迫感。

生活果真好苦，老爹诚不我欺。

我不想出去了，我发了条短信给蓝山，说："你下楼吧，我在车里。"蓝山没回复，但大约十五分钟之后就下来了，拉开了副驾驶的门坐了上来。我俩的沉默大多是由于心有灵犀，如今却沦为无话可说。蓝山反而先扑哧一笑，说："你晒黑啦。"我歪着脑袋看她："车里没有光，路灯也没亮，你怎么看得到？"

"我看那边天气很好，都猜到了。"

蓝山现在把关心都藏在了她的不动声色里，这样我就会知道我不在的日子里，她其实看过我那边的天气预报，偷偷关心我有没有加减衣服。可我现在是不是过于敏感又太脆弱了，我甚至觉得连蓝山这样的关心，都很难去面对，所以蓝山说完这句话之后，我就没有再接话了。片刻之后，我问："查到是谁了吗？"

"这很重要吗？"

"图源在你手机里。如果你不方便，可以我来做。"

我和蓝山在黑暗中对视几秒，蓝山忽然笑了："你怀疑是我自爆吗？通过这种方式来表明我相信寿星清白的态度吗？"

其实我并没有这个意思，做艺人的手机离身是常态。蓝山在工作时手机有可能经过经纪人或者无数助理的手，一个不当心，是谁、是什么时候，要想拿到都不是什么难事。可蓝山先提出了一个莫须有的疑问，我哑口无言，她明知道我没有也不会这么想，偏偏要挑最带刺的话来提问。

"你看你，还是这么聪明。"蓝山就很感慨，语气又有一点点古怪,像是自言自语,"没有人想死在这里,大家都还是想往前走的——那舟舟你呢?"

"我是为了你啊。"

我无奈但还是笑着回答,庆幸此时此刻没有光,否则蓝山一定会看到我苍白的倦态。我这个时候好希望蓝山回答我一下,这样我就可以抛下这些带刺的话题而和她说大洋彼岸的阳光有多好。

蓝山伸出手轻轻摁住了我的心脏。

"是为了我吗?"

她细长的手指隔着我薄薄的衬衫,又轻声重复了一次。

黑暗中我甚至怀疑蓝山攥了一把匕首抵在我的胸口,我甚至为此出了一身冷汗,但我脑子仍然困惑而混沌。

"对不起。"

这句话终于轮到我来问:"为什么?"

"因为我感觉不到你所做的。"蓝山抬头看我,"你所认为你该做的,或许都没必要。我这么说会很伤害你吗?"

"没有。"

我努力摇摇头。其实是有的,非常有,但我想听蓝山说下去。

"舟舟,没有人会真正地为别人而活。你做了很多,一直以我为借口,一直在往前走。你现在的日子充实又快乐,你所做的事情,无论好的坏的,都会落在你自己身上。你明白我的意思吗?"

我没有力气去回答蓝山的问题。我忽然意识到我让蓝山来车里是一个天大的错误,我花了那么大的力气才找出了一方天地作为我的安身之地,现在我自己在里边制造了一个令人窒息的沙尘暴。蓝山说的每一个字都令我好想哭又好想笑,我想问她:你是觉得怎样?是觉得我太过自私又伪善吗?

可我是这么好哄,好哄到几乎不需要甜言蜜语,东京冬夜盛满丸子的一杯热气腾腾的关东煮，一根要融掉的小布丁，蓝山的一次出现就可以轻易解决掉我。但这些所有如同哄一只寂寞的小猫或是哄一个不乖的小孩的措施，在我身上如此受用，是因我过分软弱、过分容易妥协吗？

是我过分容易对你妥协啊！

我眼底有一点点热慢慢涌起来了，在全身都很冰凉的时候它的存在就尤为明显。我在此时此刻，想起来一个很严重的问题："你眼里的我们是什么样的呢？"

我忽然很认真地问。

蓝山在这一瞬间好像被时间杀死了，或者是我杀死了时间，蓝山始终是沉默而僵直的。我没有问第二次。我知道她听到了。

可她没有回答。

我静静地等了好久，蓝山还是没有说话。黑漆漆的环境真糟糕，我竟然在这个环境下说这样的话，怪瘆人的。但我那时候其实也没想太多，或许知道我本来就是在提一个没有答案的问题。像给盲人比手语而给聋哑人唱歌听，世上无意义的事情那么多，等你开口是其中一个。

我点点头，不再执着："蓝山。"

我叫她名字的时候，变得好温柔。

"我先搬出去一段时间，各自冷静一下吧。"

37

我坐在某酒店房间里已经是一小时之后的事情了，我面前只有一台电脑、一杯咖啡，烟灰缸里燃着半支烟。

一小时前我下车的时候蓝山没有拦住我，她就静静地坐在原地听我打开后备厢去搬行李的所有动静,我把车钥匙留在了仪表盘上,说:"我有时间会把车过到你名下。"

我拖着行李箱要走的时候其实很希望蓝山在背后叫我的名字,在这个时候她只要挽留我,我就会觉得我这一年来做的所有事情都值得,也原谅她刚才那么伤害我。纵然我在五分钟前才提出搬出去的方案,但我不介意立刻反悔。

可蓝山似乎很介意,所以她什么都没说。

我拖着行李箱彻底离开了她的视线,然后眼眶里就掉出两串滚烫的泪,但要说痛哭还不至于,因为我这之后就再也不哭了,不知道是骨子里的倔强,还是因为本来就没什么好难过的。

我去小区门口的便利店买了一听咖啡,结账的时候鬼使神差地说了句"拿个打火机"。然后我站在店门口点燃了阳晞送我的烟,吸了一口,光速发了一条朋友圈——

没人跟我讲烟这么难抽,为什么?

我朋友圈要不就是同行,要不就是搞艺术的,这类人的特点就是既暴躁又秃头还特喜欢熬夜,所以马上就有人点赞及好几排"哈哈哈哈哈哈",阳晞在里边的回复就特别清水出芙蓉:"受潮了,买新的。"

知我者,阳晞也。我转身去柜台挑了一包烟,然后去酒店开房。坐下来打开邮箱,里边有陆星嘉关于纪录片的概念,我一边整理一边给陆星嘉发消息,说一下近况。

我打完字的时候另一只手已经去摸烟了。干我们这一行不抽烟的人还是少数。我觉得我以后可以效仿村上春树,就写一本《当我抽烟时我在想什么》。实际上我此刻想的是阳晞给的那包烟真的很伟大,它见证了我从一条废狗崛起的历史,甚至我要违背所有给蓝山的承诺时，它是第一个选择。

虽然它受潮之后真的很难抽。

其实第一次抽烟没有我想得那么难，我没有呛到而且隐隐有可以过肺的熟练感。我熄灭第二根烟的时候只是在想，从前蓝山会坐在我的车后座看我，威胁我说如果我抽烟她就讨厌我。

我无声笑笑。

陆星嘉在零点过五分的时候打了电话过来，接起来之后的第一句话我就想提刀杀他，他说："你可以开始哭了。"

我气极反笑："演哭戏你给我片酬？"

陆星嘉就很纳闷："不哭吗？"

"不哭。"我又点了一根烟，"我把你给我的东西整理好了，跟你捋一次思路，概念确定下来我就可以写策划了。"

陆星嘉应该是听出来我在做什么了，说："你少抽点。"

我说："好，那我们可以开始了吗？"

我和陆星嘉花了四十分钟左右把整个纪录片的概念都给梳理了一次。他说这个想法来源于他自己，和公司关系不大，所以他想拍得尽可能真实一点。我表示明白，当场吹彩虹屁："遗世独立之凡间谪仙陆星嘉。"

陆星嘉那边就沉默了一会儿，我问他干吗，他说看最快的航班，从片场回来杀我。我把陆星嘉又拉回正轨，明确了他的想法之后我说："行了，你睡吧，明天还要拍戏。"我本来也就没想耽搁他太多时间，陆星嘉工作忙还要分心给我做生活导师，怪辛苦的。我这样抓紧时间来和他过一遍概念，一个原因是不想让拍纪录片耽搁他去 LA 学习的行程，另一个原因在于我得给自己找点事做，不然漫漫长夜，我不一定撑得过去。

陆星嘉就说"好"，然后挂了。

我点起今晚第几支烟已经不记得了，甚至已经思绪混沌到记不清楚我为什么会开始抽烟。或许是因为愁，或许是因为某种奇怪的象征——我点烟的时候意味着我已经脱离了蓝山，而她的习惯和要求再也不能束缚住我，我像第一次出远门的孩子一样叛逆而需要寻求新鲜和刺激感，哪怕我对抽烟这件事根本不感兴趣。

我写完策划案的时候是凌晨四点，切进聊天窗的时候才发现陆星嘉有一句留言，错过了提示，假如我没看到的话它可能会烂死在这里。

陆星嘉说："没事的，死不了。"

果然是过来人的口吻。我觉得也是，死不了，人命硬，没那么容易死。但我在一字一句去读这一行字的时候还是感觉心口生涩发疼，但闭上眼睛去摸的时候，那里空无一物。

咖啡因已经没有办法再刺激我超过二十四小时没进入睡眠状态的中枢神经，我像条死狗一样爬上床休息。

我这次睡了还挺久，起床之后算是勉强把时差倒过来了，然后发现全世界都在找我，恐怕是怀疑我死了。但说实在的，我睡得这么安稳还是因为公司撑腰，他们用我的微博大号发了声明，同时又给我私发消息，让我最近和蓝山保持距离，其他事情不用管，专心搞好工作就行。我嗤之以鼻。

我起床之后洗了个澡，把空烟盒丢进垃圾箱，简单收拾了一下就打车去公司上班。在路上我做了两件事，第一是找了个房屋中介，毕竟我不能老住酒店；第二是考虑到陆星嘉这事算是我的私活儿，我没法动用公司的人力资源来为我办事，只能自己去拉个团队办。我梳理了一下自己朋友里能有本事接这活儿的人，基本除了场景设计之外，各个位置都不缺。毕竟我平时拍平面比较多，影片里的场设这活儿平时我自己兼职一下还行，但到陆星嘉这儿我就不能这么敷衍了。

这事我没有大张旗鼓地拿出去办，毕竟陆星嘉还没有对外界透露自己要去 LA 的消息。我自己写了个招聘信息挂在微博小号上，只简单说了陆星嘉最近会和我有个合作，需要一个场景设计，交个样稿到我邮箱，能看出来你对这人的最直观的想法即可。

这个号的朋友们基本上都是业内同行，随手帮我转发了大概一两周后工作邮箱就塞满了投稿。彼时我已经忙得团团转，毕竟之前和蓝山闹出的事没有实锤，我的工作仍然稳步向前发展着。这天我正为新拍的一组图做后期，助理过来交了一张表给我，我瞄了一眼："这是什么？"

"筛过的样稿名单。投稿小几十份，大概筛出来二十个，整理好发你邮箱了。"

"辛苦了。"

我结束了手头工作之后点开邮箱，先看了一遍助理筛选出来的成果，其实都挺好的，但我总觉得差那么一点点意思。我去倒了杯水，心说：陆星嘉，你看姐姐为了你还亲自筛邮件，这和古代皇帝直接从民间选秀有什么区别？但我没和他炫耀，我知道我还是为了自己，我但凡停下手头的忙碌，就会开始止不住地想起蓝山。

我挠挠头，翻到第一份投稿，开始往下浏览。干这活儿其实还挺累的，投的样稿质量不一，我看得久了反而有些审美疲劳，我寻思着再看一个就去睡觉，结果打开一看，心里就咯噔一下。

我的助理小妹什么狗屁审美，我要是当初干助理能把这个刷走，不如直接自刎黄浦江头。

我叹了一口气，给这封邮件标了个星，心里破罐破摔：做人要有原则，哪怕已经内定，不如再努努力把其他邮件给看完。还好剩余的样稿里没有让我更满意的了，我心满意足打算去睡觉，关电脑前瞄了一眼这人的邮箱名，十分简单粗暴——changle。

我幸灾乐祸：凡间谪仙陆星嘉，我给你找了这么个知己，你是该知足者常乐了。

38

一周后我在公司附近的咖啡厅里和常乐见了面，她算是很有面试者的自觉，提前十五分钟到场。我瞄了她一眼。

我递出去一份策划书，说："你甭紧张，这是私活儿，有什么想法先和我聊聊。"常乐就点点头，低头看文件。我坐在她对面喝着一杯馥芮白，寻思着这时候要找个什么话题或者做点什么事才能缓解一下第一次见面的尴尬。我看出来常乐有点紧张，但我就不吗？我脱离底层才小半年的时间，平时上班也就提前半小时起床，为了这面试还早了俩小时化妆，要说紧张我看我和常乐也是旗鼓相当的。

但我见到常乐的第一眼就没那么不自在了。她穿着衬衫和高腰牛仔裤，踏着帆布鞋，背个斜挎包提着电脑推开咖啡厅的门，门上风铃打着转，她在丁零响声中左顾右盼的时候，我有那么一瞬间看到了两年前的自己。

"你喜欢陆星嘉吗？"我突然问，"追星的那种喜欢。"

"路人，算有点好感。"常乐倒很坦诚，还很自然地和我开了句玩笑，"不是粉丝就不能接这活儿了吗？"

"那倒不是。"我说，"我只是很好奇——你知道你交的样稿，和别人的都不一样吗？"

陆星嘉的本质是什么？你要是问白芨，问我，哪怕问陆星嘉爹妈，甚至他本人，我估计没有一个人答得出来，我也不想用平凡庸俗的词来限制他，所以我说"你只要把你想表达的东西，像讲故事一样说出来给我听就好了"。

而在听完他的描述之后,我感受到的第一个词是孤独。

陆星嘉的人设精致到趋于完美。除了白芨那件事,他在媒体前展现出的富有朝气和温暖的一面,几乎是无懈可击的。如果不是我偶然因为霓虹和陆星嘉成了朋友,我或许都看不到他沉默着抽烟画分镜或是抬头看星星的场景,那样的画面太不"陆星嘉",却也才是真正的他。

投来的样稿里有九成人踩入了陆星嘉温暖人设的"陷阱",撞车的元素基本就是夏天、少年气和太阳。我就很纳闷,心想:他是太阳还挺行,你们是不知道他有多毒辣,小嘴叭叭的,简直杀人如麻。任何人类和陆星嘉都要保持距离,不信你们看我,就是个悲壮惨烈的反面典型。

剩下的质量还行的邮件除去两个撞车精灵元素的,一眼能看出不同的只有常乐的样稿。她交来的只有七秒帧数左右的手绘图,并简单做了个动画以及必要的文字说明,在其他元素丰富的样稿里算是比较简陋的了,再加上她用到的夏天、少年气的标签都有重复,被助理刷掉其实不意外,但牛的其实在后半段,大概三秒的镜头。

常乐交了个镜头转场的动态设计,我第一次看的时候反复拉了三次进度条。陆星嘉沿着夏天的海走去,被水覆没之后镜头拉远。常乐构建了个远景,画面中的人物睁开眼睛在冰面上行走,脚下隔着冰川,是夏天的海。

只有她看了出来,陆星嘉不属于夏天。

我大概挑了几个样稿给常乐展示,她摇摇头,说:"他们做得很好,但是感觉不对。"

我乐了,我可太喜欢这姑娘的直白了:"具体说说。"

"我看过《白毛衣》，访谈里提到过，拍摄孤独症儿童是陆星嘉的提议吧？"

我说"是"。关于这事我记得挺清楚，因为陆星嘉的公司给他买了通稿，吹了一通善良人设，陆星嘉本人倒是无所谓，我自己是挺恶心的，我觉得这部片子想表达出来的东西，远比这些要深刻得多。

"我总觉得陆星嘉其实是想让你拍出他自己。"常乐说，"我对宣传通稿里给他立的善良人设没什么触动，对我而言全片就只看到了'等待理解'四个字。拍过陆星嘉的人千千万万，可能他的诉求没人能看懂，直到你出现。"

她这番话说得我要激情落泪了。

常乐说话的时候非常认真，没有去碰手边的咖啡，而是随手抄起一支自动铅笔在我给她的文件背后写写画画。大概是过分认真的人都有这样的小毛病，所以我没有阻止她，时不时瞄一眼，反而觉得挺有意思。

她讲完之后反应过来，可能觉得挺尴尬的："我一谈这些事就很专注，不好意思。"

"没事。"我说，"那份策划案给你了。"

"恭喜，你通过了。"

我事后想起来我做那些事也挺拿腔拿调的。我一个没啥资历又是揽私活儿的人，居然能堂堂正正和人家说进了试用期，这话说出去我都怕别人笑到隔壁邻居报警。但我还不至于说因为常乐打嘴炮特别厉害就被她说动了（虽然这是原因之一），我看过常乐的简历，只比我小半年左右，履历上目前最大的亮点在于参加了某部科幻电影的制作。除此之外，她看起来是个非常平凡的女孩子。

我和常乐聊了聊她之前的工作经历，她说不上经验特别丰富，但至少专业的底子是在的。我很欣赏常乐看待某些事情的视角，虽然我知道有想法的人往往过于个性化也过于独立，常乐一看就不是特别好欺负的类型，不知道能不能融入团队。出于这个考虑，我暂时给了她试用期。

我曾经说过陆星嘉不是天才就是疯子，能够看到他这点的人多半也是这类人。我在常乐身上看到的灵性，可能也是蓝山曾经从我身上看到的东西。她那时候选择把至关重要的TAKKI宣传交给我，轮到我的时候，我觉得没有必要去畏首畏尾。

蓝山的名字又一次、无数次地乘虚而入了。

她的存在之于我并不是什么不可绕开的障碍，甚至相反，我搬出来后我们还没有见过面，她之于我就像是一滴水落在火上，消失得无影无踪了。但是那又怎样？在我去做类似的事情、说类似的话的时候，我仍然会想到蓝山拍板要我去给她拍照，在事后和我俏皮眨眼说那是她第一次为了别人而去和公司提议，以及温言软语夸我的种种模样。

她是我年轻时把偷看的武侠小说藏在枕头下之后做的梦，前尘往事我已经没办法清楚记得，但我总算理解了为什么人行走江湖，看过那么多湖光山色、大江大河，做了一生的梦都仍只能梦到初见女侠时的怦然心动。

好多情绪从我意识深处滑过去的时候，我口头上仍然在和常乐讲着关于这个纪录片的策划。我对这份策划已经烂熟于心，严格来说我并没有明显地走神，但常乐好像还是察觉到了有些不对劲。我说完之后靠在椅背上喝了一口咖啡，然后偏头去看夕阳沉入地平线的画面。现在与两小时前我抵达这里时相比，街道上热闹多了，我看着路灯一个接一个地亮起来，人群熙熙攘攘，街道这边的地铁口把一群人吞进去，又从街道另一边的地铁口把另一群人吐出来。

"如果我现在是肖舟就好了。"

我回过头来看她。

"这样的话,你现在的样子就可以被肖舟抓拍到,你一定会很喜欢这张照片。"

"可惜世界上只有一个我。"

"所以也只有肖舟没办法看到真正的肖舟。"

我要找人掀了常乐家底,她要不是苏格拉底转世,我提刀杀我自己。但很快地我就笑了,说:"天色不早,我请你吃饭。"常乐看似惶恐但其实特放松,说:"这样不好吧,我哪句话没说对,您在饭里下毒那我不就凉了?"事儿真多,我彻底乐了,说:"你不要废话了,这家牛排做得挺好,我请你吃饭,但是作为交换,你要告诉我——"

我瞄了一眼常乐单肩包露出的一小角,继续问:"你的烟什么牌子的?盒子很好看,我挺喜欢。"

39

好事接踵而至,在我和常乐谈妥之后的第三天,中介和我说找到了合适的新公寓。两天的周末过后,我正式提包入住。

我请了一些朋友来吃饭,熟的半熟的,男男女女都有,给房子充一下人气。这样一群人在一起是冷清不到哪里去的,我坐在大家中间喝到尽兴,涨着通红的脸,抬头看着餐厅的灯——我听了陆星嘉的意见,餐厅的灯要温暖的黄,这样吃起饭来才不会太寂寞。

他熟谙一切与寂寞共处的技巧,我好佩服他。

抬起头来的时候昏黄是醉醺醺的昏黄,我感觉到血气上涌,眼前一片蒙眬。

碍于第二天是周一，大家没有过于放纵，喝到零点出头各自散场。没喝酒的开车送人回家，喝了酒的找代驾或者网约车回去，我作为东道主非常自在地坐看"妖魔鬼怪"各显神通地离开，最后穿着大裤衩踩着人字拖送秋历去地下停车场。

秋历最近查出来肝有些问题，今晚就没喝酒。我出了电梯，和他分了一支烟，靠在门上，畅快地吸起来。他问我最近忙不忙，我说"嗯"，给他数了一些合作方，他点点头："都是大牌，看来少了蓝山也不是没法做。"

我平静地笑了：人为财死，鸟为食亡。

抽完一根烟秋历就要走了，他拍拍我的肩膀说"你好好的"，我没有和他拌嘴，只说"你走吧"。我看着他的车灯在视野里消失，转身坐电梯回到屋子里收拾残局。

十几个人几十个碗碟，洗到我昏厥。

我已经很久没洗过这么多碗了，做饭的人只享受下厨的快感，所以我和蓝山在一起的时候都是她洗碗。但蓝山也懒，我们为此吵了一小架，以我花钱买了洗碗机作结。我麻木地洗着一个个碗，想起来有人问为什么手脚在水里泡久了会发皱而其他部位不会，原因是皮肤发皱会增加阻力，便于求生，其他皮肤发皱就很没必要，毕竟没有人是靠在地上滚来逃生的。

我想也是，人这么会趋利避害的生物，每一个进化都干脆利落。那么我显然是这一个物种里的残次品，因为我光是从洗碗这样一件痛苦的小事里，就想起了蓝山。

说来好奇怪，离开她家的那一个晚上我没有号啕大哭，用工作填满我生活里所有空隙，偶尔想起她的时候只觉得遗憾和悲哀。然而在这样一个普通夜晚，因为洗碗这件事或者是我花了上万块买了洗碗机却没能带走而倍觉委屈，眼泪止不住地掉了下来。

我像从世界上最高的摩天大楼上被丢下来的玻璃制品，不痛不痒地经历了几百层楼的滞空，今夜终于坠落，流出了无数无形无色无味的血液。

我的鼻腔因为放肆地号哭而感到抽痛，眼泪和鼻涕混合在一起，干了又擦擦了又干的皮肤相当刺痛。这也是我生平第一次知道小说中说人会哭到窒息原来没有用夸张手法，我的胸腔和喉管之间有那么瞬间的断层，我差点背过气去，在客厅的地毯上缩成一团，在三十摄氏度的夏夜里手脚冰凉。

当夜所有的残酒被我喝得一滴不剩，我囤的烟也消耗大半，我和自己斗争了好久，在我的感官里似乎过去了一生，然后我艰难地爬上沙发——至少会让我感觉舒服些，最后和睡意的斗争失败，浑浑噩噩地进入梦乡。

我在客厅不知道睡了多久，整个屋子只亮着餐厅里传说中能驱散寂寞的一盏灯。我好恨陆星嘉，这光除了打扰我睡觉还有个屁用——但下一秒我就原谅他了，因为我看到蓝山的身影出现在光里，朝我走过来。

我做的这个梦好真实，真实到我能清楚嗅到蓝山身上的香水味，那是我们因为新年拍摄而吵架的那一天，我闻到的味道。她走过来环顾四周，用眼神参观了我的新住处，然后坐在沙发边，看着我笑了笑，撩开我因为哭泣而凌乱地粘在脸上的头发，说："你瘦了好多。"

你少来，你闭嘴。

我好想骂她。但我这样牙齿尖利的野兽，在她面前永远是没长牙的奶猫。我凶不起来，只能看着她耐心地把我的酒瓶都整理好，桌面和地面的烟灰仔仔细细地打扫干净，还擦了桌子，将剩余的碗筷洗净放好。其间我在沙发上一动不动地装死，其实余光在偷瞄她。蓝山最后走过来坐在茶几上，看着我三五秒，问我要不要洗澡。

我在做梦吗？

我答得驴唇不对马嘴，直勾勾地看着她。其实我想试着掐一下自己，但我好累，完全动不了。蓝山也没有回答，静静地看着我，眼神温柔。

蓝山的温柔永远是我的"阿喀琉斯之踵"。我放弃在真实和虚幻之间徘徊犹豫，虚弱地说："那你送我去。"

梦中的重逢是不应该有的，它像是蛇果的第一口，而我把这种冲动分享给了蓝山，于是我们一起错乱了。我印象中的蓝山偶尔是笨拙的，不机灵的，又是像姐姐一样成熟的，令人着迷的。在我的梦里我会更喜欢她扮演后者的形象，这样我就不必再逞强。

蓝山把头发撩到一侧，低头看我。因与这样的眼神实在相隔久远，我很担心我闭上眼睛就会失去一切，于是只是目不转睛地回视她。蓝山大概察觉我的反应与以前迥然不同，眼中复杂的情绪一闪而过，低头问我："你还好吗？"

我点一点头，但还是那样直勾勾地看着她，问出我已经问过一次的问题："这是梦吗？"

蓝山轻轻用食指抵在唇前："嘘——"

我有那么一点哀求、卑微的情绪涌到眼底："骗一骗我。"

什么都好。

我知道你都知道，骗一骗我，在梦里就好。

梦里的蓝山和现实的蓝山如出一辙地犹豫且沉默。我等到筋疲力尽，眼皮打架，先前的热情高涨在这一刻戛然而止。蓝山很快察觉我失去了所有的兴致，不知是不忍还是无奈，她低下头，我在朦胧的视野中看清她微微张开的嘴唇，道出了我期盼已久的答案。

我眼睛又热了，嘴上分外倔强："这是梦里。"

"那就别醒。"

于是我真的没有睁开眼睛。我有时自负聪明，只需一眼就能看清楚蓝山是真情还是假意。所以我故作高冷保持沉默，无论听起来还是看起来都有些傻气。

我的热泪全部倒流，将心脏填充成水球。汹涌的情绪混淆在一起将其填满，最终在此夜无法挽回地涨破，横流一地。

我是确确实实不想再看到天亮了。

40

"宿醉一时爽，醒时火葬场。"

我一边刷牙一边把这话发朋友圈，在想今早要不翘班算了，但好像不行，我风头刚起来就这么猖狂，容易被乱棍打死。我发完朋友圈之后开始发呆，在想昨晚梦里的蓝山。

太真实了，我现在抬起手臂好像都还能闻到她身上的香水味。蓝山似乎很懂我对什么东西没有抵抗力，所以每次我们闹别扭或者我发脾气需要她来哄的时候，她就会喷上那瓶香水，就是去给阳晞拍《玻璃鸟》之前我们吵架时她喷的那一瓶，然后我就会乖乖瘫倒在地，举旗投降。

我看那根本是迷魂香。

我吐掉漱口水，收拾东西出门。

今早我还得给一个新出道的女团拍一组图，我本人拍女人总是比拍男人顺手。收工之后陆星嘉约我吃午饭，我俩去了附近一家日料店，坐定后我看他又摘口罩又摘帽子的就很烦，说和他出来吃饭真累。

其实陆星嘉找我来也没什么，主要还是聊纪录片的事。我一边吃面一边听他给我报行程，不由得感叹陆星嘉实红：他接下来两个月都在国外，回国后的档期直接续上一部电视剧和一部电影，都是一番①。我掐指一算，他留给我的时间满打满算不到十个月，我琢磨了一会儿，点点头说："行，那我把手头的工作忙完，就跟进你的行程拍素材。"

"你们公司会放人？"

"为什么不放？"我看一眼他，"你是摇钱树。"

他还想说什么，我摆摆手说："我下午去和领导谈，有问题也应该我自个儿解决，你在这儿操什么太监心！"陆星嘉就往椅背上一靠，看了我很久，也不说话。这样我反而毛骨悚然，一边吃面一边抬眼看他。

陆星嘉："你看起来像一条怕我抢食的狗。"

我好恨，我们应该去吃牛排，刀叉在手，天下我有。

陆星嘉看我表情，扑哧就笑了。

算了，我老早就讲过，陆星嘉笑起来太好看了，我这种颜狗就是没法子和他生气，有他这张脸，我在路上能横着走。我忽然想起来，这好像是我出事之后第一次和陆星嘉见面，我说怎么他今天总是一副欲言又止的慈父神态，也不知道是恨铁不成钢还是怕我死了没人给他拍纪录片。想到这里我的心就软下来了，不该骂他是太监的，我卑微，我忏悔。

经历了昨晚的梦境之后我如释重负，陆星嘉要是昨天约我，我大概能直接在他面前人设崩塌，果然人大哭一场没什么坏处。我看的科普上说人哭泣的时候会分泌脑啡肽，就像拍拍你的后脑勺安慰说"你不要哭了哦，要开心一点"，这么一想脑啡肽昨夜估计能把我整个人拍傻。

陆星嘉就坐在对面静静地看我把面吃干净，然后从口袋里摸出两

---

① 网络流行词，电视剧、电影、戏剧等作品中的排位第一的角色或演职人员，通常参演戏份最多或最为重要。

— 167 —

盒烟放到桌面上:"抽这个,焦油量低一些。"

我在那个时候把一块蘸了好多芥末的寿司塞进嘴里,辣到眼睛和鼻头都涨红,喝了好几杯茶才勉强压下来。陆星嘉全程温柔地笑着看我,我在他眼里看不到任何关于同病相怜的同情或幸灾乐祸,他的安慰从来不会这么低级。

很奇怪吗?在这一刻我想起来的竟然是白芨。

我好想对白芨说:你弄丢的这个人,是世界上第一温柔的人。

我下午修完女团的照片之后直接去找领导谈陆星嘉的事。其实要放在正常情况下,我说要腾出十个月的时间去拍其他公司的艺人,我这个头得当场被领导拧下来供关公。但这会儿情况特殊,一方面是我受照片事件影响,国内资源稍微有所下滑;一方面是我出席了发布季之后其实公司一直有意把我往外捧,我前两个月一直在国外跑不是没由来的。

当然最大的原因还是陆星嘉这棵摇钱树实在太让人心动了,绯闻事件洗干净后这个人清清白白又星途璀璨,在这个时候息影绝对会掀起流量风暴,芝麻大的脑子被驴蹄子精准命中的人才会不搭这趟顺风车。

目前公司最担心的是我这十个月能为公司带来的利润,以及风水轮流转,天晓得陆星嘉会不会在十个月内忽然爆出什么丑闻。但我把利弊列了个明明白白,再三表示如果有什么工作安排,我会随叫随到。

我这么坦诚卑微,领导听了之后说让我回去等消息。这一等倒也没等太久,公司和陆星嘉的公司确认事实后,帮我把近期的国内工作往前提。我经历了一段忙得昏天黑地的日子,每天醒来仿佛一夜回到"解放前",总觉得自己还是当初那个摄影小助理。

一切事情处理妥当之后,我和结束休假的陆星嘉坐上前往东京的航班。我太累了，没说几句话就扯下眼罩闭目养神，不知不觉睡着了。

我和粉色的花斑蛇重逢了。

事实上我已经很久没梦到它了，老这么叫也挺拗口，我就叫它小花吧。在意大利的时候我已经和它和解了，阳光下它爬上我的膝盖，我和它打了个招呼，之后它就消失在我的梦里，我们再也没见过面。

我这一次见到小花是在下雪的夜晚里。按冷血动物的习性，小花应该冬眠了，但它没有。我走在深夜的街道上，一个人深一脚浅一脚地在及脚踝的积雪里前行。然后我停下来，在想这样走下去有意义吗——我的鞋子会湿掉，裤子也会湿掉。在这个似曾相识的夜晚，不会有人再来带我去吃热腾腾的关东煮，我吃不到我想吃的牛肉丸，莫过于人生第一大悲剧。

想着想着，我席地而坐，倒也不是要号啕大哭的悲伤，而是一种难以名状的压抑和惆怅。小花很自在地滑出十几米之后又游回来蹿进我的怀里，窝在我的胸前，感受我心脏的跳动。

我说："我为什么老是梦到你？"

小花："因为你害怕我呀。"

我又问："人总是会梦到自己害怕的事吗？"

小花就不说话了，权当默认。

我就又很难过了，那我几乎每夜都梦到蓝山，究竟算什么呢？

陆星嘉每日忙碌于电影拍摄，我每天晚上熬夜写拍摄脚本，白天跟进他的行程拍素材，平均睡眠时间不到五小时，人间实惨。陆星嘉虽然忙得脚不沾地，但一有空还是会来和我交流想法讨论框架，我俩一见面除了谈工作就只能谈工作，搞得我有那么一段时间连他的脸都不想看到，从此深刻认识到人与人应当保持距离，距离产生美是我今年领悟到的第一醒世恒言。

陆星嘉演戏是真的有灵气,我跟他行程的时候总是一方面很遗憾他为什么要息影,另一方面又觉得只能被少数人所看到的陆星嘉真的非常寂寞而疲倦,于是所有劝他的话都不再说了。那些话应该有更多人说过,我想他已经听到耳朵起茧,我遗憾一点也无所谓,人生嘛,就是由无数遗憾组成的一局残棋。

他偶尔休息就约我出去钓鱼,我惊了,他什么时候有这爱好了?

这男的就很坦然往椅背上一靠:"分手之后。"

日本的夏天仿佛天上下火,我俩挑了早晨天蒙蒙亮的时候出来垂钓。所以陆星嘉说这句话的时候我在看远处灰蒙蒙的山岚,如此一点淡淡的、飘忽的惆怅就又涌现出来了。我和陆星嘉就不说话,静静地在水边坐了很久。

大概是因为能名正言顺地发呆,所以不管这样的出神是用于思考还是思念,看起来都不会过于突兀——陆星嘉真是找了个很好的消遣渠道。

我除了做陆星嘉的事还要接公司安排的任务,我司在东京是有合作公司的,偶尔需要我赶过去拍几组图,或者国内有哪些重要的艺人指名要我拍,我也得屁颠屁颠地往回赶。好在这样的行程不算太多,我勉强应付得来,朋友们劝我说身体吃不消就别这么辛苦,但我摇摇头说还好。

两个月内,我只崩溃过一次。

我有时会很痛恨那一个夜晚,或许是因为过于真实,或许是因为做了个美梦,人醒来时意识到极大的落差,需要花上好一会儿去区分梦境与现实,总而言之,我不喜欢那种感觉。怎么说呢,那会让我联想到当初的废狗肖舟,那个在翻身之前永远摆脱不了蓝山、只能借蓝山赖以生存的肖舟。

人要向前走,不要回头看了。

隔三岔五回国也不是什么坏事，我之前就说了纪录片这事我不能大张旗鼓来办，组的团队有一部分是我公司的人，他们能跟着我往东京跑，但也有一些忙碌于自己的工作，所以在协调人员和交流进程这方面还挺有难度。好在我也不是一直待在国外，还会回来找人一起吃个饭，安排下一段时间的日程。在国内的协调工作我交给常乐来负责，她刚忙完一部电影的场设，最近闲着没事。当然我找她是因为她在工作上有一种死犟死犟的态度，能有效防止团队摸鱼，还挺好用的。

我这次回国已经是八月中旬了，在回东京前抽空和常乐吃了个饭，聊了工作和最近的一些事。她说我最近看起来好忙，希望我抽空做个医美，不然会有越来越丑的趋势。

话是好话啊，关心我啊，但杀人不犯法的话，桌上的烟灰缸已经被我扔出去了。

"和你吃完这餐明天就飞了。"我看一看自己的行程，再过一两个月就轮到时装发布季了，我回溯了一下上半年发布月的悲惨时光，顿时感觉非常惊恐。这么一惊恐我就没怎么搭理常乐，回过神来才发现她若有所思地盯着我，说："你最近和陆星嘉走得很近啊。"

"你废话，我在给他拍纪录片，我和他不近的话我拍个啥啊？"

"消息毕竟还没透出去。"常乐似乎意有所指，"你注意一点。"

这话似曾相识，不是我和陆星嘉第一次见面说的话吗？我有些蒙，但也没说什么，只能点一点头。常乐应该不至于蠢到怀疑我和陆星嘉有一腿。后来我才知道，她之所以这么说，可能单纯就因为她是苏格拉底转世，她不仅是个哲学家，还是个神棍，预言能力简直绝了。

因为我乘第二天的飞机回到东京的片场，回了酒店正收拾东西，就立刻有人敲门。我打开之后看到陆星嘉站在门口，神情严肃："一个坏消息，和一个更坏的消息，你先听哪一个？"

41

"更坏的消息。"

"我有发布会的秀场资源,会去时装发布月的活动。"陆星嘉看懂了我"这有什么问题"的表情,体贴补充,"蓝山也会去。"

我昏厥过去:"坏消息呢?"

"某个媒体最近要爆我俩的料,怀疑我们恋情火热发展中。"

我对陆星嘉从来不客气,直接骂了:"这俩事孰轻孰重你分不清吗?"

"我看你表现觉得我排对了。"

"这倒也没错——我不是在说这个。显然爆料这个事不是更麻烦吗?"

我在这些事上没有陆星嘉有经验,他现在就比我淡定很多。我回想了一下我跟陆星嘉行程的这些日子,堪称如影随形的舔狗一条,陆星嘉也显然十分真情,难得休假也愿意和我凌晨五点起来钓鱼,真是闻者落泪的夕阳红神仙爱情。

但我俩不是好朋友吗?我好想哭,但又后知后觉地抓住重点:"还没爆?"

"走了风声,我这边有人去交涉了。结果不是很理想,对面要价太狠了。"陆星嘉报了个数字。我临危不惧,口吐胡话:"我建议你们不要报价,直接报警。"

"这个价钱性价比太低了,所以我来问你,你觉得如何?"

"这事不压下来吗?"

"为什么要压?"

陆星嘉一句反问,我愣在原地。

陆星嘉脑子是清醒的,至少比我清醒得多。

团队的演技和他不相上下,演了一出价钱谈不拢,破罐破摔准备后续公关的好戏。第二天陆星嘉和我的绯闻就堂而皇之地登上热搜榜,我刷一刷微博,顿时对狗仔五体投地:"你说他们是怎么做到凌晨五点跟拍我们钓鱼的?"

除了我在片场一副屏气凝神地观察陆星嘉拍戏状态,以及频频对他架起镜头的画面之外,打死我也想不到狗仔会有我俩去钓鱼的照片。我和陆星嘉去钓鱼的次数寥寥无几,一坐就是四五个小时,各自发呆,偶尔的对话发生在他分我一个面包当早餐,我递他一盒牛奶说"你垫垫肚子";陆星嘉踢一踢我的竿架提醒我收竿,我指一指水面说"涟漪频频,本人掐指一算,此处或有鱼"。

这都能被解读成郎情妾意?我痛心疾首,几欲落泪:这份毅力用以学习,人类科学事业何愁没有飞跃性进步;这样的想象力用来写小说,全球科幻作者就此封笔也不为过。陆星嘉笑疯了,在床上打滚,然后骂我得了便宜还卖乖。

我冷笑:"我是搭了个顺风车。"

陆星嘉来找我之前已经有所抉择,多此一举来询问我的意见只是纯粹表示尊重。我问"为什么",他说:"你作为一个幕后工作者,两次曝光都是和流量艺人挂钩,说出去名声未免不好听。"

我说:"哦。"然后我想一想,点起一根烟,"其实这件事对你我都好。"

陆星嘉就不说话了,静静地笑,伸手从我的烟盒里抽去一根。

这次事件如果最后被证实只是一场闹剧,就能顺理成章洗掉之前的负面影响,更能顺势帮陆星嘉清理一拨激进粉,有利于防范日后的息影风波。至于我和陆星嘉所谓的暧昧,可能会为我戴上"风流摄影"的高帽,但在纪录片发布的时候自然会洗得一干二净。狗仔错就错在对陆星嘉的息影计划一无所知，否则不会做替他人作嫁衣的事。

也就是陆星嘉抽烟的这一刻，我忽然觉得他其实比我所想的更为清楚世故。是我过于脆弱，以至于对这个充满功利性又无比理智而正确的决定仍然心存不忍。但我又觉得陆星嘉是不世故的，因为我完全没必要了解这件事，毕竟我的性格极端矛盾，对自己所在意的人过于敏感而珍视，对方皱一皱眉或许我会花上一天一夜反思过错。大概也正因如此，我再没有多余的精力去在意无关紧要的人的看法。

在这样的基础上，陆星嘉大可剥夺我的知情权，反正我也不在意。但他没有，他真好。

所以我没有多余的情绪，只是一味地沉溺在我虚伪的不忍中。因为烟雾缭绕中我忽然想起，我和蓝山住在一起的时候如此随性自然，我们很少有彻夜长谈的交心时刻，以至于我从来没有和蓝山明确过我的想法。

于是此时此刻已经远去的记忆又回来了，像海浪侵蚀坚固的岩石一角，在这细微的崩溃中我能虚构出蓝山软软而甜腻的撒娇画面，而它们都消散在冰冷的现实中，再也不会回来。

我的不忍来源于蓝山，也正因此我完全理解了陆星嘉对于两个消息的排序：我可能会在发布季活动上与蓝山碰面，这对我来说无异于天大的噩耗。

爆料的事有陆星嘉的公司在管，我的愁苦也就造作地演出了十余分钟。但发布季的事不同，我从八月中旬愁到九月中旬，即将离开东京的时候一边收拾行李一边骂脏话。陆星嘉在旁边听着并且翻阅着我的拍摄脚本，居然还能写修改意见，我真是服气。

唰唰改完几页，他很淡定地抬头："不想去就不去。"

"放你龟儿屁。"

"我可以帮你打听到她的行程。"

沉默，沉默是今晚的康桥。我把陆星嘉赶出了我的房间，让他带着我的平板去修改脚本，回过头来看到乱糟糟的行李差点背过气去。

最气的是我完全不知道自己为什么如此暴躁。演艺圈真是个圈，说小真小，反正我和蓝山稍微有点名气，在谈资源的时候或多或少都不免听到对方的名字，但说大也能大出银河系，闹掰了之后两人居然在各种酒会或者活动上连面都没碰上。

东京是TAKKI的主要业务区，她替TAKKI走出了世界级的知名度，算是半个小女儿。国内的照片事件之后，她的资源逐渐向东京倾斜。但她在这边的时候我往往在国内，她飞回国了我仍在片场拍素材。这样的巧合不由得让观众老爷击掌叫好，可作为当事人之一的肖舟我本人只想愤愤不平击鼓喊冤。

我一直在和自己说人不要回头看了，但其实我清楚地知道有些事光喊口号是无济于事的。如果我真的放下了，完全可以去平淡地面对一切，不在意是最可怕的事情，而现在的我已经明白这一点了。

我挺受不了自己这副模样的，只要我还惦记着蓝山一天我就永远是以前那个肖舟，自卑又怯懦。我去阳台抽完了一包烟，再来看手机的时候发现秋历给我弹了好几条通话请求，我拨过去："搞什么？"

"想你了，么么哒。"

我反手挂掉语音。秋历锲而不舍，我连挂了三个，终于压住恶心："求求你，别硌硬我了。"

"今天心情不好？"

我听秋历的口吻就知道他今天没正事。我和他本质上都是一样的，有事说事无事发骚，按照以往我会恶心回去，但今天秋历点儿背，撞枪口上了。我去洗了把脸，不想让自己显得过于暴躁。稍微冷静了一些之后，我和秋历大致表达了心路历程，秋历就很微妙地发出了几个语气词。他这样看八卦的心态让我相当不舒服，我随口撂下一句："你甭在那里感慨了，有什么法子让我别烦了吗？"

"好啊，同行对蓝山的看法你听不听？"

说有就有，这家伙是小叮当吗？

这事的来龙去脉是这样的，秋历最近在开拓新的风格，拍的组图刚巧非常合阳晞的意，他俩最近关系还不错，已经背着我暗通款曲好几次了。怪我太忙，错过了国内时尚圈的很多信息，如今只能感慨时尚圈是真的小，来回就那么几个人翻来覆去地拍与被拍。

我当初和阳晞走得不近，一是因为我怕蓝山不高兴，二是因为我不愿走上老路，如依赖蓝山般依赖拍摄阳晞。秋历和她之间显然就没那么多忌讳，秋历有些问题问得坦然，阳晞大大方方答得坦然，只是苦了当听众的我。

秋历一开始问的是，蓝山究竟是个怎样的人？

在阳晞的视角里，蓝山是过于冷漠的。在我之前，蓝山其实很少与别人有亲厚的关系。如果说蓝山擅长撒娇和她表现出来的理智是不冲突的，倒不如说蓝山演技很好，连撒娇都是具有分寸感的，既不会让人觉得造作而不适，也很能找准人的要害。

得，这点我深受其害。

而且，蓝山几乎不和同行交往。蓝山的朋友其实不多，至少我和她住在一起的时候，极少见她约朋友出门。她为数不多的圈中朋友，大多在做着幕后工作，蓝山对于模特们的态度仅止步于同事，这点也很耐人寻味。

"蓝山现在的经纪人是在筹备TAKKI面试时期才换的，之前的经纪人从她出道开始一直合作到当时，出于个人原因离职了。对外是这么说，但有消息说是蓝山自己提出要更换的。她现在的经纪人手头的资源很好。当时公司的所有模特中,蓝山是公认的潜力股。强强合作,大家都开心,被换掉的经纪人就没消息了。"

我听到这话就很不服气,说:"这不是造谣吗?哪儿来的锤?"

"你权当八卦和黑料听,不用走心。"秋历很快安慰我,但又立刻不经意地补了一刀,"如果是真的,那蓝山这眼力也太了得了,搞来了一个厉害的经纪人,又搞来了一个厉害的肖舟。"

我忽然想起来,原来当初《野火》和《春生》爆红之后的流言果然不是空穴来风。蓝山在别人眼里是这副模样,被怀疑利用一个无名之辈上位,下一局高风险高赢面的博弈,的确是那样的"蓝山"可以做出来的事。

而这是我眼里的"蓝山"可以做出来的事吗?

我挂了语音电话,在漆黑的房间里又拆了一包烟,默默抽完一根又一根,美其名曰思考人生。我倒不至于立刻就信了秋历的话,况且这些话是从阳晞嘴里听来的,说得直白点她俩是竞争对手,按理说我完全可以把阳晞的话当成空气,事实上我也的确这么做了。我这人过于倔强又执着,爱听的话会一味信到底,不爱听的话就权当过眼云烟再也不见。

我有时很庆幸我是这样执拗的性格,至少不会听风就是雨,以至于轻易认定了别人眼里的"蓝山";但我也很惆怅于此,从我们第一次见面开始我就无法自拔,她想赢,我就心甘情愿送上所有筹码。

于是我很忧愁:我看到的你和别人看到的你,到底哪一个是真实的你?

这个问题从我的第一根烟贯穿到最后一根烟,我把空烟盒扔进垃圾桶,去浴室洗脸的时候从镜子里看到我湿漉漉又憔悴的脸,忽然意识到常乐是对的:我这样真的很丑。

如果快乐与否真的能影响一个人的好看程度,那么它显然在我和我周围的人身上呈现了一种悖论：我再不愿意承认，我也的的确确因工作和蓝山的双重压力丑陋下去；而我隐约希望蓝山会因为和我不再相见而感到难过，可她始终漂亮如初。

那是因为她不曾难过吗？我不愿意去相信这个结论，所以我只能说这是个悖论。想着想着，我又笑了，觉得人真的很擅长欺骗自己，可是我又能做什么呢？想到这个的时候我用手指在镜子上的雾气上涂出自己的脸，然后忽然意识到自己说得很对。

我既不能大牌到忤逆公司的安排，撂担子说告辞，发布季活动我不去了；也不能厉害到彻底避开蓝山所在的场子。所以其实我还是很无用的，唯一的区别是厌着会让我憋屈，强迫自己去面对还会有一种我命由我不由天的快感。

想到这里我忽然很畅快了，但又忽然忧愁：我应该去找谁问一家靠谱的医美诊所呢？

42

发布季的活动安排在十月中旬，在这之前我找到了一家医美诊所，对我的脸紧急抢救了小半个月，再加上勤勤勉勉地日常护肤，终于勉强能达到容光焕发的程度。为了这事我甚至错开了和陆星嘉的行程，晚了至少一周才飞欧洲。

秋历来接机，见我第一句话："姐，你整容了吗？"

碍于公共场所，秋历捡回狗命一条。我和他没扯皮太久，直接去参加了工作会议。领导把工作布置下来，秋历和我在后排对视一眼，上半年被工作支配的恐惧卷土重来，气势悲壮。发布季任务繁重我早有心理准备，掐指一算怕是不能跟进陆星嘉以模特身份出席的活动，于是赶工把脚本写完，把这部分的工作交给副导演去负责。我把安排和陆星嘉过了一遍,他表示没有异议,但用笔单独圈出要点:"这个秀我还是希望你来负责。它是第一次起用我的牌子,设计师和我关系很好,做完这一季以后就主打自己的品牌了。"

"意义非凡。"我点点头,表示理解,但很快补充一句,"日程表上我这一天休息,秋历负责这一场,他比我会拍男人。"

"没事。这个牌子这天的安排是男女场衔接的。你和他一起来,拍不好我拍拍女人也行。"

我给气笑了:你也不必这么压榨我吧。

不过横竖都是累死,不如死在陆星嘉手上,我索性同意了,并且用非常到位的演技逼陆星嘉请我吃了一顿海鲜大餐。末了我心满意足拍拍肚皮回酒店和秋历说了这事,秋历却很幸灾乐祸:"我要是你我就不会急着答应。"

我:"?"

秋历就暧昧不明地笑了笑,什么都不说了。我好恨别人说话只说半句吊我胃口,但我脾气也倔,死活就不打算开口问,反反复复把和陆星嘉的对话回味好几次,终于明白问题出在哪儿了:起用陆星嘉的这个伯乐品牌,好像就是TAKKI的母品牌啊。

事到如今,我只能说一句,"缘,妙不可言"。

我为着这事失眠了小半夜,第二天上了两层遮瑕才勉强挡住我的黑眼圈去参加一个规模尚可的酒会。由于这一场酒会的主角是各类模特和时尚圈的金主大佬,我和秋历就比较低调,极力降低自己的存在感,只寻找视野比较好的角落拍照。但还是有人注意到了我,慢悠悠地闯进我的镜头:"我给你找的美容院不管用?"

"没,效果挺好。"我坦然认错,反正阳晞也不能拿我怎么样,"昨晚熬夜了。"

"哦。"阳晞从侍者手中取下一杯香槟，冲我扬眉，"给我拍一张？"

阳晞这样的性格，就算我不答应她也已经拿出了架势。她今天穿的是露背的修身长裙，一侧身端着酒杯，再一挑眉就很有几分王女的傲气。我只按了一次快门就递给她看，阳晞还没看就先不满："你只拍了一张？"

"一张够了，你看是不看？"

我之所以这么笃定是因为这一张的确拍得好，离神图有点差距但也足够令人满意，光看阳晞的脸色我就知道了。我把相机收回来的时候想起来这好像是我第二次拍阳晞。阳晞很美，气质也独特，甚至我看到她的第一眼就知道她是摄影师镜头下天生的宠儿。但我对于给阳晞拍照这件事总是兴趣缺缺，如果阳晞没有问题，那就应该是我有病。

阳晞是个非常识趣的人，于是转身去找不远处的秋历聊天。我重新举起镜头以躲开这份令人窒息的尴尬，假装要从取景框里抓拍别的人物。

然后我真的按下了快门，连续好几次。

原谅我，那一瞬间手指还在动纯粹是条件反射。我那时候的大脑已经超高速超负荷运转，以至于我在事后才意识到我当时的肢体非常僵硬，毕竟所有能够被调动的意识都在沸腾，朝我尖叫，逼我去目不转睛地看她。

这样剑拔弩张地僵持，就好像在说：我多看一眼会死，少看一眼也同样会死。

事实上去看蓝山不会死，与之相反，她非常亮眼也非常养眼。

蓝山今天穿的是宝蓝色的长裙，我从镜头里看到了裙摆上洒落的一道银河。在那一瞬间我在想蓝山应该非常喜欢这条裙子，她如此孩子气地热爱蓝色与星空，我幻想她穿上这条裙子在夜晚的白沙滩散步，这样慢慢地走进海里，她浮在水面上，裙摆如花散开，像从海底游上来的人鱼——如果蓝山真的是一条人鱼就好了，据说人鱼的吻可以让人失忆，这样她就可以拯救我，让我不断地在美好和痛苦之间挣扎着重生。

但我忽然又想起一件事：蓝山为什么要拯救我呢？

至少现在是我在不远处肆无忌惮地看她，秋历意识到我保持一个姿势已经很久了，不动声色地伸手来拍一拍我。我元神归位，放下相机才发现蓝山已经走了，忽然感觉到自己口干舌燥，于是像难民一样从自助餐桌上夺下一杯橘子汁，背过身去咕咚咕咚灌下一整杯。

秋历在旁边一副非常同情的口吻："可怜。"

按照以往，我一定会庆幸秋历是在公共场所说贱话，救了他一条狗命。但我那时候没有，我只是保持一种非常麻木的状态，反反复复确认：那是不是蓝山？

我们久不联系，我连她手上有什么资源都不甚清楚。或许也不能算太差，离她最近的人是个赫赫有名的时尚界大拿，资源优渥，和他谈话的人我只瞟了一眼，都是在各种商业周刊上颇有名气的熟面孔。

说实话，我第一次看到这个阵容，倒吸了一口冷气。蓝山是身处其中唯一的女性，裙摆飘飘，好看得不得了。蓝山的确是个很有魅力的女人，只是站在那里端着酒杯不说话，就已经柔和了那些人的气场。而我远远地望着她，只觉得挫败沮丧，比起她的从容自在，我的尴尬和笨拙相形见绌。

我把相机给秋历，去洗手间洗了个脸，想抽烟但显然不太合适，只能憋着，反反复复地拍脸提醒我自己现在是什么场合。冷静过后我出去找秋历，秋历递给我相机问："走吗？"我说："好，再给我一张照片的时间。"

或许在那时候我是真的鬼迷心窍了。我给阳晞只拍了一张照片，骗她说"合格了,你快走吧"。而我条件反射给蓝山拍的照片有十几张,现在贪心不足地说我还想要一张,再多一张就好。

模特是不是天生对镜头就特别敏感?至少我这次端起相机的时候看到蓝山撩一撩头发,隐约要回头看我这个方向。我常在想自然摄影师是不是也曾有过这样命悬一线拍摄猛虎的经历,可我拍的不是猛虎,是一只艳绝的猫咪。

在蓝山即将回头的时候,我终于完成了这次惊心动魄的拍摄任务,一把拽走秋历,说我们走吧。

我没有再回头。

当天晚上我去秋历房里筛图,再由秋历发给编辑部。整理工作完成之后秋历照例点夜宵,我听到他点了一瓶我爱喝的酒,心里总觉得有些安慰。换作半年前的秋历大概会很担心我,实际上我猜他现在也很担心,但只是不说。

我对人对事其实是有非常分明的界限的,有些朋友适合交心,有些朋友适合喝酒。不同的事情我会和不同的人说,比如我和陆星嘉就不会抱怨工作辛苦,因为他比我更累;我也不会和秋历摊牌我的感情经历,因为他从某种程度上失去了能够理解我的先天条件。

这样看来我还是很会照顾人的,大家都有自己合适的位置,自个儿待着就好,没必要招惹尴尬和不适。我们坐下来只谈了明天的工作安排,其余的一概不谈。按理说明天我应该休息,但被陆星嘉抓了壮丁。我们各自检查了一下工作证件和相机电池及各种配件,确认无误后我去睡觉,临走时秋历说,明天蓝山走第一场。

我回头看他的时候他已经窝在床上打游戏了,他这话说得其实很轻飘飘又随意,就像是在问我明早吃什么。我于是真的像应付早餐一样和他说:"没关系,我是去拍陆星嘉的。"

蓝山和工作这两件事在我这里显然早已不冲突了。或者说其实一直是不冲突的，只是很早之前我的工作就是蓝山，蓝山就是我的工作，所以是我自己困顿其中，不关我敬业与否的事。从借阳晞翻身之后，蓝山逐渐和我的工作剥离，再到现在分道扬镳，冥冥之中好像就已经走过了无数的波折。

人生正是如此啊。

我从陆星嘉那里拿了个特别工作证，便于进后台拍摄素材。这个品牌两场走秀之间衔接的时间非常短，几个大型化妆间里人群忙忙碌碌地来回走动。我上半年四月到五月都在跟拍大牌模特，和一些人关系还算不错，她们过来找我合照或者要我给她们拍几张，我寻思着拿一些后台照也不亏，趁陆星嘉在化妆，于是乖乖答应。

我这个人从某种程度上来说还挺招女孩子喜欢，好不容易和来来往往的模特们打完招呼，忽然意识到一个很严重的事：我把陆星嘉搞丢了。

后台人多，信号奇差，我也没法子联系上他，顿时很伤感，在想我这个时候要不要直接撤了，但翻一翻相机，能用的素材少到流泪。

我深深地叹一口气，想哭：我太矮了，呼吸不到上边的空气。后台的空调根本不够用，空气闷得厉害，我头痛欲裂，现在只能踮起脚像一条鲸一样冒出水面呼吸。但氧气还是不够用，我眼前有点发白，化妆间的灯太亮了，根本是在对我的眼睛进行骚扰。

迟一秒，再多一秒我就倒下去了，然后一只手忽然撑住我的腰，递来一杯冰水，吸管细长，沾了一圈很正的红。

"慢点喝。"

还是昏过去吧，我想。

43

　　蓝山递来了风油精,我在人中穴和太阳穴各擦了一点,深呼吸几口,感觉好了很多。我俩就这样背靠着角落的两个化妆台并肩站着,谁也没看谁,像是最亲密的宿敌,各自沉默又剑拔弩张。

　　风油精的味道和姑娘们的香氛混在一起,来自古老东方的神秘配方以五毛钱的售价成功混入众多奢饰品牌的香水中。令人闻之落泪的国货之光。我没有太多时间用来感动,犹有一种绝处逢生的侥幸,也不免有一丝不如去死的懊悔。

　　当然,也就那么一丝罢了。我心口不一早已是常态,纵然有那么一瞬间后悔,但还是非常乖巧地一小口一小口吸着蓝山给我递的水——她不让我喝得太快,大概是怕我当场猝死或者瘫痪。总之我还是非常感谢蓝山的这一杯水。我只衔着吸管的顶部,不敢去玷污那一圈深浅不一又美丽的红。

　　"出口在那边。"蓝山指了指人群另一端的门。

　　"我要找人。"

　　"也是这出口,第三个休息室。我刚过来的时候看到他进去了。"

　　挺好,我该说谢谢吗?但实际上我只轻轻说了个"哦",也没动弹。现在要我跨过人山人海去找陆星嘉未免不太现实也太刻意,好在女装走秀要开场了,我大可以等人少一些再走。蓝山的出场顺序看来是靠后的,倒是很悠闲自在地在我旁边等,完全没有要挪位置的意思。

　　我几乎把水喝得一干二净,只留下一滴残余在杯底,盯着它看以作消遣。蓝山的话倒比这滴水彻底蒸发来得更早:"好点了?"

　　"还行。"

　　蓝山点一点头,看来是准备出场了。但在这很关键的时候蓝山忽

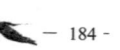

然伸出手，我看到一支口红躺在她手里。蓝山说："帮我补一下。"

事后的肖舟根本就是个马后炮，一定会骂：你不知道你后边就有俩大灯照着的化妆镜吗？怎么了就非得我来补这一抹充斥着风油精味的口红？我招谁惹谁了？

但我那时候真的好乖，乖得又格外注意细节，用的是没沾过风油精的手指。蓝山就笑了，或许是在嘲笑我这毫无用处的细心体贴。

而蓝山这一笑我便将口红涂出了唇线，想伸手抹去那一道红，又仓促想起也许会破坏蓝山的妆容，于是讪讪将手收回。蓝山垂下眼睑，整一整衣服的细节，要翩翩走去场上。我恍然如梦中惊醒，着急忙慌地说："你口红不要啦？"蓝山就很新奇地看着我一脸的慌张，温柔地说："不是啊，放你这里，下次有空再拿。"

蓝山离去的时候我想了很多，主要是顿悟了一个小小的道理：如果一个人的生命中曾经遇到过一个姐姐，不仅好看而且做什么都很厉害，最重要的是她有一种向下俯视的温柔与深沉，将所有年轻的棱角都牢牢包裹其间，姐姐的温柔和妹妹的娇气势均力敌地制衡天平两端，那么偏心任何一边都罪无可赦。我明知这样的游刃有余望尘莫及，却对我们之间的距离感到沉重得无可奈何。蓝山离去的时候我叫了她一声，她回头的样子被我拍得无比清晰，妩媚而好奇，眼睛清澈明亮，好像一只迷路在林中的鹿。后来这张照片被外网发了出来，连着之后我镜头里蓝山走秀的定点特写一同被公布。

蓝山又一次小小地惊艳了世界，出自我的手。

我常在想：我拍蓝山的风格当真如此清晰吗？为了避嫌，我在图源上挂的是公司摄影部的名号而不是自己的姓名，但舆论里基本就默认了我就是拍摄者。这样就很烦，因为我只想功成身退安静地当一条咸鱼，躺着也能被嘲上风口浪尖，无语。

好在我只是个幕后者，但大家嘲我也是因为这个，一个幕后者一天天地和流量艺人挂钩上热搜。有人怀疑我花钱，我气死了：我哪里像有钱的样子？

我口头说归说，这些话其实也没往心里去。放在从前我被这样骂大概会是很焦虑的，因为我的确才不配位；现在不同的是我至少有好些拿得出手的作品，于是乖乖躺平任嘲赚流量，反正一不影响我拍片，二不影响我赚钱，甚至还有一拨路人粉帮我反击，我没必要和自己过不去。

但其实还是有一些影响的，比如蓝山，为这件事专门来找我道了歉。

那一天她前脚去 T 台一侧做准备，我后脚就从门口溜了出去，抓准时机给蓝山拍了张照片，然后顺手发了编辑部，没过几分钟外网就即时公布了，再然后就招惹了一身臊。当然这些事我本人当时是完全不知道的，我只是随心所欲地做了我想做的事，拍了我想拍的人，然后就回后台找陆星嘉拍素材去了，直到临近晚饭时间才有朋友发消息跟我说了这事。彼时我刚进庆功宴的内场，一杯酒端着一滴未沾，就又有了借酒消愁的欲望。

这场子我是正儿八经接到邀请的，陆星嘉说这个设计师还挺喜欢我的风格，领着我就往人家那边寒暄去了。大佬虽然地位极高，但性格特好，就一特活泼开朗的老大爷，谈罢，让我尽情玩，日后有机会合作，也不知道是真用心还是假客气。

今天这场本身就不是过于正经的晚宴，我也不是以工作的名义出席，于是耸耸肩，真就顺着人的话寻欢作乐去了。依次喝了一轮之后，认识的不认识的都打了个照面，路过陆星嘉身边，他扶了我一把，问我喝了多少。

我报了个数，陆星嘉就说："你甭喝了，哪儿凉快哪儿待着去。"说着他似乎是要送我回去，我虽然头昏眼花但本性卑微，极会看人脸色，知道他和朋友正在兴头上，于是摇头说："你玩你的，我没事。不是我吹，我的酒量，就像长江长城、黄山黄河那样绵长——"

陆星嘉不信我，不仅不信我，还无视我，只顾着同我背后的人讲话。陆星嘉本来就高，和他讲话的这个人也不矮，我在夹缝中生存十分困难。陆星嘉和那人似乎有片刻的僵持，然后他妥协，松手了。

我清醒过来的时候已经在酒柜附近休息了，把玻璃杯跟传家宝似的护在兜里。两条腿在我面前晃来晃去，及膝的红色裙摆边缘有一圈流苏晃荡，可好看了。我顺着腿的线条往下看，这人的小腿也好看，瓷一样白、瘦，但不干巴巴的，线条很美，特别是脚踝，凹凸分明，跟米开朗琪罗雕塑出来的似的，美得令人骤然生出对神性的敬畏。

那一瞬间我心里涌起一个很唐突的念头，说："你这里应该有个文身，会很好看的。"

脚踝的主人就轻轻地笑了，说："那你觉得文什么好呀？"

我认出来她是谁了。但我还是要把想说的话讲完，于是蒙蒙眬眬地抬头对蓝山说："文一只鸟吧，随便什么鸟都好，我给你画。"

蓝山没有理会我的胡言乱语，很纵容我，陆星嘉不让我喝的酒她让我喝了，替我斟满一杯，然后说谢谢。我轻轻吹走酒上的小细泡："谢什么？"

"今天外网登的两张图。"

"不客气。"

我反应很平淡，也早就收回了那只不合时宜的手。当然我在这个时候反应平淡主要还是因为脑子不清醒，所以不能多说，否则根本就是胡言乱语大盛会，蓝山要是有心搞我，明天我就得凉。蓝山这时候看我的表情就很有意思了，大概是觉得我很有趣，所以眼神十分欣赏。她看任她看，喝完这杯酒我就和她要钱，一分钟一百，拒绝微信支付，提现还收手续费，好歹也是几毛钱，我血亏。

"对不起。"

我还在计算蓝山该给我多少钱,她这么一说我就不算了,抬起头来看她。

"连累了你被群嘲。"

我不知道是失望还是期待,大概两者都有,或者都没有。总之我没说话,又开始算账了,甚至要涨价,为了蓝山这倒霉的道歉缘由,我要提价到一分钟五百。

"要赔罪吗?"

我摇摇头:"什么都不缺。"

"那样最好。"

蓝山若有所思地点点头,站起身来,柔柔地说了一声"再见",高跟鞋嗒嗒嗒走远了。

蓝山离开后,我平静地喝完酒平静地去洗手间,把自己整理得清清爽爽,随即微微拉开领口一看——蓝山给了我一张房卡。

44

如果这次邀约发生在其他的时间或地点,我想我会毫不留情地拒绝,但异国他乡实在让人太陌生了,陌生到我摸索到什么就想要抓住什么,于是我没有停留太久,很快去赴约了。

我按了按门铃以示礼貌,但无人响应,就很痛快地刷卡进门,听到浴室里水声哗哗。过了片刻,蓝山裹着浴袍出来,看到我后脸色平静,点点头说"你等我一会儿",然后扯了件衬衫重新进浴室去了。我轻车熟路地打开电视又倒了两杯红酒——蓝山只喝红酒,美容养颜又不伤身,娇贵得很。

红酒的牌子我不认识,但倒出来的色泽是很诱人的深红,我看着俩高脚杯端端正正地并排站着，掏出手机给它们俩拍了张照，忽然有些依依不舍：它们即将要进入两个不同的身体里，此时此刻大概是生离死别前的情景了。

拍照片的时候蓝山出来了，她像是一团行走的热雾，走到哪儿，哪儿的空气就变得灼热起来。我看着镜头里的俩高脚杯，也看着走过来看我在做什么的蓝山。

蓝山走来不是为了看我，而是和我一样盯着那两杯酒看了很久，然后问我："红酒对瓶吹是不是很没情调？"

呃，我点一点头："它们大约也不会很开心。"

蓝山轻轻"哦"了一声，伸手拿起杯子："那这样吧。"

她没有问我——实际上我的意见也不重要——她自顾自地把一杯红酒倒入另一杯里，两者混合在一起，于是很快乐地说："这样它们就不会分开了。"

蓝山从来都是善于察言观色的，但从前绝大多数时候是不懂装懂，就不如此时此刻更体贴："这样做会让你开心吗？"

我点一点头。

然后蓝山低低地笑了："那我们能不能做点更开心的事？"

我又点一点头。

蓝山今晚似乎很依着我，所以她非常爽快地接受了我的提议。我难得有这样的经历反倒有些一惊一乍，这样一来画画的手就有些抖了，在蓝山干干净净的脚踝上留下丑陋的痕迹。

"你紧张了。"

"酒喝多了。"

说谎这种事我现在好像张嘴就来，但这两笔的确很糟糕，于是我用卸妆水打湿的化妆棉擦去，蓝山的脚踝就再次变成了一张原始的画布。我再次动笔之前忽然有一点奇怪的遗憾——会不会因为画布易于涂改而不被珍惜，所以世人常更容易对落笔不悔的作品饱赋深情。

坐在飘窗上的蓝山大概没有我这样多愁善感，她端着酒沉默，偶尔看月亮，偶尔看我，偶尔因为化妆刷掠过的皮肤发痒而缩起脚来，于是我会发脾气让她安分，蓝山就很乖地不动了，再痒也不乱动了。

我事后必然有那么一丝忏悔：我好凶。但当时我在搞艺术创作，除了眼里那只鸟，我什么都不想。我用蓝山留给我的口红在她的脚踝上画那一只鸟，用最细的化妆刷勾线，蓝山的脚踝形状好看，犹如一尊复活的艺术品。

我只是很惋惜："这支口红还挺贵。"

蓝山笑我的天真："身外之物，生死由命。"

我流泪了，她好哲学。我要怀疑蓝山和我一样有病了，因为她在某些时刻也很哲学，甚至有一点我的影子。这样一来我反而很替这支口红高兴，用它做颜料来画蓝山脚踝上一只不死鸟的蓝图，我要是它做梦都能笑醒。

红色好正，我下笔极深，远远地看像是蓝山流了血，脚踝上有一只血作的鸟，展翅欲飞。我留下被我手侧不小心轻易晕染成的胭脂色没有擦去，让它成为这只鸟的航迹云。

我是很得意的，毕竟我绘画功底一般，平时除了画个分镜也没有别的练习时间，这一次显然是超常发挥了。蓝山低下身子去看自己的脚踝，很惊喜地说："好好看哦！"

啊，我想起我第一次给蓝山拍照，她就是这样说"好好看"，所以我才神魂颠倒，给她拍再多图都只是为了这一句平平无奇的赞扬。其实我这时候很想来一根烟庆祝，但烟盒在我外套里，外套搭在沙发上，十步之遥，对懒人肖舟来说基本等于咫尺天涯。于是我无事可做，只能欣赏蓝山，姐姐撩一撩头发然后沉思："它会有名字吗？"

我平静地说："决定权在你。"

蓝山就歪着脑袋想了想，说："那叫它肖舟吧。"

我好悔，我真的应该抽一根，提神醒脑，它功不可没。

但我没有，就因为我懒，我疯了总比懒死好。

我就这样定定地看着蓝山，蓝山也就这样低着头看我。我想我现在的表情肯定很奇怪，可能打了八百支玻尿酸也没我现在脸僵。

我问："为什么？"

蓝山没有回答，她伸手轻轻点了点我的耳后，我明白她在意指什么。

那里也有一个蓝山。

很漫长，那只红色的鸟飞越了我的夜盲症，即使在一片漆黑中也栩栩如生。我抚摸过它每一片羽毛，蓝山说："别再摸了，它会飞走的。"

蓝山仍然爱开这样天真的玩笑，我却一如既往地听从了这一点，真的松开了手，于是心里感到空落落的，更觉得夜晚实在太漫长了。我被困在无尽的黑暗里，失去了想做任何事的冲动和自由。

一开始赴约的心情如今已经沉进水里，我轻轻叹一口气，去摸手机：还好，我还能睡三个半小时。

在黑夜里我慢慢闭上眼睛，周围很安静，月光也消失了，什么都没有，但我能感觉到所有深邃的黑暗都往我这里涌来，我无处可逃了。

八点我要去工作，天蒙蒙亮我就已经醒了，起身去洗澡。

擦着头发出来的时候我看到蓝山搭在被子上的脚，琢磨着我昨晚下笔真重，肖舟虽然色彩斑驳，但轮廓清晰，栩栩如生，像要飞走似的。我看了她好久才去飘窗边抽烟，灭了两根之后我回头看到蓝山醒了，她没有看我也没有撒娇般地指责我抽烟——虽然之前的蓝山是一定会这么做的——我说不上哪里不对，但现在的蓝山要比从前乖顺得多，至少在我做着她曾经最讨厌的事时能视若无睹，我什么时候能练成她这样的气度就好了。

— 191 —

蓝山就只是抱着被子侧躺在那里，直勾勾地看着脚踝上的肖舟。我很费解：那只鸟难道比本尊还好看吗？不然为什么你看她的眼神都比看我温柔？

"她会一直留在这里吗？"

"把她文下来就会了。"

我知道蓝山不会那么做，她是个模特，一个把工作看得比命重要的模特，在皮肤上留下什么对于她来说不是什么容易事。所以蓝山像个孩子一样委屈又遗憾地把被子抱紧了，说："噢，这样啊。"

我把烟灭了说："我给你点了早餐，半个小时之后送上来，你还可以再睡一会儿。"

我做出门准备的时候蓝山仍然在看那只鸟，最后我要走了，但临走又觉得我这样未免太残酷，于是坐到床边去与她道别。蓝山忽然说："我想让她留下来陪我。"

我想一想，很诚恳地问："这样她就不能飞了，没关系吗？"

我看到蓝山微微一怔，既没有撒娇也没有别的表情。不知道为什么，认识蓝山一年多，我忽然觉得在这个转瞬即逝的瞬间，蓝山是最真实的蓝山。于是我很骄傲了，像是拿捏到了什么把柄，但也很可惜，毕竟我可能再也用不上它了。

我轻轻地叹一口气："这一次不要让她飞走了。"

走出房门的时候，我忽然理解了刚才的肖舟。

我给蓝山留下了一道残酷的难题：你会怎样选择？

我想着想着忽然觉得自己好坏，于是笑了起来。在马路上这样做显然很奇怪，来来往往的人都朝我这里看，一个晨跑的姑娘停了下来，递给我一个东西，上面写着："I think you need some tissue.①"

---

① 译为：我想你需要纸巾。

Chapter four
死生两岸

2月28日 晴
-
我好想你。

45

从欧洲回来之后我的心脏一直很不舒服,但我从来没有过关于心脏方面的疾病,这样一想,大概是心病吧。

那天晚上的事我只和陆星嘉说了,毕竟是他先把我交到蓝山手里的。他来找我八卦,我把过程和他捋了一次,最后说:"就这样吧。"

我曾在无数次发呆的时候想,那天晚上的事果然也很"蓝山",我从来没看到过蓝山这样示好于谁——如果那样也算示好的话,我不太习惯用这个词,只是我找不到一个更准确的词语去形容。

陆星嘉于是问我:"你觉得那算不算示弱?"

我说:"那不是她真正的弱。"

我分明没那么懂蓝山,却这么笃定,真是奇怪。我有时候觉得自己很像是一只流浪狗,至少蓝山对我的态度会让我这么觉得。我卑微地讨好她,倾尽所能地讨好她,直到有一天真的被伤透了心再次去流浪,她来找我的时候我只能默默看她,有充分的动机怀疑她把我带回去是为了又一次冷落我。

狗也是需要人爱的,蓝山看来不懂这个道理。

说到这个,欧洲的时装周结束之后蓝山给我发了一条消息,说把阿水送给我了,在以前常去的托养所,让我有空去把它领回来。

我没回这条消息,不知道说什么,就让它躺在对话框里变成一具千年"木乃伊"好了。但这不意味着我不在意阿水,与此相反,我好想它。在我结束了时装周的所有工作之后,我终于拥有了一个极其短暂的休息日,于是给常乐发了消息。

这傻瓜真的是工作狂,问我要看哪份场设的定稿。

我很纳闷:"我们今天不谈工作。"

她说:"那不约了,睡觉,886。"

我真想打爆她的头。

我问常乐养过狗吗,她说只养过猫和王八。我点点头:"那四舍五入也算养过狗了。"常乐看起来要昏过去,大概是因为我以一己之力就突破了生物学上生殖隔离的技术瓶颈。

忘了说我之前重新买了辆车,不算太贵,能跑就行。这天和常乐谈妥了,我去她家楼下接了人再去托养所,常乐在车上喝着我请的咖啡,一副看不懂我的样子:"带狗驱虫这事你不能自己去做吗?"

"时装周的事昨儿个才收尾,纪录片第二阶段的素材还没整理,陆星嘉的电影三天之后就开机,他要进组我也得跟着,不是姐姐我晴天开车带你出来逛一逛,你就可以污蔑我很清闲。"

我说完就下车进了托养所领狗。按理说这里领狗是需要出示证件的,但我和阿水聚少离多,频频托养以至于工作人员对我和狗都挺熟的,取表一瞧,就皱一皱眉,我提前截了话头:"我朋友替我托的,我没证件。"

"这样挺不合规矩的。"

我心说:那也没辙。工作人员想了想,说:"那我打个电话确认一下吧。"我说:"行啊,先让我看看狗。"于是我自己轻车熟路地去了房间里把阿水领出来,只是手续还没办下来,不能走。这傻狗,一见到我就乐开了花,往我身上又扑又滚又舔的,根本是个大型跟屁虫。

"我知道啦，我也想你。"

"汪！！"

"带你去吃好吃的好不好呀？"

"汪！！"

阿水的眼睛水汪汪的，我看不懂它是太久没见着我喜极而泣还是怎样，一人一狗就搁这儿含情脉脉地对视着，直到工作人员拿来表格："联系过了，您签字吧。下次尽量还是您自己带来吧，办事总得走个程序。"

我拿起笔，在蓝山签过字的表格上停留了好久都没下笔。蓝山的字其实写得很好看，像她本人一样，飒，但一看就是女人写的字，颇有点柔美。我又看了一眼，然后把自己的名字写在表格最下方，一头一尾，遥相呼应，挺好。

我洒脱地签完字、洒脱地带狗出门，粗暴地敲了敲车窗："下车散步。"

初秋的傍晚景色正好，来过人间一趟总得走走瞧瞧。

附近有一家不错的餐厅，对人对宠物无论是服务和食物都挺不错，有人带着宠物，店里也养了几只猫，常乐一进去跟什么似的，猫成精一样往她身上黏，我又叹服了。我和常乐是下午四点半左右进的店，人不多，又贪晴天阳光好，主要是为了抽烟，于是坐在室外。

"它在我这儿养多久？"

"第三阶段的脚本写完，跟陆星嘉进组看看情况，稳定了之后就不用我一人盯着了，少说半个月吧。"

"这么放心交给我，你没别的朋友了吗？"

"现在我是你老大，你还没拿到钱，肯定会好好对它的。"

我看常乐的表情就又要骂我了，于是摆摆手，说："你好好帮我养着,别再给我添麻烦了。"这话说得连我自己也很惊诧,因为我说出这句话的时候实在过于疲倦,语气听起来甚至有那么一点倦怠的哀求。常乐于是难得地没再回骂,只说:"你不怎么适合做老大。"

我没说话,默认了。我看着她伸手摸一摸阿水的头,半威胁半玩笑地说"那你从现在起就是我的狗质了",觉得有些好笑,伸手去摸烟盒。回国之后的情况比我想得要糟糕很多,我不知道怎么说,但感觉整个生活就像是一件毛衣拆散之后又浸过水再团成了一团,所有的东西都软塌地纠缠在一起,整个的触感非常恶心。

但我就靠这一件毛衣过冬,能怎么办?还不是得一点点找到头绪再拆散了重新整理。

常乐说的那句话是对的,我不适合做老大。这话倒不是骂我能力不行,而是我事儿多。我带的这个团队人数和配置都很合理,按理说只要磨合期过了就能非常顺利地运转起来。但我这个人太过在意细节,没办法完全放心地把事情交给副手去做,凡是自己能参与或者监督的事基本一件都没落下。

我手头有台很牛的机器,却非得自己盯着每个齿轮去运转,什么毛病?

我这样的状态贯穿了时装周活动的全程,因为我还得完成公司的安排。陆星嘉那边除了整体的脚本和那一场秀之外,我都没机会参与。这样导致我能从所有的素材里挑出许多刺但没法弥补,整个人快要背过气去了。

我拿这些东西去和陆星嘉核实,他看过一遍,抬头看我说:"其实我觉得问题不大,你说的问题里有六成我认为不是问题,剩下的情况不至于这么严重,你完全能处理好。"

我听完之后头又很疼了,于是沉默着在沙发上躺下来。陆星嘉扔了一床毛毯过来,说:"我实事求是罢了。"我知道陆星嘉不是这种人，他有做一个艺术家的资本，这种事要抠细节他只会比我更过分。连他都说OK没问题，那说明有问题的不是那些东西，是我，是我有病罢了。

陆星嘉说："阿舟，你要学会放过自己。"

这句话在饭后散步的时候我和常乐提了一嘴，常乐没立刻回答，看来是认同了陆星嘉的看法。

我俩沿着公园外围慢慢走着，一排枫树从围栏探出半个身子，风一吹就哗哗地往下坠着深红的叶子，残酷地孤傲美丽着。这样的颜色容易让人想起枫糖、糖炒栗子和一床厚厚的温暖的毛毯，最好下点雨，这样我能够好好地睡上一觉，不去想这些令人忧愁烦恼的事。

"试着放平心态？"

"我没时间来自我调整，也不想拿陆星嘉的纪录片做垫脚石。"我想一想，又说，"这件事我自己看着办吧，也到第三阶段了，跟完他电影的拍摄就是整理剪辑和后期的工作了，应该会好受一点。你要做的就是带我的狗去驱虫，完事了给我好生伺候着，我就谢谢姑奶奶您了。"

"照顾好狗给涨工钱吗？"

"看我心情。"

说实在的，我觉得常乐不太像是会安慰人的样子，她太独立了，所以我自个儿很乖地截了话头，因为这事她提供意见也没什么用。

其实还有另一件事我谁都没提：我低估了舆论带来的压力。起初我笃定我是个绝对不会受舆论影响的人，但有句话说得好，针不扎在自己身上不会叫疼。陆星嘉是谁？顶级流量艺人，粉丝基数一大就容易乌烟瘴气的，更何况陆星嘉又不是花瓶，他粉丝仗势欺人只会更有底气。

拎得清的人会说肖舟好歹是个摄影师，万一跟着你哥是为了拍什么片子，非得上赶着骂把人家这大好资源骂走，这不是有病吗？拎不清的人骂我骂得那叫一天昏地暗，说我这边花边新闻一曝光，时装周活动立刻离陆星嘉八百里开外，这不是避嫌实锤是什么（我真的很冤）？我从前拍过的男人都被拿出来嘲一番，说我拍男的拍成这鬼样，趁早远离陆星嘉。

我实在是受不了，把微博卸载了才勉强感觉好些。工作有邮箱，私人交情有微信，我没必要上赶着给别人骂。想到这一遭，我又感觉要窒息了，又去摸烟盒，空了。

我向常乐投去求助的目光，常乐这边刚叼上一根，答得含糊："我也没货了。"

我就很愁，放眼望去，附近也没便利店，于是饿狼一样地看向常乐："我不介意。"

常乐："我介意。"

但她还是把烟给了我，大概是知道我最近太苦了。我只能从这短暂的吞云吐雾中觅得那么一丝的惬意，并且隐隐感觉到山雨欲来的危险：我大概是要染上烟瘾了。

散步后我开车送常乐回去，她下车之后我把阿水抱给她，但这时候问题来了：阿水不肯跟常乐走。

阿水性格一直是很乖顺的，从我养它到现在基本没和我闹过脾气。但它今晚是真凶啊，一直冲着我狂吠，我反反复复安抚着它说："我就把你放这姐姐家里待个两三天，忙完就把你带回家了。"

阿水不依，从常乐怀里滚到地上，开始咬我的裤腿。它吵得常乐也很头疼，我说："你去旁边抽烟吧，我先哄一哄它。"然后我坐下来和阿水说话，其实它是能听懂的。从前我和它聊天一直很顺畅，此时此刻它对我的话听而不信，一门心思地觉得我要抛下它了。

我不知安抚了它多久，它还是安定不下来，地下停车场的保安甚至过来让我把狗管好,出门牵绳实在不行上口笼和宠物包不行吗?我烦死了,我当然知道,要不是现在阿水和我不和,我就放它咬人了。

我看了看表,反反复复折腾了有半个小时。我起身去开后备厢,一边把宠物包拿出来——否则待会儿影响我开车,一边对常乐说:"对不住——"

阿水看我拿出宠物包,大概是以为我要强行把它送给常乐了,拴了绳也没用,灵活地一蹬后备厢往上一蹿,往我手臂上咬了一口。

真疼。

我动也没动,平静地看它摔到地上又站起来,说:"我想带你走,你想干什么?"

事情发展到现在,本应在家的我却往医院赶。我没放音乐,开着车窗听风声会让我好受一些。阿水没进宠物包,毕竟它为了这事咬了我一口,破罐破摔,它爱在外边待着就在外边待着吧。

它大概是知道自己做错事了,纵然没关着,也只是厌厌地窝在副驾驶座下一声不吭,眼巴巴地抬着头看我,大概是很想不通,我刚去接它的时候那么温柔,怎么晚上就非得把它送走。说实在的,我要是阿水我也想不通,可能在它眼里我就是个蓝山吧。

人是讲究现世报的。

我下车进急诊室打了破伤风针,阿水打过狂犬疫苗,近半年内也没有和疯狗疯猫接触过,按理说是安全的。护士让我回去好好休息,只要观察期安全就没事了,要是再不放心来打一针就完事。

我说"谢谢",然后付钱离开,出门的时候路边有一个老婆婆坐在墙角,面前一扁担俩小筐卖苹果。夜里挺冷的,但她还没收摊,人们赶着回家或者去过夜生活,没人停下来。我坐在不远处的花坛边一边抽烟一边看着老人家,她裹着衣服缩在墙角,昏昏欲睡,又强撑着等待随时到来的路人光顾生意。

我抽完一支烟,走了过去。

"剩下的我全要了,您多给我分几袋,全拢一袋怪沉的,我拿不动。"

我问老人家要转账还是现金,她说现金。好在附近有个取款机,我拿了两百现金,手把手教她怎么看真假币。

我说:"这世道坏人多,奶奶您别被骗了。"

奶奶就很和善地摆摆手:"你是个好姑娘呢。"

我没回答,看着她把苹果装成好几袋,说:"我送您一程吧。"她说不必,老伴儿开了小三轮接她来了。我点一点头,看她慢慢把东西收拾好,上了路边一辆小三轮,三轮车开向远处的黑暗里,有点羡慕。

我带着苹果回到车里,阿水睡着了又被我吵醒。我关上车门,取出一个苹果,看着它,像以前一样拎着果把儿,说:"你吃不吃?"阿水不吃,只是舔一舔我的手,又用头蹭蹭我的手心,把苹果顶到我这边。傻狗一只,它根本不知道我对苹果过敏,还要给我吃。我又觉得很好笑了。我不怪它了,笑着塞到它嘴边说:"你吃吧,我不吃这个。"它听懂了,就趴下去大口大口地啃着。

人的一生要经历多少个崩溃的瞬间,每一个新的崩溃都令上一个望尘莫及,此时此刻又是一个新的高峰了。

在我和蓝山最后一次相见的那个夜晚之前我觉得自己没有什么不行,过了那个夜晚我觉得我做什么都不可以。我走得那么洒脱,任凭所有听众为我击掌叫好,我做了一件正确的事,却不是我想做的事。

可我没有选择。

蓝山对于我来说不仅是一个姐姐,她更像是一个孤傲的信仰和指路人,我和她的一开始就是地位不对等的,我不想再如从前一样依赖和服从她。可蓝山似乎习惯一个人在山巅或者冰原,她什么都不和我说,什么都不告诉我,始终把我当成小孩儿,在她眼里我一直没变过,仍然是当初那个一无是处的肖舟。大概正因如此,我不配得到应有的沟通。

  我是想开在她身边的花,但她只想要贫瘠的沙漠。我撞过南墙知道回头,也知道如果我再回到沙漠里,除了干涸而死不会再有别的结局。所以我顶着风往另一个方向走,但回过头来发现我的处境也没有多令人欣慰:陆星嘉三天后就开机,我纵然被千人嘲万人骂也只能硬着头皮顶上去;我接了我的狗回来可它咬了我一口,咬得真好,我心都在滴血了。

  我忍了一个月没掉眼泪,现在哭得又背过气去,建议立刻颁布夜间不许流泪法则,否则像我这么多愁善感的人一定不能活着看到明天冉冉升起的太阳。所有的情绪都和我有血海仇深,此时此刻千军万马朝我杀气腾腾地涌来,我坐在车里,离当场去世就差那么一点点,只能摸出手机,颤颤地给陆星嘉打字:"我不干了。"

46

  陆星嘉秒回:"好。"
  "我认真的。"
  "我也认真的。"
  我看到陆星嘉的回复之后忽然就没了力气,然后看到陆星嘉又发消息说:"出来吃夜宵吧。"
  于是一个小时后我和陆星嘉碰了头,我让他把霓虹带了出来,这样阿水就不至于太寂寞。我俩找了个路边摊坐下,此时此刻我的情绪已经好很多了,只觉得累,以及困,痛哭一场永远是效果最好的安眠药之一。我和陆星嘉随意拣了个话题来聊,酒过三巡之后他看我情绪还算安定，才说："你如果真的觉得累就甭干了。"

"我只是赌气。"

"我知道。"陆星嘉很坦诚地接话，"你不会放弃的。"

陆星嘉说得对。从某种意义上来说我是个很别扭的人，我很喜欢摄影师这份工作，做起来也很顺手很快乐，假如有一天我说我不想做这事了，那将是全世界没有人会相信的一个谎言。

我离不开这个。

陆星嘉知道我最近的忙碌和委屈，有找他抱怨的一天根本是顺理成章的事。又过了几杯酒的时间，陆星嘉忽然和我道歉，我轻蔑地笑，说："原来你也网上冲浪啊。"所以我说有些人追星很傻，你骂任你骂，该和你偶像喝酒吹牛的永远都不是你，典型太监操着皇帝心。我接受了陆星嘉的道歉，也看出了他的欲言又止，摇摇头说："这事不怪你，是我自己的问题。"

其实按照正常的逻辑来说，陆星嘉只要公布息影计划就没别的事了。但之前说过这是一箭三雕的事，在此时公布有害无益。况且有些粉丝没脑子，我和陆星嘉有合作计划的饼画得再大再圆，片子没放出来一天我就得再被多骂一天。所以这事我横竖都得被骂，权衡利弊之后当然得夹着尾巴做人，没必要为了所谓的朋友仗义就让陆星嘉难做。

陆星嘉又把酒满上："我还有一件想说的事。"

"说。"

"我看了第一阶段的基本成果，还有其他的脚本和分镜，与其说很棒，不如说很惊艳。"陆星嘉说，"你持续这种状态多久了？"

我想了想，说："至少得小几个月了。"陆星嘉又问我："不累吗？"我说："累啊，怎么可能不累？我都要对褪黑素产生耐药性了。你觉着呢？"类似的话其实早就有人问过我了，在我还没咸鱼翻身之前，在蓝山的新年拍摄那一天，秋历就已经认为我需要一个精神科医

— 203 —

生了。

　　我那时候说不必，况且经过拍摄阳晞之后我的状态好转了不少，而且拍摄《玻璃鸟》和《白毛衣》那个时期是我的巅峰。之后再下滑是忙于时装周活动，以及蓝山外婆去世导致我和蓝山出现问题的高度焦虑，从那之后我就再也没睡过一次好觉，更甭提之后和蓝山分开，为陆星嘉的纪录片疲于奔命，和蓝山彻底分道扬镳的事……

　　"等等，我不会真的需要去看医生了吧？"

　　"你自己不认为应该这么做吗？"

　　"我觉得看医生这件事对我来说很遥远。"我说，"况且我很忙。"

　　陆星嘉往椅背上一靠，盯着我不说话了。这样的眼神让我很熟悉也很不舒服，像是看到了蓝山的影子。别人一旦出现这样的神情，我就会知道我说谎被发现了，甚至连我自己都没有意识到：我正在找借口。

　　"我看起来很像有病的样子吗？"

　　"非常。"陆星嘉说，"你的脚本上有你的涂鸦，我拿去给我做咨询师的朋友看过，你知道他说什么吗？"

　　我咽了咽口水，有些紧张，但更多的是恐惧，问："人家说什么？"

　　"'让她去挂号，立刻。'"

　　这个"立刻"来得很快，至少在陆星嘉进组之前，我们挂到了某精神科医生的号。

　　早上八点刚过，我和陆星嘉出现在医院，这个点人少，方便，但我们俩都遮得严严实实的。我坐在凳子上不禁抖了一抖，医院的椅子好凉。陆星嘉就把手握起来当作话筒："请问肖小姐现在什么感受？"

　　我摇摇头，不知道怎么说。对我来说，现在的感受就像是一个坚定的不婚不育主义者却怀胎十月等着进产房，谁也搞不明白我历经了怎样的思想浩劫才会变成现在这样。我恐惧，也犹豫，但没有退路。

其实对我来说这种疾病并不遥远，我们这些人没点病都不好意思说自己是搞艺术的，但这种情况发生在我自己身上属实很怪异。陆星嘉让我不要紧张，我说："哥，我没有。"

实际上我浑身都凉飕飕的。

陆星嘉穿着一身黑，戴了渔夫帽和口罩，又瘦，靠着墙站，打眼一瞧，跟墙上贴的黑白装饰画似的。我忽然想起我们认识的一开始，拍摄《白毛衣》的时候，我觉得陆星嘉才是那个有病的人。他沉默、孤独，但又非常具有创造力，当然这些还不够，只是我看到他的时候，感觉他早就该在我之前挂号了。

我和陆星嘉说了我的想法，他很平静，说："你怎么知道我没有？"

我惊了，这种事都不和我说，我觉得我被背叛了。

陆星嘉看我目瞪口呆就忽然笑了："逗你玩的。"

要不是医院禁止斗殴，陆星嘉会立刻被我从十三楼送去负一层停尸房。我松了一口气，陆星嘉一句话就又把我这口气提到嗓子眼了："但这不代表我没问题，我猜或许有一点，我暂时和它们和平相处。"

这什么钢铁意志！我肃然起敬。

我的佩服不是开玩笑的，因为陆星嘉和我认识到现在，几乎没有过崩溃的时候。这样一来我开始觉得很有趣，一方面是因为陆星嘉或许还有我没见过的一面，另一方面就是很好奇，到底是什么情况才能让陆星嘉崩溃呢？

此刻机器叫到了我的名字，我条件反射地站起来，陆星嘉抬起帽檐露出一点点眼睛问我是不是要自己进去。我很坦诚："当然不。"

我面对陌生人的时候口齿总是不那么伶俐，拉上陆星嘉除了壮胆还可以替我补充情况，在这种事上我总是容易当局者迷。要走的程序比我想象中复杂，在测试机器前坐下的时候我还很纳闷，我花了小一千就为了在这儿做个网上都能搜到的心理测试吗？好在除此之外我还做了验血和心电图之类的常规检查，跑上跑下忙活了一通，再回到诊室门口已经是一小时之后的事了。

候诊厅的所有座位上都坐满了人，我和陆星嘉在一个狭窄的角落并肩站着，等待医生结束这个病人的问诊再来处理我的结果。这样也好，一个不小心陆星嘉就会被认出来，我又得躺着被骂上热搜。

也就是在这个过分逼仄的角落，在我俩都不说话的时刻，我忽然清晰地感觉到我的心脏在一点点地收紧，跳动加快，随之而来的是耳鸣，并不是非常严重，但非常烦人。硬要说的话，我现在的状况就像被关在一个密闭的铁屋里，唯一的出口是一扇木门，离开的唯一方法是用我的指甲去挠破这块木头。

天，我要死了。

陆星嘉适时地发现了我的焦躁："我去给你买瓶水？"

我摇头。门在这个时候打开，病人走出来，医生在里屋问："肖舟在吗？"我仿佛得到了死刑的判决通知书，又如同把陆星嘉当成最后一根稻草一样，近乎哀求地攥住他的袖口："帮我，就这一次。"

陆星嘉最后还是给我买了一瓶水。我俩坐在医院里花园的长椅两端，彼此都松了一口气。

我大概是过于失态，总之我在他眼里看到了很陌生的失措，但陆星嘉真的很牛，瞬间领悟了我的意思并且冷静下来，拍拍我的肩膀，独自进屋关上门。十五分钟之后他带着我的诊断报告出来，脸上不悲不喜，看不出端倪。现在这几张纸就横亘在我俩之间，这样的诱惑不亚于一剂针剂放在戒毒未果的瘾君子面前。但我只看了它们一眼，就忍住了。

我又开始道歉："白耽搁了你的休息时间。"

"这就是我不来挂号的原因。"陆星嘉的语气很平和，没有任何指责的意思,"没人替我看结果。"

我脑子一抽,又开始讲胡话:"我可以帮你。"

"这种事倒也不必讲究礼尚往来。"

啊,果然讲胡话是给尴尬气氛活血化瘀的第一良方,做这种事根本就是我的本能,天生烂人,别无长处。

"你有没有想过,或许结果没有那么糟糕。"

"我不知道。"我摇一摇头,"我能感受到我自己的状态,只是不想现在落实。"

"直到什么时候?"

"直到做完你的纪录片。"

陆星嘉明显一愣,很快苦笑:"也不知道我当初是找对了人还是找错了人。"

凡事都不是只有对错之分的,还有中间的灰色地带。人和人的相处永远都是"双刃剑",所以才会有刺猬抱团取暖的比喻。我宁可这柄"达摩克利斯之剑"在我头顶上一直高悬,在它真切落下之前,我要做完所有我应做的事。

陆星嘉轻轻叹一口气,语气是自我们认识以来最为诚恳的一次:"抱歉。"

"替我保管好它。"我说,"明年你的纪录片发布之后,如果我还是不想打开,记得逼我一把。"

陆星嘉没有回答,但伸出了手,我们拉了个钩,完成了一个愚蠢而切实的约定。我再次低头去看了一眼那几张薄薄的纸,忽然有种奇异又惆怅的感觉:奇异的是原来只用几行字就能拥有"生杀予夺"的权力;惆怅的是我原来已经走到了这一步,我抽烟,有病,真实地融入普通大众,却才只花了不到一年的时间。

放眼望去能看到蓝天白云,晴空万里。这座城市的秋天一直如此晴朗，是一年中最慢的时光。我小的时候会把自行车骑得飞快，铃声碾过一地的落叶，唱脆生的歌做最好的梦。我曾经在这样的秋天里笃定地觉得这是适合想念的季节，如果我以后有了喜欢的人，那么我从此不要度过秋天，只想度过对方的名字。

可惜人总是会变，至少此刻我不关心人间疾苦，也不关心过去的种种纠结。我终于开始关心作为七十亿分之一的一个名叫肖舟的普通人。十四个月前她走进了一间酒吧，初出茅庐，矛盾洒脱，假如赋予我时光机能去对她说一句话，我不会让她避开后来的种种命运，而只会嫉妒：我曾拥有的是我如今望尘莫及的快乐。

47

这事姑且被我抛在脑后，翻篇了。

我看过项目书，陆星嘉新电影的拍摄周期大概是三个月，刚好能卡在年初拍完，过个好年就能飞往大洋彼岸，行程有序得不得了。

就诊后的半个月我试图戒烟，一方面是觉得这样的确不好，另一方面是焦油和尼古丁后继乏力。所以说我戒烟既失败又成功，因为我的确抽得少了，但我又开始借助酒精来维持我的工作状态。

由于回到了国内，除了陆星嘉之外，我还要兼顾公司的其他拍摄计划，工作量好像又增多了些。我常常熬夜，写脚本，画分镜，或者做后期制作，虽然我没看过凌晨四点的太阳，但我能拍着胸脯坦荡荡地说凌晨四点的月亮是最好看的。

阿水咬了我一口之后乖了很多，我给它带了我的枕头毛巾和其他衣物，这样它会在常乐家里待得更安心一些。加之我和陆星嘉吃完夜宵的第二天，他把霓虹也带了过来，让我一起送去给常乐带着驱虫，想必有朋友的陪伴，阿水不至于太寂寞。

唯一受苦的是常乐，她打开门看到我托人养狗还带买一送一的，当场就要关门。霓虹机警过人，从门缝里刺溜一下就给蹿进去了，狗狗奥运会要有蹿门项目，它拿第一当之无愧。

我很愧疚："惊不惊喜？意不意外？"

常乐一脸"哈哈，我不想活啦"的表情："意外啥呢？"

她话是这样说，但我去接俩小朋友回来时它们还是生龙活虎的。常乐穿着大拖鞋靠在门上抽烟，嘴上说着下不为例，但还是挠挠阿水的下巴才把它送进电梯。我看到阿水身上多了个小背包，拉开一看全是狗狗的玩具，不由得很轻蔑：女人的嘴，骗人的鬼。

陆星嘉待在片场不方便，我好歹还能有频频回家的机会，于是霓虹暂时也放在我家养。原本是打算再送去托养所的，但从常乐家接狗回来的那天晚上我熬夜到凌晨三点半，去客厅接水的时候阿水醒了，连带着也闹醒了霓虹。俩狗不吵不闹，就趴在阳台上和我对视，眼神清澈。为着这两双眼睛，我在阳台的躺椅上睡了一夜。它俩在我脚边从月亮下沉陪我到太阳上升，在晨光里醒来的第一秒我打消了把它们送去托养所的想法，起身换衣服准备上班。

我于心不忍罢了。

把它们留在家里唯一的坏处是家里有些乱，但教训了几次之后也有所好转。陆星嘉偶尔休息会来我家吃火锅，看到霓虹白白胖胖的就放心了。与此同时他看到我家里能堆起来做艺术展览的酒瓶，又骂我："你怎么喝这么多？"

我不知道怎么答。我以为就算我没看到诊断结果，至少也能对目前存疑的病号身份留有一丝忌惮，但其实是没有的。或许是因为工作量大，有的时候思维会很不活跃，我对成果的容错率又极低，除了酒精，我别无他法。

那天吃完饭后我们顺便出门遛狗散步，从附近的公园逛回来之后陆星嘉看到前边有个药店,怂恿我去上秤。我又不胖,这人真的很莫名其妙。闲着没事我还是去了,我站上去的时候陆星嘉就在后边说:"我瞧这俩狗都比你重。"

我本想回骂的,但被数字吓到了。我重新站上去一次,然后开始相信陆星嘉说的话了,也觉得很不可思议:这俩狗加在一起和我的体重还真差不了多少。我回头去看陆星嘉的脸,他早就收起了玩笑的表情,忧虑地看我:"你如果再这样下去,我会收回这部纪录片的制作权。"

我沉默了很久,说:"好。"

还想说更多话的时候,他的黑色帽檐上落了几点白,很快融化。再有更多白色落下来,就成了黑白灰杂乱而极度冷淡的斑驳。我抬头看一看天,白色吻在我的前额上。

下雪了。

陆星嘉教训过我之后,我稍微收敛了自己的不良嗜好,一方面是担心他收回我的制作权,另一方面也是怕我自己猝死。一边喝酒一边养生不是什么容易的事,我几乎耗费了所有的精力,试过了所有的方法,才在工作和健康之间稍微找到一点微妙的平衡,并且试图把它们保持下来。

这花了我不少时间,至少贯穿了纪录片制作的第三阶段。两个月过后,我含泪发现入冬时穿起来宽宽大大的毛衣现在终于算得上合身,不由得发了条朋友圈快乐地昭告天下。于是有朋友留言:"姐,复健成功了就买条新裙子,年会见。"

我看到这条评论的时候一惊,再去看日历就真的很头痛:怎么就快过年了?万幸的是时尚公司和传媒公司由于人员组成都相对年轻,别家企业开的是工作总结会议和春晚,我们这里根本是史前人类聚会，所以对我而言不算太难应付的差事。秋历去年喝大了，年会抽奖中了个小猪佩奇的玩具车，能跑能响的高级货，于是给玩具车牵了条绳，非说自己要去遛狗。

公司大概知道我今年会一直忙到年前，于是各种事前准备都没我的份，我不必上台表演也不必负责后勤工作，只需安心当一个咸鱼观众——这大概是最适合我的职位了。今年的我有非洲人偷渡的嫌疑，抽奖环节拿到了四位数的高级商场购物券，秋历抽到了小猪乔治的玩具车，全场笑嗨了，我很同情："猪都不寂寞了，你呢？"

"滚！"

秋历要从桌子对面爬过来打我，我笑到快嗝屁，停下来之后看到穆烟儿就在秋历身后那一桌位子上看了我一眼，冲我晃了晃烟，起身离席。我脸上犹带着未尽的笑意，给周围的小姐妹打了声招呼，提裙跟了出去。

我和穆烟儿上次见面，还是在大约一年前的时装周活动上，她引荐我去和各个大摄影师、杂志主编交流，之后由于咖位和档期都不匹配，我俩一直没打过照面。穆姐头发留到及肩了，气质还是一样利落洒脱。

有些人的相处大概也会像我和穆烟儿这样奇怪：交流得少，但见面时说话也不带尴尬卡壳的，对于社交恐惧症患者的我来说根本是救了一条狗命。我出了会场向阳台走去，穆烟儿穿着一身墨绿色的裙，果然站在那里等我。我和她打了个招呼，穆烟儿和从前一样把烟盒递给我。我看了看那盒烟，犹豫了片刻，还是伸手接过。她露出复杂的微笑，示意我把脸贴近，我凑近借了个火，吐出一口烟，听到她说："帮我个忙？"

昏厥，穆烟儿讲话从来都是这么直来直往的，搞得我也不得不模仿这一份痛快："好啊。"

如果能重来，我一定会把讲出这两个字的肖舟摁在地上暴打一顿。从此之后我恨不得戒掉这个酒后嘴快的毛病，戒掉在前辈面前的卑微，戒掉"好啊"这两个字。

因为我做梦也没想到，穆烟儿说："帮我拍一下蓝山吧。"

48

这事虽然看起来挺诡异的，但捋一捋发现没什么问题。蓝山的公司要给蓝山拍一套片子，早就找上了穆烟儿，穆姐这边临时有别的重要安排，双方在时间上都协调不来。公司对这套片子要求很高，觉得除了穆姐别人也拍不出蓝山，穆姐皱眉思考良久，一拍大腿："这不是有我们肖舟吗？！"

穆烟儿常年在国外工作，又忙碌，况且据她自己说只看经济新闻，根本是和内娱有着珠穆朗玛峰与马里亚纳海沟般的信息断层。况且我觉着就穆烟儿这个性子，就算她知道些什么，也照样会把这根橄榄枝再抛给我。

我听完穆烟儿的话沉默了好久，她又不傻，看得出来我前后态度的反差，大概也能猜测到我和蓝山之间出了什么问题。但她也不急，转过身去慢悠悠抽烟等我。一根烟抽完，她说："我拍过很多漂亮女人，蓝山是最奇怪的一个。我能按照普世的优秀标准来拍出一套成片，但是那些比不上你给她拍的作品。蓝山和所有的镜头都有距离，她只和你离得最近。"

我欲哭无泪："姐，这事不是夸一夸我就能接这档子活儿的。"

穆烟儿笑了："那你要我怎样？"

我又想了想，把手头的烟灭掉："得麻烦你问问他们公司的意见。"

使出了一招缓兵之计后我再接一招金蝉脱壳，立刻火速赶回会场去找养猪人秋历,四下不见人影,别人告诉我他去洗手间了。于是秋历从男厕所出来的时候看到我戳在门口蹲他,就很无奈:"你好变态。"

"今晚遛猪吗?"我不容分说,"我陪你。"

"你是不是有病?"

"是。"我很果断,"快来救我。"

半小时之后秋历牵着猪在前边走,我和他并肩走着说完了整个事的来龙去脉。秋历点点头说:"原来如此,那你想不想做这事?"

我很真心:"我不知道。"

我是真的不知道。一方面,虽然我和蓝山并未和解,但我们从那以后再也没见过面;另一方面,我又很胆怯,我怕我那天好不容易下定的决心,在重新见到她的时候再度崩塌。所以我徘徊犹豫,不知道该怎么选。

秋历这时候忽然问:"你和蓝山之间到底是什么问题?"

我一愣,然后说:"我和蓝山之间的问题就是没有问题。"

和蓝山闹掰将近一年,这是我第一次回过头来正视这件事。你要说性格不合嘛,倒也不是,因为蓝山和我从某种程度上而言都很有病;但你要说有什么天大的原则性问题嘛,那也真的没有,我俩工作生活泾渭分明。尽管如此我们还是闹掰了,时隔多日回想起来还是觉得无奈。

秋历想了想,拍拍我的肩膀,说:"你们俩之间有时差。"

"她只比我大了一岁。"

"一年能决定很多东西,况且你们走的路不同。"秋历说,"她以前的生活怎么样,你肯定比我更了解。那些生活给她的东西,不是你顺风顺水地再过一年就追得上的,这叫作时差,你知道吗?"

有趣,所以谁都没错,错的是时间。我常常在想蓝山与我的时差要比秋历形容的深刻得多,因为在我眼里蓝山根本就是天上的神仙,所以天上一天地上一年,这样的时差是我等凡人摸爬滚打穷尽一生努力都无法追赶的差距。

于是我有些怔怔,问:"所以呢?"

"所以有些事情如果追不上避不开,那就去面对。"秋历说,"圈子就这么小,人就这么几个。你能躲蓝山一时,但只要你还惦记着她,就躲不过她一世。"

秋历这个人有时候真的是大智若愚,我有时候一看到他就想抽他,但关键时刻他总能蹦出一两句金句,我好佩服他。如果这个时候小猪乔治没有唱歌破坏这个温馨的气氛,我会很乐意给他一个爱的抱抱。

这个时候手机响了,穆烟儿给我发消息:"他们同意了。"

我命由天不由我,无论由不由我来拍这套片子,我的感觉都只有悲喜交加。

众所周知互联网冲浪选手们的记忆只有七秒,大半年前的事放在今天是激不起水花的,我拍蓝山拍得绝美,在任何人眼里都是不争的事实。从前是我确实忙,如今他们公司逮到我了我就甭想逃。

我和蓝山的经纪人交流过后提交了策划案,之后花了大概半个月的时间每日喝茶练字养生,学着像老年人一样平心静气,按理说已经悟出了修禅的意境。这样听起来会不会有点浪漫:假使我是个修禅一生,行遍水穷处坐看云起时的行僧,大约只因多看了佛前的一朵潋滟莲花,从此才决定一心向佛。而我多日修炼,只毁于一个电话——

蓝山问:"今年你也一个人过年吗?"

我终于知道为何世上总是凡人多过圣人,实在是红尘难勘破。

因蓝山的这一句话,我们三天后驱车前往附近的一个村落。我以前为情所伤的时候常常自己去兜风,在山顶看星星的时候偶尔会看到有火车停在那个古老的车站,那大概是它长途跋涉疲于奔命中一次短暂的呼吸。车进站的时候会亮起一盏昏暗的红灯，在山顶会看得尤为清楚。

而我那时候想得最多的是，蓝山应该到这里来一次，和我一起。

这次的行程我们开了两辆车，一辆我和蓝山，一辆坐着其他工作人员。我去接蓝山前还抽空去看了一趟陆星嘉，由于怕被骂，我要拍蓝山这件事是当天才和他说的，陆星嘉没有骂我，但很幸灾乐祸："真的很搞不懂你们女人。"

"你闭嘴吧！"

"你真的不会走回头路吗？"陆星嘉认真问。

我想了想，把那天晚上和秋历的说辞又重复了一次。陆星嘉听完之后若有所思，说："如果能解决问题，你不会介意和解的吧。"我说"当然"，但是我把没有和秋历说的话说给陆星嘉听："我觉得最大的问题，是蓝山不够在意我。"

我看了看表，快要到和蓝山约定的时间了，我说"拜拜，我走了"，然后提包下楼，关门的时候听到陆星嘉在我身后轻轻叹了口气。他说："阿舟，人活得这么清醒，会容易不快乐。"

我倒也想，但并非我独具慧眼，而是真相有时总是坦诚得残忍。

我到蓝山家楼下的时候，另一辆车的工作人员也到了，我匀了一部分器材到我车上，正说着话的时候看到穿着白毛衣的蓝山从楼道口出来，手臂上挂着一件大衣，头顶着一顶暗红色的渔夫帽，像个兴致勃勃的小画家似的。

我只静静看着她活泼地一步一跳地向我走过来，听到我心跳怦怦怦地变速加快。

我和工作人员讨论了这么久的座位，蓝山一出现就打乱了计划：她和其他工作人员都不认识，看起来只能坐我的车。后座上堆满了器材，于是结局好似上天注定：这又是一个二人世界了。

我点点头,让她们各自上车了,然后伸手去拎蓝山的行李箱,准备放到后备厢里。蓝山在旁边看我不说话,忽然问:"你是不是不想和我坐啊?"

"没有啊。"我说,"坐我的车可能会吸二手烟。"

蓝山像是没听到似的:"如果你真的不想的话——"

我以为蓝山要说"那我去坐另一辆车吧"或者别的什么话,但我忘了蓝山不是个普通女人,连穆烟儿这种见过那么多世面的大佬都讲她很奇怪,那显然蓝山真的很不同凡响。

她说的是:"那我就贿赂一下你吧。"

这话讲得还有些可爱。蓝山从臂上挂着的大衣下面取出了一个巴掌大的小罐子,里边装着白雪,纯洁无瑕的雪。

"送给你。"蓝山说,"今年下的第一场雪,我留下来了。"

49

我这次给蓝山选定的主题是《空空》,空空如也的空空。

我的移动硬盘里存着蓝山所有的作品,除我之外还有其他摄影师的。我写策划书的时候把这些作品全部看过一次,阿水就趴在我身边,要去舔屏幕里这个曾经的主人,我很无奈:痴狗。

说实在的,我把这些作品都看过一次之后,其实还是感觉不到穆烟儿说的蓝山和镜头都有距离,我又开始怀疑她是为了哄我接这个活儿给我下饵了。我看完之后只有一种隐隐的骄傲轻狂:别人拍的蓝山都没我拍的好看。

按理说我应该为这次的拍摄计划绞尽脑汁,但我很快就把策划案交上去了。穆姐虽然没有时间亲自来拍,但她鸽人在先,于是负责了这次拍摄的监制。她翻了翻我的策划案,问:"为什么这次要特别强调镜头的距离感?"

我说:"这是你说的。"

穆烟儿就笑一笑,不再说什么了。

是这样的,关于这个策划案,我有我的私心。我没有告诉任何人关于我曾经驱车到山上去看山脚下的村落和古老车站的故事。那里的树木会从夏日青翠逐渐褪色成冬日的苍青,清晨的雾浓重,雾的另一端永远有不知名的鸟在歌唱,它们隐秘而渺小,散落在林深不知处,是无论我穿过多少次雾气都找不到的秘密。

于是我常常做关于这里的梦,我在梦一个过路的侠女,她最好一身红衣,像所有少年人梦中的朱砂痣。

当然,这样的拍摄计划未免有些委屈了蓝山,毕竟大冬天的我要她一身单衣在外边受冻,俨然一看倒有点公报私仇的感觉。但蓝山最好的地方是敬业,当初欣然接纳了这个计划,这个时候也就二话不说地脱下羽绒服外套,进入拍摄状态。

拍摄的当天天气算不得很好,飘着一点小雪。但好在正是这一点小雪,我看到蓝山在雪中飒然前行,一步一剑,凌厉洒脱。蓝山有舞蹈的功底,又聪明得过分,从我找的武术指导那里得到指点不过几天,就能轻而易举地勾人魂魄。

她是一个天真烂漫的织梦人,路过我的人生,布下了如梦般的陷阱或是如陷阱般的梦。

这一天我又找回了拍摄《春生》的感受,山和树原本是安静的,雾和光原本也是安静的,而此时此刻它们都沸腾了。蓝山是这天上人间里唯一的红,是闯荡江湖只身一人前来救我的侠客,假如我安然无恙,那我愿意以身涉险。想被救,那么这就是一个很好的英雄救美或者美救英雄的故事了;但我又摇摇头说"不对",因为我既不是美人也不是英雄,我倒不介意当个恶徒,青山白雪,红衣佳人。在这个时候就使人十分想要一匹马了,这样我就可以把蓝山劫走。历史上这样的故事总是不少,不是吗?

收工之后我们回到了租用的住宅,一个二层楼的小别墅。我与蓝山都没和大家共度晚饭时间,一个人忙着筛图和制订后期方案,另一个人患上轻微感冒,从某种意义上来说真是绝配。我忙完这些琐碎的事情饿得厉害,就去厨房觅食,刚把水煮开,蓝山裹着外套就进来了:"你煮什么?"

"泡面。"

"我的那碗加一个溏心蛋。"

啊,她怎么这么会使唤人?我气死了。我说:"请我做厨师要给钱的。"蓝山就摸出手机给我发了个微信红包,于是我屈服了,乖乖地给蓝山煎了个单面的溏心蛋,然后端了两碗面出来,这才去领红包,结果打开一看,0.01元。

我真的被气到了,但看到雾气腾腾另一边蓝山的脸,就又不气了。

我看着蓝山的脸,除了环境不同和她瘦点了之外,她和一年半前我俩认识的时候没什么差别。比起夜店妖艳的灯光,我好像更喜欢坐在温暖橘色灯光下的蓝山,何况她还穿着白毛衣和宽宽的蓝白色的哆啦Ａ梦睡裤,怪可爱的。但是蓝山没有这些温软的心思,她用筷子戳我给她煎的蛋,说太熟了。

我很不服:"那你煎一个。"

蓝山于是就跳起来:"好呀!"

她话说得很欢快,还带着一点疑似感冒的鼻音。我从前和蓝山在一起的时候她从不下厨,所以我也不知道蓝山是不会还是不情愿。只是蓝山问我盐放多少的时候,我说"适量",在这之后我看她扬了半勺下锅，于是我给整明白了：蓝山是真的不会。

后来我吃到了一个非常咸，卖相十分难看，并且边缘焦苦的蛋。我没有任何嫌弃，蓝山也没逼我吃完，只是静静地看，在我吃完之后就用力鼓掌，就像我一年多之前第一次给她煮那碗面或者拍出那些好看的照片一样。蓝山笑得好开心，我却忽然很难过了。

我说："明天你有时间吗？我带你出去走走。"

蓝山想一想："我可能感冒了。"

我以为她要拒绝我，于是想说"好吧，那算了"，起身要洗碗回房间。但蓝山说的是："你不能因为我生病就不带我去。"

我心悦诚服，蓝山真的很懂我。我在水槽这边洗碗，蓝山就在我背后把两只脚踩在凳子边缘上抱着膝盖坐，两只手都缩进毛衣里，像一个白绒绒的吉祥物。她说她今晚会吃药，明天会和我出去的，我说"好"。我这边碗还没洗完，蓝山又突然跳下椅子跑到客厅去，再跑回来。

我说："你干吗呢？"蓝山说："我做个晴天娃娃！"

这东西真的很好做，一张餐巾纸、一个乒乓球，再从我手上顺下来一个扎头发的发圈，就做完了。蓝山用笔给它画上眼睛和微笑的嘴，甚至贴心地画了眼睫毛，再用口红晕上胭脂，这样它就不再是个干瘪无神的晴天娃娃了。

厨房刚好有一扇窗，蓝山站在我身边踮起脚放上去，我把手擦干，就这样看着她让晴天娃娃挂在窗棂上。然后她双手合十许愿，我有些受不了这样过于令人心软的情景，于是说："我们有车，不管晴天雪天都是可以去的。"

蓝山很虔诚地在我身边祈祷："可我希望明天是个晴天。"

蓝山说这话的时候忽然变得好奇怪。我不是没有见识过蓝山的千面玲珑，但蓝山偶有的、真实的模样，我只见识过一次就再也无法忘记。上一次出现是在时装周活动相遇的第二天早上,我说"你不要让肖舟飞走"的时候,蓝山也是这样有一点点走神,然后惆怅和压抑如潮水般涌来,几乎淹没我。我不清楚这样完美的蓝山究竟把这些恶泥一样的情绪藏在了哪里,或许那里永远是我走不进的地方。

上一次我能逃,这一次我就站在她旁边。

然而蓝山什么都不要,她许完愿,把这些情绪收拾干净:"晚安。"

蓝山从那些情绪里暂时抽离出来了,我还没有。我十分容易与他人共情,所以总是过分折磨自己。

蓝山仍然不需要我,和以前一样。

50

第二天如蓝山所愿是个晴天。我们没有太早出门,准确地说是起不来床,有假的时候我如果能在十一点醒,就该给自己烧高香了。起床的时候其他人要不已经走了,要不就准备走了,各自回家过年。我靠在门口抽烟,送别了她们,然后忽然有些庆幸:得亏我都找当地人揽这个活儿,要是其他人因为这事不能阖家团圆,大年三十晚上我不得被人戳着脊梁骨骂?

我目送她们的车子离开,一时之间很能理解"山回路转不见君"的寂寞了。屋子里暖和但也冷清,我没有着急回去,靠在门上看着远方抽烟。不知道这样过了多久,蓝山终于起床下楼来了,看着我站在门口,于是问:"你不冷吗?"

我说"还好"。蓝山一边做脸部的消肿按摩,一边问我什么时候走,我说:"什么时候都可以,看你想给我几根烟的时间。"然后我又点上了一支,看着烟慢慢飘上来。蓝山出门的确需要一些时间,我做了三明治带上车,这样我们就有充足的下午茶及晚餐了,做这些的时候，我在想关于那份病历的事。

　　说实在的，那份病历是长在我心里的刺，我忙碌起来的时候可以不去想它，但凡我有那么一丁点儿的空闲，它就会变着法子地让我焦躁。陆星嘉陪我去过医院之后就开始很关心我的状态了，对他我是没有什么好隐瞒的，我很实在地告诉他，我的焦虑好像日复一日地加重了。

　　我的焦虑从最初瓶颈期的自卑软弱再到后来的过度忙碌，像是转了一圈又回到了原点。我和陆星嘉说觉得自己遇到了新的瓶颈，陆星嘉觉得有些不可思议，说："我从你的作品里没看出来。"

　　我很艰难地想找出一个比喻让他明白，最后失败了。这样的情况和当初是不一样的，假如说当初我是想登山却苦于面前横着一块行人勿入的警示牌，是蓝山、阳晞还有陆星嘉他们联手帮我踹开的这块牌子，之后路再怎么坎坷我都没叫唤过一声，全靠自己在往上走。但现在是我指着远方说我想去爬这座山，而周围的人都在问我："山在哪里？"

　　不知道是别人疯了还是我疯了，可能是后者吧，这样会让我觉得我做检查的钱没白花，物有所值了。

　　想到这里——所有的事情都还没个结果，蓝山已经在穿靴子了，我灭掉烟，去启动车子。

　　惯有的沉默在我们之间流动，蓝山在我开车到山腰的时候，问："最近过得好吗？"

　　我没有说话。一方面我不知道怎么回答蓝山，另一方面我或许在赌气，赌气昨晚自己的多愁善感。和以前不同的是，我从前会为蓝山的冷漠感到歇斯底里，那种情绪是非常尖锐而饱满的，但现在我只能感觉到惆怅而无力，这让我意识到某种活力从身体里慢慢流失了，而这可能不仅仅是我和她已经闹掰的缘故。

　　虽然我会在很多个夜晚偶然或者必然地想起她，但那些夜晚不是她应该在的地方。我现在和她的相处大概只剩下"平静"两个字。有时我又很迷惑，因为我解释不清为什么还是会带蓝山来看这里的风景。

在那一瞬间，我只是做了自己想做的事。

我们到达的时候下午已经快结束了，在苟延残喘的天光熄灭之前我带蓝山走到了平时歇脚的地方，我在地上铺了块毯子，说："这里的冬天我还没来过，没下雪的时候落叶很厚，可以直接坐在地上，不过我瞧你那么娇贵，还是铺……"

我说了这么多，但是蓝山完全没有理我。我回头的时候看到她把手揣在口袋里，站在离山崖边缘很近的地方，在看远方的暮色四合，我看不到橘色的光打在她脸上的样子，但我想那一定很漂亮。

我只是说："你别靠太近，摔下去我救不了你。"

蓝山就轻轻地笑了，说："舟舟，你的确救不了我。"

好久没听到人这么叫我，一时之间我还有点不适应。一方面是有一种恍若隔世的陌生感，另一方面是后半句话也很让人迷惑，不过我只是思考了几秒钟就放弃了，我搞不懂蓝山，就不必白费力气了。我还没回答，蓝山无事发生一样地转身走过来了，坐在毯子上乖乖地吃三明治，然后又大呼小叫起来："里面没有咸蛋黄！"

我莫名其妙："谁做三明治会放咸蛋黄啊？"

蓝山就指着天上说："那个看起来就特别好吃。"

我看过去，寻思着要把太阳搞过来真的很难。它现在要沉到地平线下边去了，橘色逐渐消退，能让人看到轮廓的确很像一个咸蛋黄，不怪蓝山想吃，我自己也想吃了。

然后我说："那我们将就一下，把它当作一个有咸蛋黄的三明治吧。"

蓝山于是就咬下一大口，很配合地说："好咸哦！"

她这演技不去当演员真的可惜了，我当真似的递过保温杯，让蓝山喝牛奶。然后我们就不再说话了，默默地并肩坐着，吃着，直到天色渐渐变暗。蓝山吃饱之后站起来活动活动，我坐在毯子上说：

"你现在去看，山下的火车站已经开始亮一盏红色的灯了。"

于是蓝山向山崖边靠去，左右张望了片刻，很惊喜地指着一个方向说："我看到了。"

真奇怪，从蓝山说这句话开始，我好像有点释怀了。依照秋历的说法，我来这里是为了和蓝山达成某种程度上的和解，可能经此一事之后我对蓝山可以再无杂念了。这样的契机我一直在等，从她送了我一瓶初冬的雪开始，到拍摄她红衣白雪的惊艳，再到昨晚的方便面事件，我好像还是在被一些我所不知道的东西困扰着。

但就从蓝山说出这四个字的时候，我像一个对某个玩具飞机日思夜想盼而不得的孩子，在长大之后得到了它，从此才解开了心结，但又忧郁于过往那些因渴盼梦想成真而真实悲伤或快乐的日子终于离我而去。它是心结，也是缠绕着我的数百数千只恶灵里的一只，从现在起放弃了对我灵魂的苦苦骚扰，飘飘然飞走了。

我有点想哭，又欣慰得想笑。这样的表情应该很奇怪，好在天黑了，蓝山看不到。我轻声说这里每天晚上九点整会有一班载客的火车，它会停靠五分钟。我查过了，这班火车是K字头，又便宜又慢。我有时候会带望远镜来，看人们下车透气，以后我要是拍关于火车的照片，大概会来这里去问他们的故事。

蓝山问我："你从来没有去过那个车站吗？"

我说："是。"

蓝山于是过来拉我："那我们现在走吧。"

拜蓝山所赐，我在拥有了一个秘密基地长达半年的时间后，总算第一次这么靠近我看过无数次的那盏高挂站前的小红灯。我也想不通从前我为什么没来，大概是觉得没什么好看的，或者是这里本就是我所借来藏蓄情感的一个乌托邦，对它怀有敬畏之心，所以敬而远之。

我们又开车下山去了火车站，买了两张短途票进站。这个火车站好小，小到不分候车厅和站台，我和蓝山在站台中间的一张长椅上坐下，我问她："饿吗？"她说："有点。"于是我去买了泡面，一人一碗，看起来像是真要出门似的。我这人吃东西的时候总是很专心的，因为我觉得要尊重食物，如果我是方便面，在被吃的时候总是被无视，那我也会很难过。

因此我吃完了才发现，蓝山只吃了几口就抱着泡面发呆了。

"你不吃吗？"

"舟舟，谢谢你。"

我不解："我泡面的确很有实力。"

蓝山扑哧一笑："不是这个。是拍照的事。"

"哦。"我随口应了一声，"有什么好谢的？拿钱办事，理所应当。"

"昨天拍得很好看。"蓝山说，"真的很好看。"

蓝山不说这个则已，一说这个我又想起今天下午困扰我的事来。我现在对手头上的作品总不是特别满意，怎么看怎么觉得哪里差一点，但我着实是无能为力了。更何况这一次拍的人是蓝山，我认为蓝山在我这里应该被拍出更惊艳的片子，但没有。我不想就这样徒受蓝山的赞赏，于是说："我觉得可以更好。"我停一停，又说，"但是我现在做不到。"

"不着急。"蓝山温温柔柔地说，"慢慢找感觉，总会找得到的。"

啊，好烦。这事我就只和陆星嘉讲过，但他不是很能明白我在这一点上的执着，我还觉得好笑：终于有陆星嘉理解不到的点了。现在蓝山理解了，我的感觉又很奇妙了：我觉得我至少是这个世界上稍微有点不同的人，但这么容易被猜透，显得我还挺平凡普通的。

我刚想回话，火车的鸣笛声从远处传过来。它很响亮，一路走一路扔下余音，从山的另一侧传过来。我静静地听着，什么话都没说。蓝山忽然问我："你知道那个铁箱子吗？"

我说："知道，它现在应该慢慢浮起来了。"

蓝山于是很放松地往椅子上一靠。

我此时此刻应该为我们之间的默契举杯高歌，但我看到蓝山的侧脸时忽然又感觉到这是不应该做的事。不知道是出于错觉还是事实如此，从我第一次拒绝回答蓝山之后，蓝山的真面目好像就此揭开了冰山一角。在为数不多的相处中，我总能感觉到和蓝山待在一起的氛围是无比压抑的。

我和陆星嘉稍微就这事讨论了一次，仅仅一次，因为他说："你先救自己。"

我想也是。我还有很多令人悲伤的事需要去面对，我的工作瓶颈，我的诊断报告，甚至陆星嘉的离别，其中每一件单独拎出来，都会朝我心口再捅上一剑。在这一刻我忽然又想起秋历说我们两个之间有时差的事了，如果蓝山能够早一点让我看到这副模样，那么之前那个单纯得甚至有点傻的肖舟肯定二话不说就出手相救，但现在不同，现在是泥菩萨肖舟，她自身难保了。

这些念头在我脑子里只停留了一秒钟，因为火车慢慢进站，门打开了。下来不同的人，男人大多是为了抽烟，女人和孩子大多是透气的，站到远一点的地方去了。各色饱经沧桑的脸上有三分对长途赶路的倦意，余下全是回家的欢喜，我和蓝山在三三两两的人群里，显得有些过分安静而格格不入。我们就这样静静坐着，直到站台工作人员催他们上车。一长串车厢装满各自的吵闹和安静，吹响离开的汽笛，向夜色开去。

列车开得太快，屋顶一角的那盏小红灯就跳得厉害。我看着最后一节车厢滑过去，蓝山在我身边站起来："我想和它拍一张照。"

我没带设备，但手机也勉强够用了。蓝山站到那盏小红灯下，取景框刚好能装下她们。蓝山又笑，我下意识地按下快门，又忽然停下，说："不用勉强自己。"

蓝山的眼神和灯一样跳了跳，原本的笑就熄灭了。

在我为蓝山拍摄的所有照片中，这是唯一面色平静，不带任何笑容的蓝山。而这样的她看起来有些冷漠和清高，总之不是很讨人喜欢的模样。我拍完这张之后忽然说："我下次会给你拍更好的。"

蓝山没有说话，揣着兜站在那里。

我说："你不信吗？"

蓝山摇摇头："你大概会很忙，我约不到你了。"

为了证明我的确有这个想法，我向蓝山伸出小手指。这一瞬间我也没想别的，只是觉得可能真的如蓝山所说，这次的瓶颈期和以前没什么不同，探索一段时间就能挨过去了，而那时候我可以给蓝山拍更美的照片，让她继续去惊艳全世界。

我这样执着，于是蓝山也伸出手和我拉钩了，然后周围的空气忽然变得温暖，消融掉冬日冷冽的气息。

她说："舟舟，你要加油。"

然后空气再次变冷，她站在灯下朝我微笑。就是在这一刻，我清晰地意识到，我的生活，我的世界重新回到了普通的轨道上。

回到城市的第一个星期，我仍然在为陆星嘉的纪录片做着后期工作，完成的那一天，已经是除夕夜了。

我煮了一锅番茄炖牛腩，连狗都馋得掉口水。我和阿水并肩坐着看春晚，其实没什么好看的，只是看个热闹。由于禁止燃放烟花爆竹，这个年过得跟放了个闷屁似的没个响。但我还是去阳台上翻出了我之前买的烟花棒，把阿水哄过来和我一起玩。

午夜时分我激情扮演卖火柴的小女孩，划燃了第一根。

我说："希望我爱的人都健康快乐。"

我用这一根续了第二根的火，说："希望爱我的人也健康快乐。"

按理说应该再点第三根的，但我第三根点燃之后没什么好说的了。前两个愿望我想了想，其实翻来覆去也就那么几个人。

我又看了看阿水，于是决定第三根给她们："希望蓝山和阿水都健康快乐。"

我话讲得太迟。

花火灭掉了。

51

年后收假的第二天，陆星嘉的纪录片公布了。

纪录片的名字叫《心安处》，此心安处是吾乡。陆星嘉说："小到一个角落，大到一个城市或国家，哪里让你感到安全舒服，就停在哪里，不要走了。"那我真的太平凡了，我的心安处就是我的床，我离不开它。

我除了第一天去了纪录片的发布会之外，其余的时间都在床上躺着或者申请在家做后期工作，再也没拍过新的片子。我网上冲浪时发现我和陆星嘉的谣言已经不攻自破，比起这个来，大家似乎要更关注陆星嘉的离别。

陆星嘉为了这个片子跑了最后一次宣传，尽量多刷脸，见一见那些爱着他却还没来得及见过他的人，算是离别前的温柔。他很忙，也很危险，毕竟还是有人完全不能接受他的决定，威胁信都收到了七八封了，搞得我很想去山上寺庙买个香炉拜个菩萨，每天在家里供一炷香保一保这家伙的平安。

  我在家一边嗑瓜子一边吃瓜,看粉丝们扒陆星嘉这一年来的时间轴。其实陆星嘉不是那么残忍的人,做的决定完全是有迹可循的,至少去年的通告比起前一年来根本是腰斩式下降,有心人自然能很快察觉端倪;另外陆星嘉是息影转幕后,又不是偶像失格(况且他也不是偶像)被当场抓获,被骂得这么狗血淋头我也是很看不懂。但粉圈乌烟瘴气的,没人能叫醒一个装睡的人,陆星嘉当初被爱得有多么痛快,现在就被骂得有多么痛快。

  我说:"别人这么骂你,不知道的人还以为你嫖娼进局子了呢。"

  陆星嘉淡淡地说:"我嫖娼被抓,骂我的人兴许还少点。"

  我掏出手机:"那我帮你联络一个。"陆星嘉就笑了,笑得真好看,就像我们第二次见面在长椅上熟络起来时那样,眼睛里有星星。他挠一挠躺在旁边晒太阳的阿水的肚皮,忽然问我:"诊断报告什么时候给你?"

  "你走的那一天吧。"

  陆星嘉逃避了我的逃避,只说:"那恐怕我走了就是雪上加霜了。"

  他停一停,又说:"我曾考虑过缓一段时间再走。"

  我知道他什么意思,但我没有自私到这样的程度,因为我深知无能为力是多么痛苦,不想让陆星嘉也陷入这样的沼泽里:"不必,你走你的。我俩刚洗干净,你不要再惹一身臊。"

  我点起一根烟,陷入缭绕烟雾里没再讲话。陆星嘉坐到我身边,拿了一根,借了个火。我们并肩坐着,直到抽完了整整一根后,陆星嘉才说:"你这么有钱,随时可以打飞的来看我。"

  "放屁。"我呸,"我穷到要卖身了。"

  "那路费我全报销了,我有钱。"陆星嘉想一想,"或者我回来,这儿的烧烤世界第一好吃。"

我从前对离别这个概念是没什么感觉的，小学到高中都在同一个地方上学，小城很小，晚上出门散步都能遇着仨朋友，以至于我三次毕业都没什么特大的触动。直到我去外地上了大学，发小失恋要找我出去喝酒，我一看课表全满，最近的假期在一个月之后，立刻当场昏厥。这事说大不大说小不小，但从此我意识到我这么会爱人，可惜有些距离钱和感情都填不平，不由得很遗憾了。

世上如果有任意门，那一定会多出很多很多爱。

我又在发呆，陆星嘉以为我难过了，于是说："阿舟，你不要难过，你需要我的话，我会回来。"

陆星嘉从来都是感情很内敛的人，第一次和我讲这样的话，大概也是很真情实感了，但我着实有些被吓到了，于是盯着他不错眼。陆星嘉看我这副傻瓜模样，不由得笑出声来。笑着笑着，他扯过一张纸巾替我擦眼睛，很温柔地给了我一个绅士的拥抱，轻轻拍拍我的头，说："会好的，你不要哭了。"

奇怪，我又在哭吗？我又屁事都不懂了。

陆星嘉的怀抱和蓝山的一样温暖，但气味和蓝山不同，蓝山是偏女性气质的柔和的柑橘调，而陆星嘉惯用的是水生调的香水，清淡冷冽。以至于我一个多月之后在机场送别陆星嘉时仍然能嗅到这个气味。不得不说陆星嘉和蓝山一样，从某种程度上而言都很会使用香水，这样我以后悲伤压抑的时候就会想到陆星嘉那一个水生调的拥抱，还有他温柔的安抚，声音一直在我梦里回放，说："会好的，你不要哭了。"

陆星嘉的离别对我而言，是把灵魂里爱人的能力又抽走了一份。他走后我才发现这个城市里，我好像再也没剩下什么特别交心的人，说得上话的人也就那么几个，怪可怜的。

我从他手里拿到了那份诊断报告，但还没打开。陆星嘉说等他在那边安顿好了，再和我视频拆。我很无奈：我至少要中一千万大奖才会这么有仪式感。

五天过后陆星嘉和我连视频，我说："你先给我时间洗澡。"陆星嘉就骂："前两天到底是谁骂我太有仪式感？"

我很诚恳："对不起，骂我吧。"

陆星嘉说："你甭把事情想得太复杂，有病咱就治，该吃药吃药该求佛求佛。没病？没病走两步。"

我好后悔没有阻止他息影，陆星嘉活该去东北学小品，保管年年春晚他不缺席，五十年后荣当春晚名誉特邀嘉宾。但说真的，我洗澡的时候思考了一会儿陆星嘉说的话，觉得也真是这样，没有别的法子。这么一想内心就很平静了。我得抓紧时间，因为我清楚地感觉到这样的平静很短暂，焦虑蠢蠢欲动，要随时取而代之。我从浴室出来倒了杯水，坐在笔记本前把文件袋给拆了。

镜头对面陆星嘉大概是觉得我洗澡会要一些时间，抽空去泡了杯牛奶，过了一两分钟才重新出现，蒙得厉害。

我把诊断报告往桌上一扣："我看完了。"

于是我俩之间出现了一段很奇异的沉默，我看着他，他看着我，怪诡异的。陆星嘉大概是有点跟不上我的逻辑，我还挺理解他的，换作是我看他为这事愁了半年，临了我去抽根烟的工夫他就以迅雷不及掩耳之势拆了文件袋，我能把他头打爆。但现在头应该被打爆的人是我，还好陆星嘉离我十万八千里，他好像有点忍不住笑，说："那你想怎么办？"

我问："医生说了什么？"

"他说具体情况你自己把握，如果感觉还行就先找个咨询师，实在不行了再去开药。"陆星嘉说，"是药三分毒，精神类药物更甚。"

我说："你让我想想吧。"然后我起身去把阳台门打开了，不抽烟，只是想逗逗狗，吹吹风。我很难说我今晚究竟是过于疲倦还是终于鼓起勇气去面对事实之后的惬意，毕竟我很早以前就失去了大悲大喜的能力，以至于现在一点点的情绪起伏都无关痛痒，真是令人迷惑。

我知道有些人会被这些病的症状困扰太久，确诊的时候反而会感到尘埃落定，不至于再像个无头苍蝇一样乱撞。但我不同，我有自己正常的生活轨迹并且忙碌，忙碌到再没有时间出来爱人或者被爱，甚至现在我都无法确定，我是否能腾出时间给咨询师，也没做好准备去坦诚面对一个陌生人，这会让人觉得很奇怪。唯一的好处是我知道人为什么要信神佛了，他们不会到你面前让你坦露心迹，保持距离，又能让你安心。

所以我觉得世人信神佛，其实都是在信自己。

我回过头去看屏幕那边的陆星嘉，他好像在帮我联络咨询师。我这时候忽然想起一件很有趣的事——我至少想了它一年，但我对谁都没讲——蓝山可能也需要一个咨询师。

我之所以这样想是因为蓝山有些时候真的让我觉得她很有病，她固执到几乎称得上偏执的程度，某段时间内对我的控制欲又很强，她不希望我去拍别人。甚至是当时风和日丽，她也拒我于千里之外，也就是说她要是有什么事，就完全没有可以交心的人，而这么憋着是能憋死人的。我拖到这时候才出现端倪，有很大程度上是因为陆星嘉和秋历他们在，不然我去医院只会更早。

这么一想我就有点后悔了，我应该在搬出来之后送她一只狗或者一只熊玩具，这样她有心事还能和它们说说，也不至于太寂寞。我低头看了一眼阿水，忽然觉得它应该留给她的，可我不舍得，是真的不舍得。

"说到这个，蓝山那边有个事——"陆星嘉忽然收声，"你想不想听？不想听就算了。"

我服了，陆星嘉是不是有读心术，怎么我想什么他都能接上？我有些莫名其妙，说："什么事？"

"飞光今年的审核结果会在六月之前出来，也就还有一个多月了，蓝山在候选范围里。"

"理所应当嘛。"

"那你猜猜蓝山拍的那么多片子里，主办方选了哪套来做宣传？"

我瞬间毛骨悚然：

"《空空》？"

52

这好像很应当，又好像很不应当。我要是主办方，去为一个中国的模特挑片子，大概也会选中它。它具备了一切具有东方古韵的气息，红衣白雪，踏雪而行，再没有比这更合适的了。

除此之外只有一点不好：它是我拍的。

我知道这个消息的时候就很窒息了，要是主办方选上蓝山更早以前拍的片子，哪怕是一年半以前的《野火》和《春生》都没关系，甚至是别人拍的蓝山也没关系，我不在乎甚至鼓掌欢呼。《空空》错就错在它是我有病以来给蓝山拍的第一套且唯一一套片子，我心知肚明这些元素我本可以调配得更好，用它创下蓝山职业生涯的一个新高峰，但我目前做不到，我的实力追不上我的野心。

这就好像我参加了一个长跑比赛跑在第一位，距离终点只有两米的距离时人生忽然就按了暂停键，鲜花、掌声、欢呼……所有美好的东西都停下来了，一臂之遥的终点于我来说可望而不可即，我挠心挠肺，同时又很悲哀：我大概就是上帝在观看的一部电影，他现在暂停下来去喝水吃饭或者上厕所了，根本不知道把我卡在这里对我来说多么煎熬。

我讲过的，凡此种种的情绪连陆星嘉也参不透，甚至蓝山也不懂，但她会安慰我，说"没关系的，慢慢来"。甚至我们上一次见面的最后时刻，她把我拢在风衣里，有淡淡而令人安心的气息，我那时候是真的在想：我大概、也许、可能会慢慢好起来的。

假如飞光没选中这套片子，我会更安心地坐在咨询师面前和她说我的情绪。我找了个女咨询师，棕色长发，自然卷，外表看上去非常知性温柔，我喜欢这样的女人，至少在这样的人面前我能够稍微放下心来。我和她建立一个最基础的信任关系至少也花上了一个月的时间，在陌生人面前我没有太多倾诉的欲望，我们只是非常平淡、随意地聊着。由于她和蓝山非常相似，我在面对她时总会有一点轻微的不自在。在我的种种叙述中，蓝山的存在总是被一笔带过，而当咨询师问我要不要详细讲述这一段经历时，我沉默不语，最终还是拒绝了，说，我们还是从工作说起吧。

我和她说，关于飞光和《空空》这套片子带给我的忧虑只是冰山一角，可更深的情绪我甚至我找不到合适的措辞来表达。目前我和咨询师建立起来的关系不足以让我交代全部事实，她的能力无处发挥，只能慢慢来。在这之前我唯一能讲话的还是陆星嘉，我说我去一次咨询师那儿要花我一千，我真的很肉疼。

陆星嘉就笑着说："那我去考个心理咨询师，收你八百一次，如何？"

我说："好啊，但你要戴假发，我喜欢和长头发的女人聊天。"

陆星嘉好诚实，说："姐姐，你心理变态。"

我心情好的时候会和陆星嘉聊一下关于飞光的事，他让我不要太关注，否则会把自己牵连进去。我反问："我离这些事很遥远吗？"陆星嘉就沉默了片刻，叹了一口气。我说："我俩在这儿担心都没用，事实就是飞光的结果一天没出来我就得多一天在这儿提心吊胆。我很努力去做其他的事情转移注意力了,比如看书、画画、听歌、写随笔,但没用,我心底就有这一根刺,我但凡能不去想,就不用去找咨询师了。"

陆星嘉点点头,然后说他半个月或者一个月之后会有一个短暂的假期,他可以回来或者我飞过去和他度假。我说好,我一直想去北欧走走,想逛一逛挪威或者丹麦的街头。陆星嘉就隔着屏幕伸出小手指,和我拉钩。

但事实证明人是不能轻易立 Flag 的。

飞光结果出来的时候是大洋彼岸的白天,彼时我刚刚从家里的浴室出来,顺带泡了杯热牛奶想着今天能不能早些睡,结果关注的时尚外媒跳了个弹窗,在我的手机屏幕上招摇过市,我设置的消息弹窗只有三秒,看到这一条的时候仿佛它整整滚动了三年,还挺持久的。

我点开看了看,没看到蓝山的名字。

好像是情理之中,也是意料之内。

我关掉屏幕,把手机扣在桌子上,开始喝牛奶。手有些发抖,我停不下来。我泡了一杯甜牛奶,但灌下去一点味道都没有,我把空杯放到桌子上,把手机翻过来,开始给咨询师发信息:"你明早几点上班?"

我得挂一个最早的号了。

第二天我带着两团黑眼圈坐在她工作室的沙发上,说对不起,这事我是做得不对。这算是发自内心地道歉了。她这个价位的咨询师接的客户一般都比较有来头,时间没那么好妥协。为了我这事,她提前上班了俩小时。说实在的,我真挺对不起这姐姐的,换作是我要早起俩小时上班,我可能就疯了。

所以说我做不了医生,但很适合做病人。

我一夜没睡，语言表达能力极其低下。她面对我的语无伦次还算有耐心，和我聊着昨晚乃至很久以前发生的事。我在这个故事里第一次和她谈到了蓝山的名字，谈飞光对她的重要性。在这些漫长的对话里我又想到了那个雨夜，我浑身被浇得冰凉，只有背后的衬衫是热的，烫得我的心脏背面难受。

我最见不得女人哭，尤其是姐姐。妹妹哭我大可以都当成撒娇卖萌去哄去爱，但姐姐落泪都是透彻心扉的脆弱，难得而致命。

讲到此节我沉默了一会儿，问："我是不是太圣母心，或者自以为是了？"

咨询师说："不是，你只是过于擅长共情，又太长情，生命里的所有过客都想去努力珍惜。"

我就笑了，说："你真会夸人啊。"但我其实很清楚地知道，过于共情又太过长情这些听起来过分美好的字眼，不能说明我多么善良，它们只能把我彻底地埋陷进去，在我的坟头上开出玫瑰以示哀怜。

飞光的影响对我太大了，俗话说得好，"有心栽花花不开，无心插柳柳成荫"，这事可真是让人意外又回味无穷。虽然我心知肚明飞光花落谁家，归根到底还是要看人种和模特自身能力，我所做的一切都没有决定性作用，但由于模特是蓝山，我给她拍的片子从来都是把她往更高的地方送，头一次这么没水花，说实在的，这样的挫败对我的伤害更大。

我去咨询师的工作室时除了把事情讲明白之外，病情基本没看到起色，所以我和她说了最近就诊的频率可能会高一些，假如我还在状态的话。为了保险，我和她约了确定的时间，倘若要我随心地来，她可能会被我鸽到发疯。

离开工作室之后我没有着急回家，找了个长椅坐下看八点钟的太阳照在上班族身上。看他们神色匆匆地来往居然有些羡慕，鬼知道我在家工作了多久，忽然就有些想念过去自己按部就班忙碌的日子。

春色真的很好，可惜即将要过去了。

我坐在温暖的太阳下回忆了自己这两年来所做的一切事情，我二十三岁之前的人生好像一直是无忧无虑的，后来进入社会，开始工作，从被蓝山惊艳的那天晚上之后，一切就好像变得很不可思议，我和蓝山是彼此的依靠与掣肘，直到某一天这条线被我自己斩断了。

按理，我觉得自己大概应该是有所变化的。至少脱离蓝山这件事我做得果断潇洒，在这之后再怎么藕断丝连都是我自己的戏码，和其他人都无关。

我忽然在想如果我遇到蓝山不是在那样的环境，不是以那样的身份，我们会有怎么样的相遇？如果要我来改写人生的话，我愿意把我和蓝山写成童年相识，因为我觉得蓝山能对我隐瞒所有情绪也是真的很牛，如果是我恐怕早就疯了，所以我得把我俩相遇的年纪调小一点才能参透蓝山所有的变化：十六岁上高中，或者十三岁上初中，或许再早一点，一切都还年轻，一切都还有机会可以从头再来。

我快乐地书写着和蓝山的重生故事，然后我意识到一个很严重的问题：我已经好久好久，没有蓝山的消息了。

53

我的诊断报告上写着病症的具体表现是焦虑和抑郁相交替。由于最近我能清楚地感觉到抑郁已经提刀上门取我狗命了，再加上我整体生理状态都非常糟糕，于是做了大概半个月的思想准备，终于去医生那里开了药。还是那个熟悉的医生，我没指望他记得我，但他看就诊记录的时候说："噢，是你啊。"

我顿时很尴尬，说："哎，您好。"

他倒也不是很介意，只是说："你这次不要再逃跑啦。"

真是可爱的叔叔，于是我不是很紧张了，我说我就是想跑，也跑不掉了。他也乐了，说："小姑娘，你还挺好玩。"我所有技能中嘴炮点得最高，其次是苦中作乐，这点儿话我信手拈来，很轻松自在了。他和我说了一些关于服用药物的禁忌事项，并且给我打了一份医嘱出来，大概是怕我第一次吃药副作用太大或者吃药过量在家里挂掉。

我心说：至于吗？

然后第二天下午我是爬着下床的。

我很昏沉，和陆星嘉说怀疑自己吸毒了，陆星嘉笑着说没事，一开始都是这样的。我点点头，又觉得哪里不对："你到底背着我干了多少事？"

"替你查了查资料。"

唉，陆星嘉，绝世好男人，打着灯笼都难找。我晕乎乎地在想我可能该给陆星嘉征婚了，他以后要找的人一定得过我这关，谁再辜负他，我立刻提刀出征。

这些药的后劲真的很大，我连着一个星期才感觉稍微适应了那么一点点——也只是一点点。甚至由于副作用，我连去咨询的状态也全无了，我和咨询师交流全靠微信聊天，她知道我开始吃药之后给了我一些指导性意见，我说："行，等我下次去找你再详谈。"

然后就没有然后了。

我在家里待的这段时间里，联系列表里就只剩陆星嘉和咨询师，秋历今年也去了时装周活动，没空找我。我开始吃药之后他才从欧洲回来，大概是还有后续的工作要忙，我俩也没见面。作为所有人里第一个察觉到我应该去看病的人，我没有对秋历隐瞒我的情况，只是不想打扰他工作，所以等到我差不多适应了药性我俩才约出去见了面。

他和我谈时装周的事，抱怨我没去，他一个人压力太大快要崩溃了。我问："摄影部的弟弟妹妹没和你去吗？"他说："去了俩，但一个能打的都没有，不如我们阿肖啊，一个能当十个用，妇女能顶半边天，革命家的醒世恒言是真的。"

我好想笑，但又觉得他是变着法地嘲讽我，要不是一杯咖啡四十块，我立刻泼他脸上。他抱怨之后又和我聊了聊其他模特的事，我认识不认识的都有。我听到最后都没听到蓝山的名字，想了想，虽然有些迟疑，但还是问出口："蓝山没去吗？"

"蓝山？蓝山辞职了。"秋历一拍脑袋，"我最近太忙了，这事没来得及和你说。我以为陆星嘉会和你说——哦对，忘了他远走高飞了。"

我一怔："辞职了？"

"嗯，半个月前的事。"

我算了算，大概是飞光之后的事。我有些蒙，心说不至于吧。一是因为蓝山确实天生就是吃这碗饭的，二是我和蓝山关系好的时候也没瞧出来她有任何转行的想法，她离开得这么突然，搞得我现在很摸不着头脑。秋历说她签的约都是三年的短约，别人的都是五年起，大概是她自己早有安排吧。然后他问我："知道她什么情况吗？"我摇摇头，说："我什么也不知道。"

因为蓝山，从来什么都不和我说。

蓝山消失得这么突兀，像一滴水消失在水里，我惊觉我的朋友圈里一个和蓝山相识的人都没有，反而是我去问了别人之后，大家都来反问我说"你不知道吗"。这样就很好笑了。在所有人眼里我和蓝山都是灵魂伴侣一样的关系，实际上我和蓝山谁都没走进对方的心。

我曾经还算明确地觉得我已经不在意蓝山了，但还是会想起她。尤其是在她毫无消息的情况下，就更令人担心了，我一边找人打听消息，一边安慰自己：蓝山可能只是去国外旅游或者找她爹去了。然后我转念一想蓝山对她爹的态度，得，我想得太多了。

季节渐渐接近春的尾声，原本应该逐渐热起来的，可天气仍然还在十几摄氏度徘徊，真奇怪。我一整个冬天都没梦到过小花，但最近又开始频频见到它，我说："你是冬眠结束了吗？"它不回话，就只是盘在我的腿上，很安静地躺着，像从来不会说话那样。

小花从一开始对我剑拔弩张到现在的温柔和善，像是换了个人，不是，换了条蛇一样奇怪。我为了它去找周公解梦的网站，跳出来第一条说我性生活不美满，我当场就给关了。

气死我。

这之后我就只是随缘地和它相处，从我们和解之后梦里就总是晴天了，太阳照着，它躺在我腿上睡觉，于是我梦里也总在想，这算是日有所思夜有所梦吗？可究竟为什么？

我最后一次见到它是在知道蓝山辞职这件事约一星期之后，梦里的场景和旧时如出一辙，但这次不同的是它没有再安详地睡在我膝上，而是缠着我的手臂一言不发。我虽然和它是老朋友了，但本性还是很怕蛇，它这样歪歪扭扭地黏着我不放，我反而会感觉很阴森恐怖，于是想把它甩开。但梦里小花缠着我越来越紧，我几乎要叫出来，伸手去拨开它的时候发现它整个身子完全僵硬了，我一愣，再去摸的时候，那里什么都没有了。

我被活生生吓醒了。

我至少缓了整整一分钟才意识到我在干什么，再去摸小花待过的那只手臂，完全是被我压麻了才丧失知觉，无语。我又气又想笑，一看表已经接近十二点了，打算起来弄点东西吃。然后点开手机一看，有三个未接来电，我刚睡醒，有些蒙，还在辨认这个陌生号码是不是我忘记存下的某个朋友，屏幕就跳了跳，它再次打过来了。

我接起来，准备下床，听到那边在问："您好。您认识蓝山吗？"

我的人生如果是一座雪山，那么这个电话打来就是为了通知我全球气候开始变暖，每一秒过去就升温十摄氏度，我不知道它的崩塌是应该以融化还是以雪崩开始，可能两者都有，这样雪落下的时候也会下雨，还挺浪漫的。

可我除了至死的浪漫，还有雪融之后无尽坚硬和不可穿透的冰川。

我接到那个电话之后整个人都非常冰凉，麻木地刷牙洗漱换衣服出门，甚至知道我这个状态完全开不了车，所以还打了个车去警察局。现在想起来可能人类的所有行为都只是无意识再现，我只是个负责执行命令的载体，不配去思考。

但说实在的，我也的确不能思考，尤其是在面对一个死讯。

他们找我来的目的很简单，让我认人——我挺难受的，我说不出那个字，它会明确我现在和蓝山之间最大的区别，我做不到。他们调查了蓝山这半年来的经济情况，有确实的证据表明蓝山在《空空》的拍摄地附近买了一栋小别墅，在拍完这套图之后没几天。这事除了她自己谁也不知道，包括我。

在这之后她被人发现，身边只有一盆烧尽的炭火。

在听这些情况的过程中我完全记不起来自己是什么反应，只知道警察在反反复复地提醒我不要走神，一个调查报告至少和我讲了一小时，最后他们说调查了蓝山所有的个人物品和人际关系，已经排除了他杀的情况。

我点一点头，什么都没说。

"她的家人我们已经联系了，只有她父亲一个人是吧？"

"叔叔在国外，恐怕需要一点时间才能赶过来。"

"但还是要走确认关系的流程，请问你是她的……"

我愣了好一会儿，说："朋友。"

我又咀嚼了这俩字好久，艰难地重复了一次："很好的朋友。"

警察带我去另一栋楼的小房间里时腰带上挂着的那串钥匙总是叮当响，以至于我以后再也没办法听到钥匙在狭小空间里回响的声音。我在走那条路的时候忽然找到了当初和陆星嘉去看医生时的那种心悸和恐慌，可我现在往身后看去空无一人，陆星嘉在国外，这个点他在睡觉，我身边已经没有人了。我想摸出手机，至少给他发一条信息也好，但刚摸出来，大叔已经给我开门了。他让我站在门外等一会儿，一分钟之后才把我叫进去。我咽了咽口水，手在衣襟上磨蹭了好几次，全是汗。警察对我好有耐心，他说："第一次见，你可能会有点怕。"

我摇摇头，在门外深吸一口气，我一点都不想嗅到门里的气味。但实际上这些工作都是徒劳的，因为我看到蓝山躺在那里的时候，就又觉得很荒唐了。这种荒唐是非常窒息的，以至于后来警察问我什么问题，我完全是凭着自主意识在回答。

我直勾勾地盯着蓝山看，她还是好漂亮。我把她认认真真地打量了一次，她裸露出来的皮肤和脸一样苍白得像石膏，很适合用来作画，然而我的确看到了一点与众不同的颜料——

我指着她的脚踝，说："不好意思，您可以让我看看这里吗？"

他把笔记本放进内袋，伸手去把那里的白布揭开："这个姑娘啊，有一个正红色的文身呢。"

我说："嗯。"

我停一停，又说："我认识它。"

之后我向警方提出了认领蓝山个人物品的请求，这些东西本应该是移交给直系亲属的，但蓝山情况特殊，一是唯一的家属身在国外，二是他们在走访过程中大概是发现了我和蓝山关系更近，所以最终经过商量又打电话联系了蓝山的父亲，同意我先带走，到时候再交给他。

回家之后我把那些东西放了整整一天一夜没去碰它们,我在床上躺了一天,起来的时候还是很恍惚,今晚我的梦里没有小花,只有无穷无尽的黑暗。我醒来时坐在床上忽然就醒悟了：她陪我晒了那么久的太阳,如今走了,的确是该日落了。

我起来吃了点东西,翻开蓝山的日记本和手机,密码我都知道,查起来也不困难,但没什么好看的,非常普通。微信里还有辞职之后和经纪人寥寥几句的聊天,消息最多的是微信支付和运动,唯一置顶的还是我的名字,我们的对话停留在好久以前。

我想起和她说这些话的时候,那天还在下着雪。我还在惆怅蓝山的手机里什么信息都没有,这样叫我怎么相信她是自杀呢？但我又转念一想,蓝山只有一部手机,工作时要经无数人的手,是我的话也不会轻易留下信息的。于是我去翻开蓝山的笔记本,封面和扉页之间夹着两张洗出来的照片,两张都是她拍的脚踝,但我分得清哪张是口红画的,哪张是的的确确文上去的。

后者看得出来伤口流过血结过痂,疼痛得更真实鲜活。

我静静地看了一会儿,把它们翻过来,上面各写着一个字,我的单字——舟舟。

在这样无济于事的事后回忆里她连我的姓氏也不叫,也不知道真正的原因是什么,可惜无论是哪个选项我都再也听不到她亲口回答了。后来蓝山父亲回来操办了她的葬礼,墓地选在她外婆的身边——说实在的,也不是叔叔或者我选的,因为我们从墓地管理员那里得知,蓝山在很早之前就买好了两块连在一起的墓地。

清明过后仍然还是小雨纷纷的天气,我默默陪叔叔完成一切事宜,其中最一言难尽的是叔叔从她所有的照片里挑来做遗像的照片还是我拍的——在那盏温柔的小红灯下,我说你不用勉强自己,于是蓝山真的没有再强颜欢笑。

我拍完之后对着这张照片看了很久。最后叔叔说:"这张她没有笑,会不会不太好?"我摇摇头,轻轻说:"蓝山本来也不是很爱笑啊。"

最后还是用了这张照片。蓝山的葬礼很简单,只有她几个普通朋友来参加,秋历也来陪我。我们到了墓园,他站在我身边打着一把黑伞,很忧虑地说:"阿肖,你和我说过的,你放下了。"

是吗?原来我真的这样讲过啊。我觉得我当时说这句话的时候肯定是真情实感,但那个时候的感情已经过去了,现在的我在想什么,连自己都完全弄不明白了。

人是会变的,也是不会变的。

我从伞檐之下抬头去看那些落在山上的雨,它们轻飘飘地落下来,漫山遍野都是。我和秋历说:"我想在这里多待一会儿。"于是送他到山脚的停车场。秋历把车钥匙插上的时候从敞开的车窗里看我:"你最近都没理陆星嘉,他找不到你,来联系我了。"

"我太忙了。"我说,"我会联络他说对不起的。"

"嗯……他也忙,那边的确抽不开身,不过他已经买了下个星期的机票。"秋历说,"他要我转告你:'阿舟,千万别出事。等我回来。'"

我点头说:"我知道了。"然后重新上山去,蹲在蓝山的墓前把雨伞放下来:"你听到了吗?陆星嘉这个人,说话做事,真的让人好想哭啊。"

"如果我和你说过这句话,你会不会好一点呢?"我想一想,又说,"这把伞送给你,最近常下雨,你不要感冒。"

好像也没什么好说的了,我和叔叔一同下山去,他在路上和我说了"谢谢",为我陪他办了这些事。我说"不客气",然后问他蓝山的随身物品什么时候要,叔叔说不用了,蓝山和他不亲近,这些东西留在我这里,她可能会更开心。

我想也是，不过如果叔叔要的话，我还是会把那两张照片私自扣留下来。

叔叔又说："蓝山和你交好的时候，好像比我以前看到她的时候开心了一些。"

我从容地说："您言重了。"但他这句话的确让我雪上加霜了一些，以至于我这几天反反复复地都在想：事实的确如此吗？

但世上是从来没有后悔药的，我也不能倒带回去看从前的事实。我只是日复一日地沉默和疲倦，咨询师那里我已经很久没去，她发的微信我已经不回了。其余最关心我的两个人，一个是秋历，一个是陆星嘉，前者要求我把每天的外卖订单截图甚至吃完饭拍的照片都发给他看，生怕我死在家里。陆星嘉和我语音说他改签，发现更早的日期压根没票的时候难得爆了粗口。

我真心为他俩觉得没必要，现在他俩都把我当作高危病患，我只说我不会那么做的。我这人从不食言，所以我惦记着我答应过陆星嘉说要好好等他回来，我不想再让别人失望了。

在家里这几天我断断续续地在看蓝山留下的笔记本，里边其实也没什么实质性的内容，蓝山很懒，尤其在写字这方面，她永远是断断续续的，有时会连续写上一个星期，有时会隔好几周都不更新，我要是个读者大概能被她气死：怎么会有这样的人？

笔记本里的内容也很繁杂，有时候会记录好天气，有时候会抱怨工作辛苦，我第一次的出场被写在前年的九月一日，她写——

我昨天遇到了一个有趣的人，希望还能再见面。

隔了几行，蓝山又写——

梦想成真了。

那也是全本里唯一有后续添笔的文字。能在同一天让蓝山动笔两次，从某种程度上来说我也是非常厉害的人了。从这一天的笔记一直往后翻，蓝山写东西的频率比以前高了一些。搞得我看的时候忍不住在想，我和蓝山那时候一整天都在一起，她到底在用什么时间去偷偷写的这本笔记，看来又得成为一个未解之谜了。

有一点很奇怪的是蓝山在这本笔记里从不把我和工作挂钩，相反记下来的都是一些琐事，比如某年某月我们一起去吃了一家非常好吃的寿司，后来再去的时候它倒闭了，蓝山不开心，但我后来在家里做了一顿寿司，几乎还原了那一家的口味，蓝山就不再抱怨了；或者是我们买洗碗机之前，我和蓝山猜拳她输了，洗碗出来的时候我坐在靠阳台的沙发上看书，她站着看了我一会儿，转脸就在笔记本里夸我好看。

诸如此类还有很多事，我记得的和不记得的，挟持着回忆的浪潮滚滚而来。

我溺亡了。

我从前常在想一个人的人生是不是轰轰烈烈才足够有味道，但看到这本笔记时我觉得不对，因为蓝山那么有魅力的一个女人，笔记本上记录的都是不起眼的事，像一个极其普通的女孩子一样天真可爱，除了几句过分悲伤消极的话语，我根本看不出她生病的痕迹。

而这些痕迹被我读到的时候，我就是下一个受害者了。我默默地看完，心里有些堵，但也没有号啕大哭，我八百年前就不做这种事了。所以最后我选择睡觉——

我发誓这是我还记得的最后一件我后悔的事。

我看完笔记本睡过去的时候是下午两点左右，大概在傍晚六点醒来。我服从着人类趋光的本性，床挨着窗，这样下雨的时候，窗户映着灯光就特别好看，飘丝或者滂沱，怎样都有它自己的美，我会永远记得。但这次我醒来的时候窗外没有下雨，只是非常单纯地被夕阳照着，橘色的，温暖的，好像我家里又被额外附赠一盏灯，大概是因为我已经是个寂寞贫困户了，所以额外得到一点垂怜。

我就这样静静地侧躺着看太阳的馈赠，身边一点声音都没有，我可能睡了一觉起来就失聪了，或者关于我的电影剧情被按了静音键。我看着光又要仔细听着声音，我好忙，但我脑子里其实什么都没想，它空空一片。

唯一的变故是我在扯被子的时候把蓝山的笔记本给摔下去了，它本来就摊在我身边，我挺对不起它的，所以再难受也起身去捡了。本子在地上瘫痪，牛皮封底做得太硬，翘起一点，像一条张嘴的死鱼。

我看到底页上写着几个字，就像看到死鱼嘴里又吹出一个垂死挣扎的泡泡。

我伸手去捡起来的时候在思考我之于蓝山到底是个什么玩意儿，假设这本子是蓝山的一生，那么我所占的篇幅其实寥寥无几。这么少，都不够我领盒饭的，我还得去别人的笔记本里打工，再心甘情愿地回这里倒贴我的戏份。

我这样不甘，但又忽然很甘心了，因为蓝山在最后一页只写了四个字，她说——

我好想你。

她没有指名道姓，没有落款日期，但妨碍我知道她讲的是我吗？如果我没有自作多情的话，或者这个故事里不曾出现过别人的话，那么这个"你"可能就是我了，可能也就只有我了。我脑子是很清晰的，甚至记得我是把本子捡起来端端正正地放好之后才开始崩溃，当本子在桌子上合上的时候，我就完全什么都不记得了。

我还挺高兴的，甚至埋怨这种感觉为什么不早点来。如果来得早一点儿，我大概就可以把蓝山这个名字整个从我生命里消除掉。但它来得太晚了，晚到飓风过境我整个人生都夷为平地，这时候才姗姗来迟说"你刚刚是不是打了119"，我只顾着悼念这片满目疮痍的土地，一句话都讲不出来了。

最惨的是我好像已经可以明确蓝山的想法，或者说是她曾经在意过我，但我还是不知道她为什么不讲。她父亲离开她太早太远，身边所有爱她的亲人也已经去世，我没办法再对她过去的人生补课。可我有错吗？我觉得也没有，就像看一本推理小说看到一半作者忽然去世，那些未解的谜团和未知的结局，就谁都问不了了。

人的一生啊，就是被很多事不知不觉，又后知后觉地反复折磨着。

而现在受折磨的是我，我是我自己的人质了。在今夜我丧失了所有对光线和时间流逝的感知能力，只记得我捡起笔记本的上一秒还是黄昏，掉了一滴眼泪就深夜十二点了。我甚至有心报警，说有人偷走了我的时间，警察大概会觉得我有病，所以肯定不会接警也不会上门来调查，那为什么在这个时候我还能听到有人疯狂敲我家的门，大声叫我的名字呢？

今天好像陆星嘉回国，我没去接机，可能要被他杀了吧。

对陆星嘉我是真的很抱歉的，没别的情绪，就真的是抱歉。我想起我第一次见他甚至能给他递纸巾，我觉得我能理解他，我们能当最好的朋友。但我现在一直在拖他的后腿，他去了LA都不得安心，我是罪人一个。

陆星嘉吼我说："你放屁，你再多讲一句废话我杀了你。"

绝了。我第一次看到陆星嘉这样骂人，此生无憾了。然后陆星嘉又去吼别人，让他马上下楼开车。我看到被使唤的人是秋历，一时有点无语：俩男人私闯民宅，我有一个合理的理由报警了。他从我衣柜里扯出一件衬衫在我腿上打了一个很紧的结，我痛得叫出来："那是我最喜欢的衬衫！"

"我以后给你买十件。"陆星嘉说，"闭嘴！"

我怎么又被骂了？但陆星嘉没给我回嘴的机会，抱起我就往门外走，又赶又急，我要吐出来了，按道理我应该很不爽，但已经没有力气生气了。电梯门关上之后我只听到陆星嘉在喘气，我说："我很重吗？"陆星嘉又让我闭嘴。

我想一想，又说："你不该骂我的。"

陆星嘉一副被噎到的样子："还有什么人会像你这么欠骂？"

"不是。"我很认真地讲，"我答应过，会好好的直到你回来，我没爽约。"

讲真，这句话很煽情吗？

陆星嘉不讲话了，他只沉默，我看到他眼睛红了，和他衬衫上的血交相辉映，美得过分残酷凌乱。

再有意识的时候我已经出现在了一个陌生的地方，腿上缠着很厚的绷带，可我一点印象都没有。我想去摸一摸它们，因为我完全不知道它们是怎么来的。陆星嘉从我身后的沙发上站起来，拦住我的手，用哄小孩的语气说："不要碰，会疼。"

"什么时候？"

"昨晚。"陆星嘉大概一夜未眠，非常疲倦，但还是很有耐心，那个失态的陆星嘉已经消失了。他又试探着问我："你是想画出什么吗？"

我说："我想画一只鸟。"

— 248 —

陆星嘉就点点头，温柔地说："哦，那下次不要用刀了哦。"

我很困惑："我有这么做吗？"

我问陆星嘉这里是哪里，他给我报了个医院的名字，我听过，还挺有名的，专治精神病。我看起来大概是有些茫然和害怕了，因为陆星嘉就把他的手腕伸过来让我握着，说："阿舟，不要怕，会好起来的。"我的天，我这个时候真的十分感激陆星嘉。或者说十分感谢他身上那股味道，水生调的香水，我几乎要命令他就把这一瓶用到死了——当然我还是没这么讲，我只是说我去警察局的时候，找不到人陪我去了。

陆星嘉说："你可以拒绝的，这事不该由你去干。"

我说："不行，那蓝山就孤零零地在那里了，比起她爹，我觉得她更希望我去看她。"

陆星嘉说："那下次遇到这样的事，不要再自己一个人担着了。"

我还想再说些什么，医生开门走进来了。我看到这个医生的第一眼就觉得很崩溃，因为他身上没有我喜欢的元素，虽然他面相也很和善，看起来四十有余，戴着眼镜，一副精英模样，但我不行，我把凳子往后边拖，不想和他讲话。护士和陆星嘉小心地靠近，为了安抚而说的话我全然不记得了，我缩在墙角，假装自己是个仙人掌，恨不得穿到墙里去。

最后陆星嘉才意识到了什么："不好意思，能麻烦您找个女医生来吗？"

我重新坐回到办公桌对面已经是半个小时之后的事了，我那时候看起来冷静了很多，至少有点像正常人。对面坐着的女医生看起来只有三十出头，这个年纪是合适叫姐姐的，但我对她没什么反应，直到她把头发放下来，长发，微卷。据她所说我那时候轻轻眨了眨眼，像是一瞬间放松了警惕，甚至安心到能够让陆星嘉暂时到门外等候，留出一个我们俩面对面的空间。

午后阳光很好，流金一样从窗外淌进来。我看着她的脸——或者说你的脸——其实你们俩是不像的，一点儿也不，但因为她就是长发，我喜欢长发。

话讲到这里，后来的事你不是都知道了吗？

你那时候给我倒了一杯热茶，声音好温柔，轻轻问我说："可以和我说一说，你在想什么吗？"

我说："可以。"

然后我静一静，收拾了思绪。

我说——

我一直认为女人半敞着衬衫很美，遇到蓝山时这样的想法就更为强烈。

——全文完——

Extra One

好梦不醒

现泡的咖啡冒着幸福的热气,店主问她加奶还是糖。
本来想说都不用,但热气未免太过热情,
熏到眼睛,蓝山伸手揉一揉,又擦一擦,
说:"加两份奶,两份糖。"

蓝山在楼下站了说长不长说短不短的一小时，这数字听起来不够深情，也很无关痛痒。

24小时便利店离她只有五分钟的路，她抬头看路口就能看到灯牌。鲜红老去之后会变成一种很黯淡又有点微妙的猩红色，蓝山看了一会儿，就别过脸去再也没有抬头。她有些时候会过分感性，为着这样她不喜欢的颜色她就不会踏进这家店。在这漫漫的一小时里，无聊的蓝山沿着花圃走了一圈，数了数花坛和地面夹缝里的烟头，一共有二十一个，有些沾染了斑驳的口红印。

看来天下男女等人的方式所差无几，但她不抽烟，也不等人。

一个小时前蓝山还在清吧里和同事消遣，众人谈得热闹，但蓝山一直靠着椅背端着酒杯，像条搁浅在沙滩上的美人鱼。时尚圈就真是个圈，来来回回就那么些人和资源，肖舟的名字就夹在里边来回翻腾了好几次。蓝山喝多了就有些头疼，坐正了揉一揉太阳穴，然后忽然插嘴："说什么来着？我没听清。"

"肖大摄影师搬到我隔壁楼了——关你屁事？"

"关你屁事？"

蓝山温温柔柔地把这句话送回去，呛了对面个没声。要是肖舟在肯定又会用很崇拜的眼神看着她了，在旁边一声不吭的，但转过去能看到她眼睛发光。如果说肖舟有些欣赏蓝山这样吃了火药的说话方式，倒不如说这是被她所欣赏的所有东西中最莫名其妙的一个。

明明是对方先开的玩笑，是她自己抬杠，赢得很没成就感，但蓝山那时候忽然就觉得很疲倦，轻轻踢一踢身边人说自己要去洗手间。洗手的时候酒已经醒了，或者根本也没醉，然后她用湿漉漉的手拍一拍脸，提着小包就再也没有回座位。她在马路边等车，回头看店里的朋友疑惑地朝她招手。

一阵风吹来，蓝山撩一撩微卷的长发，送出一个飞吻，头也不回地上了出租车。

车子开动之后蓝山又恢复了搁浅的鱼一样的状态，靠在车窗上思考人生。她知道自己是美丽的，这点没有办法谦虚，索性引以为豪，这好像是她所有优点里最没内涵的一个，但去掉这个之后剩下的优点也就显得不够引人注目了。

想了这么多这么久，其实也还只是想问：

到底因为哪一点，能够被肖舟如此对待？

这个问题直到肖舟家的聚会散场蓝山也没能想明白，离开的那些人有她脸熟的也有完全陌生的。肖舟的工作更倾向幕后，有些人脉与蓝山无关，这很正常。蓝山站在他们看不到的阴影里目送他们离开，等周围又安静下来，才走进楼道口。她来这里其实是很没有意义的，一栋楼三十余层，每层两个住户，找到肖舟的概率微乎其微。但蓝山是个很聪明的人，比如去看一楼的总电表，最小的数据可以暴露出谁是刚搬来不久的户主。

她去看总电表的时候听到敞开的楼道口里有人在说话，一男一女，好在两个声音她都辨认得出来。

肖舟平静地说完"人为财死，鸟为食亡"之后就很久没有再说话了。沉默了大概五分钟，脚步声、关车门声、拖鞋趿拉的声音一个接一个，蓝山站在拐角处看着肖舟背对着她进了电梯，数字上升，停在15层。

蓝山静静地看着那个数字，说实在的，按悲情结局发展，此刻她应该转身就走留下此生再不相见的遗憾，故事的读者会挠心挠肺地为这个故事感到悲戚。但蓝山偶尔会有很感性的时刻，比如她真的很不喜欢那个猩红的灯，但是她现在就毅然决然地按下了上升按钮。

对于蓝山来说难的是见面说什么而不是应不应该见面，退路在踏进电梯的时候就已经被斩断了，一层楼两户，另一家门口堆着两盆绿植，年前贴的对联有些灰尘但仍然光鲜，于是被轻易排除在答案之外。

蓝山起初是抱着以竞选联合国秘书长的心态去准备对话稿的，但她本来就不是会做这样的事的人，于是从起草到推翻再到觉得自己这么做挺傻，要破罐破摔的时候已经过去了半小时。蓝山想直接敲门，但看到门锁是密码锁，就停下来了。

蓝山很冷静，一个数字一个数字输进去。

可能是喝大了，她想起来肖舟住进她家之后有一天录手机指纹，她照办了之后肖舟把密码告诉她，她说："你多此一举。"前两个数字是九宫格上蓝山的姓名缩写，后四个数字是蓝山在TAKKI走秀的日期。蓝山说为什么是这一个而不是刚认识的日子，肖舟说："因为这一天更重要，我第一次让你大获全胜，第一次骂了你，我们第一次吵架，第一次和好……"

打开门的时候好像穿过了宇宙黑洞，看到不知是另一个时空还是新世界的光，记忆中的主人公没有提着菜刀出来迎敌，也没有在玄关处放鞭炮欢迎。于蓝山而言她只是用非常陌生的姿势蜷缩在沙发上睡着了，在很多团废纸里。

肖舟不知道从什么时候睡眠浅到不得了，蓝山站在那里的时候她就已经翻了个身，半睁着睡眼，然后用力昂起头去看三米开外的蓝山，眼睛红红的，不知道是困还是出于别的原因。蓝山被她这样直勾勾地看着也不怵，转脸看了新屋子一圈，觉得她蜷缩在这里可怜巴巴的，像个被人丢掉的小兔子。

"你瘦了好多。"

小兔子眯着眼睛动也不敢动，蓝山就怜爱又无奈地笑了，转身去收拾餐桌。她是觉得这张餐桌再不收拾也就没法用了，水池里的碗筷可能也会一直被泡到新买了洗碗机之后再收拾。处理这些事的时候她内心很平静，不知道该说是像在自己家里还是像一个勤劳的家政员——她想应该是后者，如果是前者她会撒娇和不情不愿，但为了工作她什么事都干得出来。

客厅的酒瓶她也整理好放在角落，她看了一眼烟盒，没有去碰它们。她又将湿漉漉的纸团都丢进垃圾桶里，然后去洗手。她用小苍兰味的洗手液认认真真地把洗洁精刺鼻的味道覆盖掉，在想那些纸里到底是眼泪还是鼻涕，可能两种都有。肖舟是宇宙第一小哭包，开心也哭难过也哭，最常哭的应该是每次闹别扭又和好的时候，眼泪全是为了自己而流。

想着想着，蓝山忽然笑出声：肖舟这个人，真的太蠢了。

肖舟一直怀疑自己在做梦，说实在的，蓝山也觉得她压根没醒，因为她一直在说梦话。蓝山听不懂，说："分院帽把你分到蛇院去了吗？你是不是在说蛇爬语？"

"我喜欢下雨，喜欢星星，喜欢番茄酱……但是不喜欢番茄……"

胡言乱语勉强能听懂了，但还是很烦。

不懂事的肖舟太烦了，蓝山就忍不住让她闭嘴："你能不能安静点？"

这一句话之后晴转多云转大暴雨，肖舟的委屈傻瓜都看得出来，蓝山最讨厌别人露出这种表情，于是叹一口气，缓声安抚。

临近深夜，蓝山其实也很困了，看得出来肖舟也一样，但不明白为什么肖舟老是盯着她。另一个声音就在蓝山脑子里小声说话："其实你知道。"再另一个声音就出来抬杠:"我不想知道。"

她低下头,不和那个眼神对视,但那个眼神的主人问:"这是梦吗?"

这是梦啊,做了醒了就算了,又是新的一天了。

她好想这么说,但说出口了就变成轻声的"嗯"。她觉得肖舟不需要这么快去厘清楚梦境和现实的差别,睡过去就好了。

但肖舟不依:"骗一骗我。"

肖舟好倔。在这种事上尤为明显。蓝山心中有一座铜墙铁壁的堡垒,在肖舟离开的时刻依旧无坚不摧。此时此刻在一句哀求前就败下阵来,溃败得没头没脑但足够坚决。面对这双渴求着什么的眼睛,蓝山终于无处可逃,她低下头,平生中第一次虔诚地说出肖舟想要的答案:

"我也在意你。"

小兔子终于肯闭上眼睛。

肖舟睡得很熟,这样也好,蓝山想。然后她睡着了,但并不安稳,甚至知道窗帘外的天亮了,比自己定的闹钟还要早三分钟醒。蓝山从被窝里伸出脚,轻轻地钩一钩窗帘,流进来一道浅浅的光。她忽然很安心。

卧室能晒到太阳,人也会开心点,那么醒来就不必也不要难过了。

十五分钟之后,蓝山已经到了楼下。天亮的时候猩红色的灯牌不再亮眼得讨厌,蓝山似乎已经忘却了昨晚的厌恶,踏进店里去要了一杯咖啡。店主大概也会觉得五点半来店的人有病,蓝山想自己的确有病,但店主不表现出来,她就当察觉不到。

现泡的咖啡冒着幸福的热气,店主问她加奶还是糖。本来想说都不用,但热气未免太过热情,熏到眼睛,蓝山伸手揉一揉,又擦一擦,说:"加两份奶,两份糖。"

Extra Time
你别再飞走了

我下到山脚朝上望去,
蓝山的墓前放了一把黑伞,
肖舟只是站着淋雨。
她一个人淋雨。

我叼着一根烟拉起卷帘门，它太老了，扑簌簌掉下一些青色铜锈。然后我看到不那么敞亮的灰色的天，和一双黑色高跟鞋。

我很意外："你一个人？"

这么问不是因为她同我约好——事实上我打心眼里觉得这人从来不会成为我的顾客。众所周知蓝山是个模特，漂亮的、有名的模特，而绝大多数模特不允许拥有文身，理所应当留住一副纯粹躯壳，做一个清白的衣架。我认识她是因为她认识我朋友，阿乔从前去过她们公司做试训，回来同我讲，有个姐姐好漂亮。

我对蓝山的第一印象就不是很好。但我们后来一起去喝酒的时候她知道了我的工作，举一杯酒朝我敬，歪头露出好奇的表情说："那我下次介绍朋友去你那里哦。"酒下肚了谁都会说客套话，我隔着一束昏暗橘光看她笑却又觉得她好真诚，敌意被酒精稀释过后只觉得蓝山十分美丽，她说的话、她的脸、她整个人，真实虚假混淆视听。我想天下无论谁爱上这个女人，假话都会当真话听，可真话却未必有人肯信。

那时候肖舟还没出现在这个故事里。

我说过蓝山说真话的时候人们未必会相信，我是千万分之一。某一天她和一位朋友叩响我的门，指着我同别人笑着说"她手艺很好"——其实在那之前她大概只看过我的手稿和成品图，但这么坚信，说实在的，我也很意外。

我给她朋友文身的时候她在屋里来来回回地走，高跟鞋的声音像旧钟有序摆动，清脆得过分；也像林中啄木鸟，让我遐想到春天的信号。我不认为吵，只是担心她脚疼。好歹也是我间接的金主，况且漂亮女人总是惹人喜欢，所以问她要不要换一双软底的拖鞋，在我这里可以随意一些。蓝山摇一摇头说不用，然后坐了下来，跷着脚认真看我工作。

我那时候扫了她一眼，蓝山穿着长裙，开衩到膝盖往上十厘米。

我说出口的只有一句话："腿上留一个，会很好看。"

蓝山不置可否地笑一笑，也不知道是记下还是没有。

我同蓝山认识两三年，她来我工作室的次数不多，有时介绍朋友，有时只是单纯坐一坐。拜蓝山和她的朋友们所赐，我赚了不少钱，于是就更欢迎她来喝茶。

蓝山来的时候大多数是雨天，我们就常坐在窗下的沙发上听雨。她同阿乔认识得更早，当然有话聊，我话并不多，经常扮演听者的身份。阿乔当年的试训其实是通过了的，后来生了病就退出了，但认识了蓝山，为数不多的朋友就再添一位。

蓝山见证了她从一头秀发到光头的过程，下次再来的时候就给阿乔买了一顶假发，替她戴上又扶着她瘦瘦的肩膀问她好不好看，声音软而黏糯。我只是静静站在镜子另一头的走廊看着，同蓝山在镜中对视一眼就下楼去抽烟，穿过漫长幽黑的走廊同那扇蜷缩在头顶的卷帘门做伴。我蹲在墙角，屋檐滴下雨来，险些要熄灭我的火，我凝视脚边的青苔，看久之后就分不清世界到底是青色还是灰色，蓝山的脚步声从身后响起，在我身边静静站了一会儿。

"不要可怜我。"我说。

蓝山摇一摇头，递给我一包纸："下次再躲远些，别叫阿乔看见。"

我听说肖舟是在阿乔情况还好的时候，甚至蓝山在场，我坐在她身边刷的微博。看完了《野火》和《春生》，几乎没办法把照片上的人同眼前总是赖在这里喝茶的蓝山联系在一起，但我的夸赞发自内心，说："这个摄影师把你拍得很好看。"

阿乔生气地敲我的头："你怎么说话的？姐姐本来就很好看！"

我把屏幕侧给她，阿乔认认真真地把九宫格都给看完了，然后看一眼蓝山，本想问她肖舟是什么人，但从她的表情来看，答案已经昭然若揭了。

我眼里的蓝山是个很神秘的女人，像一盏阿拉丁神灯要人虔诚尊敬地亲近，她才会满足你三个愿望或者更多，缺点是像故事里的珍宝难以找到。可她讲她同肖舟认识的过程时，我只能惊叹肖舟获取宝物的过程太轻而易举，无数勇士前仆后继要探索恶龙的洞窟寻找蓝山，而森林里深居简出的小姑娘只是偶尔去采一朵花，就踢到花田边的神灯，贪图好看捡回家擦一擦，砰的一下，梦想就成真了。

而阿乔即将同岁月流逝，我在同时间拼命赛跑，生怕落下一步，与她们崭新的故事渐行渐远。

后来我们都变得很忙，蓝山去东京走秀的时候我已经关掉工作室，专心陪阿乔在医院治病休养。中途听说她家人去世是在阿乔第三次做化疗后的第二天，她躺在床上握着我的手腕因为全身骨头剧痛而小声呻吟，在那些声音的间隙中我听到她小声叫我："你要记得问候蓝山姐姐。"

我讨厌蓝山。她在这个时候还要分去阿乔的精力，但我知道阿乔珍惜每一个朋友，蓝山来的时候同她讲演艺圈里许多隐秘的见闻，又哄她说："你不要同别人讲哦。"阿乔曾经近在咫尺的梦想从她生命中流失掉，蓝山用这样的方式弥补她的遗憾，在那些故事里阿乔的梦得以补全而欣慰快乐，蓝山是她某种意义上的救命恩人，我不能不心软。

她家人下葬的时候我订了一束花，蓝山同我说"谢谢"。后来她又来医院几次看望阿乔，大概是工作很忙，频率不算太高，一个月一两次，但我和阿乔都没怪她。阿乔忙着活命，我什么都做不了，只能眼睁睁看她活命。

蓝山来了五六次之后终于有机会给阿乔订花了，她从东京赶回来，这里就下了一场暴雨，我问她说："你是不是当代雨神？"她说"是"，如果需要的话，第二天阿乔的葬礼她试着同天公讲讲放晴。

第二天还真的阳光灿烂。

我们去了墓园，在阿乔的小小墓碑前站了很久。我忽然想起来蓝山最近对这样的场景并不陌生，小半年前她曾经这样送别过她的外婆。从阿乔那里我不知道她除了肖舟和外婆还能同谁更亲近，她的世界或许就此失去二分之一。

我过了很久很久才知道她那时候连肖舟也已经失去，或许从此可以理解为什么蓝山那时站在我身边我会感到压抑，像一团乌云胁迫我一同沉默悲伤。蓝山临走时上前摸一摸阿乔的照片，轻声叹息。

她说："你这么年轻，你怎么舍得？"

从那之后我们再没见过，直到今年开春她出现在我铺面。阿乔走后我花了很长时间来调整自己，好不容易才收拾干净重新营业，消息还没透出去，蓝山先找上门。

蓝山是阿乔的朋友，我是紧随其后加入这段关系的人，所以看到蓝山时我不免又开始难过，只能说："你先进去，我抽根烟。"蓝山似乎是觉得不妥，将手揣在黑色大衣里，在离我几步之遥的地方抬头看天，同那次她给阿乔买假发又出来看我的情况一模一样。

昨日重现，只是我不必走更远才能掉泪。

蓝山来找我文身，我很意外。

我说："你是个模特。"她说她辞职了。为难的反而是我，因为我见过好多种后悔，有些图案信誓旦旦地被文下去，又哭哭啼啼地被改掉，我受不了那种情绪。而蓝山在我眼里无疑是非常珍视肉体的一个女人，她过分强大，所以要记忆什么东西完全可以靠她的心而不是身体，但蓝山温柔得很坚决，说已经想好了。

图是蓝山自己找的，不难画，但得上色，步骤就烦琐一些。文身针下去的时候蓝山颤了颤，我停一停，说："不然算了吧，你好像很怕疼。"

蓝山苦笑着点一点头，又用小腿去碰我戴着手套的手，无声地催我按下开始键。

我在机器嗡嗡声中平静和她说上色可以下一次再来做，蓝山拒绝，说一次完成。然后我们就又不再说话了，我工作从来认真，但余光可以瞥见蓝山没玩手机也没做别的事，她直勾勾地看天或者我，更多时候是在看我。

"你看我做什么？"

"不能现在说。"蓝山被疼痛激出一声叹息，"我现在说，你就做不下去了。"

"不会。"我说，"我从来把工作放第一位。"

蓝山静一静，然后问："被留下的人是什么感觉？"

蓝山赢了。

我停掉机器，起身出去抽烟。回来的时候我靠着门眯着眼睛看她，我说："你说话这么毒怎么会有人受得了你？"蓝山躺着附议："所以她走了。"

我坐下来，重新拿起机器："她不是故意的，我会原谅。"

我说的不是肖舟，而是阿乔。

我从小和阿乔一起长大，我们一起吃小熊软糖，一起同院子里的娃娃们玩游戏。阿乔命很苦，从小爹妈离婚，然后谁都不要她，她又有病，在院子里玩一会儿就气喘吁吁差点要晕过去，所以后来大家也都不乐意带她玩，我去打架也没办法改变这个结果。阿乔说："没关系啊，你不要因为输了就哭。"

她根本都不懂我为什么哭，我怕疼吗？我怕个屁。

她爷爷奶奶照顾着她，但某一年两个老人前后离世，阿乔从此又是一个人了。她命运这么坎坷，连我爸妈也心疼怜惜，接她到我家认她做干女儿。

我很早就不念书出去工作。阿乔说我好厉害，其实我私心很重，阿乔不情愿拿爹妈的钱，在我家无论怎么生活都觉得有一层隔阂，我想让她用我的钱用得心安理得一些。

我没能留住她。

蓝山问我的时候我脑子已经一片空白了，必须先停下工作歇一口气，为了这一点我决定要求蓝山加钱。我缓了很久才能坐下来重新上色，进行了一半我说："你这么问是什么意思？"蓝山说没什么，单纯问问。

"有些酒后劲大，过很久才会起效，然后折磨你很久，一个道理。"我叫蓝山看一眼落灰的家具，尤其是我们从前坐着一起烤火的沙发和桌上的茶杯，"还是得生活。"

"灾后重建。"

"是这个意思。"

"有人侥幸逃脱，房子完好无损。"

"那她很幸运，可以继续过自己的生活。"我低头上色，没注意蓝山的脸色，"生灵涂炭与她无关了，她可以适当悲悯，但痛不及根本，能活。"

我忽然警觉："蓝山。"

蓝山语气温柔地应："你放心。"

作品完成得很漂亮，我给她拍了照发给她，忽然不想收她的钱。但蓝山执意要给，多给了一倍，我看转账信息时说："你是散财童子转世吗？"蓝山站在供桌前，对着阿乔那一小张黑白照片看了很久，我知道她在想什么。如果阿乔在，她会怂恿我收下，然后不要脸地把蓝山赶走，再之后会找很多借口给蓝山送她喜欢的礼物，因为蓝山根本是个懒得挑东西的女人。

我做了阿乔在时会让我做的事，所以我说"谢谢"，顺便送她出去。我们穿过楼下那一条长长的路，天色昏暗没有光，只有道路尽头有一线生机，我给了她一把伞，目送她撑伞远去，背影在潇潇春雨中逐渐模糊隐去不见踪影，忽然惆怅阿乔不在，我连送蓝山什么礼物也想不到。

蓝山真的很体贴，她知道我忙着思念阿乔，没时间给她挑礼物，索性慷慨以自己的死讯，从我这里换来一簇盛大灿烂的白玫瑰。

我又喝下了一杯烈酒，尚未眩晕和被后劲折磨之前，去参加了她的葬礼。那天是我第一次见到肖舟，辗转听过好多次名字的天才灵感摄影师就站在眼前，比我想象中的瘦一些，理所应当。

蓝山的烈酒不只分给我一人。

我看着她，她只看着蓝山。在场所有人走完流程，我倒数第二个离开。肖舟下山去送她朋友，我有五分钟的空闲在墓前一直凝望蓝山的照片，整整五分钟，我脑子里其实就一句话：

你怎么舍得？

肖舟去送朋友，后来再上来时只有她一个人。我想她还要待好久，所以知趣离开。和肖舟碰面时她显然不认识我，有些迷茫但很礼貌地点头致意，低头时视线在我的花臂上停顿了片刻，或许是在想我是不是那一个文身印刻在蓝山身上的同犯。我走下楼梯时离开得不算太远，听到她小声同蓝山说："最近天冷，你不要感冒了。"

我下到山脚朝上望去，蓝山的墓前放了一把黑伞，肖舟只是站着淋雨。

她一个人淋雨。

蓝山赢了我，但她赌输了。

死亡是非常聪明的一件事，它不费吹灰之力就将你身边的人分为三六九等，不同人拥有不同悲伤。你死去就死去，就算是地震海啸或者火山爆发也未必能引起全世界的共情，对于居住在地球另一端的人而言只是这个角落发生某种坍塌，废墟无须收拾就自然风化。

但有人住在飓风核心里，灾难来临就是世界末日。

你没给过她一线生机。

我想起来文身那天我给蓝山拍完照片，她凝视镜中人脚踝的一侧灿烂正红，伸手怜惜地碰一碰那只飞鸟，似乎是还不习惯自己身上有这样的烙印。我坐下来将镜头压低给蓝山拍照，快门声响起，蓝山轻声喃喃——

"你别再飞走了。"

后记

2023 年 2 月留笔

    此文完结在当年的中秋之夜，写完的时候很难形容内心什么感受，也许在未来我还会写很多文章，但《烧》会是我迄今为止所撰的最特别的一篇。

    它为我带来了很多东西，其中包括很多朋友和很多机遇。即使它文笔不算成熟，剧情上也因为太过意识流而略显不足，但无论如何，能因此得到喜爱，引起大家的共鸣，你我相遇已经是最大的荣幸。

    我对于写故事的认知还停留在拆解和映照自身，意思是写一个故事就意味着打破一面自我的镜子，碎片四分五裂，掺杂在故事的边边角角里。读者捡起与自己相似的碎片，从中看自己人生的一部分。我之于我的故事，读者之于阅读的感受，其实都是在字里行间极力拼凑出一个完整的自己。我们祈求彻底地理解与完美地合二为一，我们永远无法做到感同身受，只能无限趋近于爱与被爱。

    这个故事的内核也正是如此。它讲述的并非一个伤感的、为虐而虐的悲剧，而是如何在相处中规避沉默带来的后果，如何靠近彼此而不失去自我。它当然不能作为一个完美指南，只能作为生活中有可能存在的一个结局而存在。

    有读者评价过它很现实，最新奇的一点是两个人没有多余的拉扯，在主角意识到自己的心理问题时，及时去寻找心理医生求助。这也并非我刻意的设计，而是角色自己的选择。在同样发生问题时，蓝山选择了习惯这一切并消极应对，陆星嘉则在痛苦中学会自我和解，使自己不走向更沉重的情绪深渊，肖舟则备受才干和情绪的困扰，被自己的情绪所击溃，最终选择向专业人士求助。无论死、疯或者是佯装正常，这里没有人落败，只有选择的不同而产生的后果。也希望所有深陷情绪问题或有精神疾病的朋友能够正视内心的声音，不必讳疾忌医，能够爱你所爱，选择最舒服的生活方式。

故事很符合我所喜欢的"想要看到一切在平淡无奇的生活中缓慢坍塌"的感觉，但回顾整个写故事的过程，我其实无法控制故事的走向。从落笔的第一刻，它就已经成为结局的预兆。《烧》正是一个自然而然的故事，没有刻意的情节设计，也没有大纲使所有的细节尽善尽美，即使如此也有幸被您拿在手中浏览，实在是非常感激。

整个故事到这里就已经结束了，最后想说的是，希望大家能够好好爱自己，也请不要太爱自己。

祝大家一切都好。

初岛
2023 年 2 月

图书在版编目（CIP）数据

烧 / 初岛著． -- 贵阳：贵州人民出版社，2024.9（2025.3重印）．-- ISBN 978-7-221-18522-8

Ⅰ．Ⅰ247.5

中国国家版本馆CIP数据核字第2024RZ9164号

SHAO

烧

初岛 著

出 版 人	朱文迅
策划编辑	卷月亮
责任编辑	徐 晶
装帧设计	Laberay淮
责任印制	蔡继磊

出版发行	贵州出版集团　贵州人民出版社
地　　址	贵阳市观山湖区中天会展城会展东路SOHO公寓A座
印　　刷	嘉业印刷（天津）有限公司
版　　次	2024年9月第1版
印　　次	2025年3月第5次印刷
开　　本	880毫米×1230毫米　1/32
印　　张	8.5　4面彩插
字　　数	220千字
书　　号	ISBN 978-7-221-18522-8
定　　价	52.80元

如发现图书印装质量问题，请与印刷厂联系调换；版权所有，翻版必究；未经许可，不得转载。